[ə]

Zu diesem Buch

Nach fast zwei Jahren im Koma erwacht Erik Pohlmann in einer Welt, die er nicht wiedererkennt. Die Straßen sind verwaist, die Stadt verfallen, und ein brutales Regime herrscht über die wenigen Überlebenden einer tödlichen Pandemie. Doch Erik kämpft nicht nur mit der neuen Realität. Die wahre Bedrohung ist sein Gedächtnis – oder das, was davon übrig ist: ein Labyrinth aus Lücken und Schatten. Entschlossen, die Rätsel seiner Identität zu lösen, begibt er sich auf eine abenteuerliche Reise durch das verwüstete Hamburg. Doch je näher er der Wahrheit kommt, desto mehr verschwimmen die Grenzen zwischen Erinnerung und Wirklichkeit. Als sich auch noch ein psychopathischer Killer an seine Fersen heftet, droht die Situation zu eskalieren. Einziger Lichtblick in diesem Chaos ist die mysteriöse Frau aus seinen Träumen. Könnte sie der Schlüssel zu seiner Vergangenheit sein – oder verbirgt sie selbst ein dunkles Geheimnis?

 *Felix Söring*, geboren 1967 in Hamburg, arbeitete nach seinem Studium der Betriebswirtschaft und Soziologie für verschiedene Großunternehmen als Führungskraft. Daneben betrieb er ein Tonstudio in Hamburg, in welchem zahlreiche Musikproduktionen entstanden. Als freier Musikjournalist schrieb Söring für diverse Zeitungen und Zeitschriften. Inzwischen arbeitet er als Berufsschullehrer. 1999 erschien sein Kinderroman »Wammeltin Wammel – Abenteuer eines Bergmonsters«, 2014 der autobiographische Romanbericht »Penne auf Herz!«. Für seinen Roman »Auf deinem Mond ein Feigenbaum« wurde er 2019 für den Deutschen Selfpublishing-Preis nominiert. Felix Söring lebt in einer bunten Patchwork-Familie in Hamburg.

Felix Söring

Musik über den Wassern

Roman

[ə]prentis
Books & More

Bibliografische Information der Deutschen Nationalbibliothek: Die Deutsche Nationalbibliothek verzeichnet diese Publikation in der Deutschen Nationalbibliografie; detaillierte bibliografische Daten sind im Internet über http://dnb.dnb.de abrufbar.

Ausführliche Informationen über den Autor:
www.felixsoering.de

Dieses Buch ist auch als gebundene Ausgabe
(ISBN 978-3-7693-1405-2) sowie als E-Book erhältlich.

Lektorat: Katharina Feldmann
Umschlaggestaltung und Buchillustration: Felix Söring
Umschlagmotiv mit freundlicher Genehmigung von Pixabay
Autorenfoto: © Max Kattner
Verlag: BoD · Books on Demand GmbH, In de Tarpen 42,
22848 Norderstedt, bod@bod.de
Druck: Libri Plureos GmbH, Friedensallee 273, 22763 Hamburg

ISBN: 978-3-7693-7824-5

Für Katharina
Danke für deine Liebe, Geduld und Unterstützung.

Das Erwachen

»Können Sie mich hören, Herr Pohlmann?«, fragte eine unbekannte Männerstimme. Sie klang seltsam gedämpft, als käme sie von weit her.

Erik versuchte zu antworten, aber es gelang ihm nicht. Weder Lippen noch Stimmbänder ließen sich bewegen. Zudem grub sich augenblicklich ein scharfer Schmerz in seinen Kopf.

»Er ist tatsächlich aufgewacht«, hörte er eine Frau sagen. Auch ihre Stimme erschien ihm fremd.

»Herr Pohlmann, Sie sind hier im Universitätsklinikum Eppendorf. Mein Name ist Hilbert, Ihr behandelnder Arzt. Wenn Sie mich hören können, geben Sie mir bitte ein Zeichen.«

Erneut versuchte Erik sich bemerkbar zu machen. Vergeblich. Nicht mal einen Finger konnte er bewegen, geschweige denn ein anderes Körperteil. Dazu diese berstenden Kopfschmerzen, die sekündlich schlimmer wurden. So schlimm, dass er befürchtete, jeden Moment das wiedererlangte Bewusstsein zu verlieren.

Erik spürte, wie sich der Arzt über ihn beugte und erst sein rechtes, dann sein linkes Lid anhob. Außerdem strahlte er ihm mit einem grellen Licht in die Augen, was eine weitere Schmerzattacke auslöste. Er wollte schreien, doch es war, als würde ein Pfropfen in seiner Kehle stecken. Panik stieg in ihm auf und sein Herz begann zu rasen. Was zum Teufel war nur los mit ihm?

»Herr Pohlmann, ich drücke jetzt Ihre rechte Hand. Können Sie bitte versuchen, den Druck zu erwidern?«

Erik wusste, wenn er jetzt kein Lebenszeichen von sich gab, er vermutlich ewig in diesem Zustand ausharren müsste. Und tatsächlich, mit einer letzten gewaltigen Kraftanstrengung gelang es ihm, seinem rechten Daumen ein minimales Zucken zu entlocken.

»Großartig, Herr Pohlmann«, lobte der Arzt die zarte Regung. »Sie hatten Recht, Schwester Beatrice. Er ist tatsächlich zurück. Würden Sie schnell mal schauen, ob Sie Frau Professor Allgoever irgendwo auftreiben können?«

»Natürlich, Herr Doktor, ich mach mich sofort auf den Weg.«

Die Stimmen, die Erik eben noch weit entfernt erschienen, wie vom anderen Ende einer großen Halle, wurden nun immer lauter. Unerträglich laut, als hätte man ihm einen Tausend-Watt-Verstärker ins Ohr gepflanzt. Ähnlich verhielt es sich mit den umliegenden Geräuschen. Die herauseilenden Schritte der Schwester sowie das Surren der elektrischen Tür hämmerten gegen sein Trommelfell wie Kanonensalven.

»Herr Pohlmann, ich weiß nicht, ob Sie sich erinnern können«, fuhr der Arzt mit sachlicher Stimme fort, »aber Sie hatten eine schwere Lungenentzündung mit akuter

Sepsis. Seitdem liegen Sie hier in unserem Krankenhaus. Beides ist inzwischen ausgeheilt. Allerdings befanden Sie sich für längere Zeit im Koma.« Hilbert machte eine kurze Pause und nahm zwei tiefe Atemzüge. »Herr Pohlmann, ich will ganz offen zu Ihnen sprechen. Es sah nicht gut aus, gar nicht gut. Wir waren uns nicht sicher, ob Sie wieder aufwachen würden.«

Lungenentzündung, Sepsis, Koma? Erik fühlte sich durch die Fülle an Informationen erschlagen. Sein schmerzgeplagter Kopf bekam das alles nur schwer untergebracht. Sprach der Arzt wirklich von ihm? Zwar konnte er sich schemenhaft erinnern, dass er krank gewesen war und ihn ein heftiger Husten gequält hatte. Aber davon fiel man ja nicht gleich ins Koma. Auch waren wiederkehrende Atemwegsinfekte bei ihm nichts Ungewöhnliches. Seit er sich als Kind eine schwere Tuberkulose zugezogen hatte, blieben Lungen und Bronchien seine Schwachstellen. Die ständige Husterei war zwar lästig, ernsthafte Komplikationen hatten sich bislang aber nicht daraus entwickelt. Umso erstaunlicher, dass es diesmal offenbar anders gewesen war. Ebenso merkwürdig, dass er davon nichts mitbekommen hatte. Eine Lungenentzündung war schließlich kein Herzinfarkt und kündigte sich üblicherweise an. Es war daher durchaus Skepsis angebracht. Aber warum sollte der Arzt ihn anlügen? Irgendeinen Grund musste es für seinen Zustand ja geben.

Erneut versuchte er die Augen zu öffnen, aber noch immer war es, als hielte sie ihm jemand zu. Auch alle anderen Befehle, die er seinem Körper sendete, verliefen ins Leere. Da war nur sein pfeifender Atem, sein innerliches Zittern und Stöhnen. Ein Gefühl vollkommener Verlorenheit, das immer mehr anschwoll und ihn wie ein unsichtbares Monster zu verschlingen drohte.

»Herr Pohlmann, das alles ist bestimmt erstmal schwer zu begreifen«, gab sich der Arzt mitfühlend. »Wichtig ist, dass Sie jetzt vor allem wieder zu Kräften kommen. Dabei werden wir Sie natürlich unterstützen. Während der Aufwachphase werden Sie allerdings noch starke Schmerzen haben. Das ist völlig normal und wird sich mit der Zeit geben. Ihre Muskeln und Organe hatten schließlich lange nichts mehr zu tun. Wir haben aber gute Schmerzmittel, die Ihnen Linderung verschaffen werden.«

»Einen Scheiß habt ihr«, dachte Erik. Wo ist das Zeug, von dem der Arzt sprach? Wenn er nicht bald eine kräftige Dosis davon bekam, würde er unweigerlich zugrunde gehen. Diese Schmerzen waren kaum auszuhalten. Besonders jetzt, wo sich schon wieder dieses messerscharfe Surren durch seine Hirnwindungen fraß.

»Das ist ja mal eine erfreuliche Nachricht an diesem trüben Vormittag«, hörte Erik eine weitere unbekannte Frauenstimme sagen.

»Ja, es grenzt tatsächlich an ein Wunder«, antwortete der Arzt.

»Kann er sprechen?«

»Nein, er ist noch paralysiert, scheint mich aber offenbar zu hören. Leichte Lid- und Fingerreflexe. Zudem ein beschleunigter Puls, wenn ich ihn anspreche. Korneal- und Schmerzreize sind ebenfalls recht ausgeprägt, bei allerdings völlig stabilem EEG.«

»Wie lange jetzt schon ohne Intubation?«

»Fast zwei Stunden.«

»Na, das hört sich doch alles super an. Wir geben ihm noch ein bisschen Flow über die Maske und erhöhen die Metamizol-Zufuhr nochmal um zehn Milligramm.«

»Endlich«, dachte Erik erleichtert. Wenn er auch sonst nichts von dem verstand, was die Ärzte sich in ihrer Fachsprache erzählten, Metamizol war ihm ein Begriff. Das hatte er früher nach seiner Blinddarm-OP verschrieben bekommen. Insofern wusste er auch, dass es ein Mittel gegen Schmerzen war, ein ziemlich starkes noch dazu. Allerdings sollten sie sich jetzt wirklich beeilen, da schon wieder ein heftiger Krampfanfall durch seinen Körper zog.

Mitten in diesen Schmerzschwall spürte er, wie sich erneut eine Hand in die seine grub. Sie fühlte sich anders an als die vorherige, wärmer und weicher.

»Hallo, Herr Pohlmann. Schön, dass Sie wieder bei uns sind. Mein Name ist Bettina Allgoever. Ich bin die leitende Oberärztin der Neurologie. Das ist die Station, auf der Sie sich momentan befinden. Mein Kollege hat Sie ja schon über Ihren Zustand aufgeklärt. Wir werden jetzt alles in die Wege leiten, damit Sie schnell wieder auf die Beine kommen. Sie können uns dabei unterstützen, indem Sie versuchen, Ihre inneren Kräfte zu mobilisieren.«

Dann ließ sie seine Hand wieder los, um sich offenbar mit ihren Kollegen beratend in eine andere Ecke des Raumes zurückzuziehen. »Gibt es jemanden, den wir benachrichtigen müssen?«, fragte die Ärztin mit deutlich gesenkter Stimme.

Ihr konspirativer Flüsterton ließ erahnen, dass Erik nicht mitbekommen sollte, worüber sie sich unterhielten. Dafür hätten sie ihm allerdings die Ohren zuhalten oder den Raum verlassen müssen. Sein geschärfter Gehörsinn ermöglichte es ihm, jedes ihrer Worte zu verstehen. Er hätte gern darauf verzichtet. Schließlich trug der folgende Wortwechsel nicht gerade dazu bei, seine Verwirrung zu mildern.

»Ich wüsste nicht, wen wir informieren sollten«, antwortete die Schwester mit etwas Verzögerung. »Sein Vater ist schon lange tot und seine Mutter schwer an Demenz erkrankt. Soweit ich weiß, soll sie in Blankenese in einem Heim untergebracht sein. Auch verheiratet ist er nicht. Allerdings gibt es noch einen erwachsenen Sohn. Der hat sich allerdings schon ewig nicht mehr blicken lassen.«

»Haben wir seine Telefonnummer oder Adresse?«

»Hatten wir, ist beides offenbar nicht mehr aktuell. Ich kann aber später nochmal in die Akte schauen.«

»Weitere Kontaktpersonen sind nicht bekannt?«

»Anfangs bekam er gelegentlich noch Besuch von einer mysteriösen blonden Dame, offenbar seine Freundin«, erinnerte sich Doktor Hilbert.

»Lady Di«, ergänzte die Schwester.

»Ja, so haben wir sie zumindest intern genannt, wegen ihrer dunklen Sonnenbrille und ihrem Schlapphut«, lachte der Arzt. »Als die Seuche wieder ausbrach, ließ auch sie sich nicht mehr blicken.«

»Vermutlich ebenfalls ohne Kontaktdaten zu hinterlassen«, warf die Chefärztin schlussfolgernd ein.

»Richtig. War wohl keine ganz lupenreine Sache, wenn du verstehst, was ich meine.«

»Ich kann es mir in etwa vorstellen. Ähnlich wie bei deinen Frauengeschichten.«

»Sehr witzig Bettina. Danke, dass du mich daran erinnerst.«

Die Situation, die für Erik schon vorher schwer zu begreifen war, wurde nun immer verworrener. Angestrengt versuchte er das soeben Vernommene für sich einzuordnen. Doch das meiste ergab einfach keinen Sinn. Weder hatte er aktuell eine Freundin, noch einen erwachsenen Sohn, geschweige denn überhaupt Kinder. Von wem auch immer er somit im Krankenhaus besucht worden war, es waren zumindest nicht diejenigen, für die sie sich ausgegeben hatten.

Auch die Äußerung über seine Mutter sorgte bei Erik für Irritation. Zwar war sie vor kurzem tatsächlich in ein Seniorenheim gezogen. Dieses geschah jedoch auf eigenen Wunsch, da sie sich in ihrer Wohnung zunehmend einsam gefühlt hatte. Natürlich war sie mit über achtzig nicht frei von altersbedingten Wehwehchen, mitunter auch etwas vergesslich, allerdings weit davon entfernt, ein Pflegefall zu sein.

Nein, das alles passte einfach nicht zusammen. Es war, als würden sie über eine völlig fremde Person sprechen. Eine, die zwar seinen Namen trug, womöglich sogar das gleiche Schicksal mit ihm teilte, ansonsten aber eine andere Identität besaß. Von daher konnte es sich nur um eine Verwechslung handeln. Gut möglich, dass seine Patientenakte vertauscht worden war oder sich bei seiner Einlieferung Fehler auf dem Aufnahmebogen eingeschlichen haben. So etwas konnte in der Hektik durchaus vorkommen, würde sich aber schnell aufklären lassen. Dafür musste er jedoch zunächst seine Sprache wiederfinden.

Zumindest an die von Hilbert angesprochene »Seuche« konnte sich Erik erinnern. Jenes Virus, das praktisch über

Nacht die Welt auf den Kopf gestellt, Unmengen an Menschenleben gefordert und das öffentliche Leben für Monate in einen Dornröschenschlaf versetzt hatte. Bislang war er davon ausgegangen, verschont geblieben zu sein, er gegen das Virus eine gewisse Immunität besaß. Jetzt kamen ihm allerdings Zweifel, ob er sich womöglich irrte. Hatte er sich vielleicht doch eines Tages angesteckt und lag deshalb im Krankenhaus? Auszuschließen war es nicht, zumal seine vermeintliche Lungenentzündung durchaus eines der Hauptsymptome dieser heimtückischen Epidemie gewesen war. Aber warum konnte er sich nicht daran erinnern? Lag es am Koma? An den Schmerzen? Wie hatte sein Gehirn so etwas einfach auslöschen können? Viel Zeit zum Nachdenken blieb Erik allerdings nicht, da bereits die nächste Welle an Hiobsbotschaften auf ihn zurollte.

»Was meinen Sie, Doktor Hilbert, sollten wir nicht die Polizei verständigen?«, meldete sich die Schwester zu Wort, nachdem eine Weile nachdenkliches Schweigen im Raum geherrscht hatte.

»Damit warten wir besser noch, zumindest bis wir wissen, ob er bleibende Schäden davongetragen hat.«

»Was bitteschön hat die Polizei mit unserem Patienten zu tun?«, wollte die Oberärztin wissen und auch Erik drängte es nach sofortiger Aufklärung.

»Stimmt, du bist ja noch gar nicht so lange bei uns«, antwortete Hilbert. »Es gab einen Zwischenfall, ungefähr zwei Monate nach seiner Einlieferung.«

»Einen Zwischenfall?«

»Ja, aber vielleicht erzählen Sie es besser, Beatrice. Ich kann mich nicht mehr genau an alle Einzelheiten erinnern. Sie waren in die Sache ja direkt involviert.«

»Das kann man wohl sagen«, entgegnete die Schwester mit aufgewühlter Stimme. »Ich habe den Typ damals erst gar nicht wahrgenommen. Er stand am Bett von Herrn Pohlmann und war als Pfleger verkleidet. Es schien, als würde er irgendwas an den Spritzenpumpen einstellen. Dann habe ich das Messer in seiner Hand aufblitzen sehen. Als ich ihn darauf ansprach, ist er total aggressiv geworden und auf mich los... « Mitten im Satz stockte sie plötzlich und rang hörbar nach Luft.

»Zum Glück haben wir sie schreien gehört«, fügte Hilbert hinzu. »Als wir ins Zimmer kamen, war der Kerl aber schon weg.«

»Mein Gott, das ist ja schrecklich«, sagte die Ärztin ergriffen. »Ihnen ist hoffentlich nichts passiert, Beatrice?«

»Jedenfalls nicht physisch«, antwortete der Arzt für seine Kollegin. »Beatrice stand allerdings unter Schock. Es dauerte eine ganze Weile, bis sie sich davon erholt hatte.«

»Hat man den Kerl wenigstens geschnappt?«

»Leider nicht. Die Polizei war sich allerdings sicher, dass der Angriff nicht Beatrice, sondern Herrn Pohlmann galt.«

Erik zuckte innerlich zusammen. Zum ersten Mal an diesem Vormittag hatte er das Gefühl, völlig klar bei Verstand zu sein.

»Nach dem Angriff haben wir Herrn Pohlmann auf Anraten der Polizei einige Zeit auf eine andere Station verlegen lassen«, fuhr Hilbert fort. »Zum Glück ist es aber bei dem einen Zwischenfall geblieben.«

»Warum habt ihr mir das nie erzählt?«, fragte die Oberärztin anklagend.

»Ich hatte es offenbar verdrängt«, fand nun auch die Schwester ihre Sprache wieder.

»Ist ja auch schon fast zwei Jahre her«, ergänzte der Arzt.

ZWEI JAHRE?! Erik war fassungslos, wie vor den Kopf gestoßen. Auch wusste er nicht, was ihn mehr schockierte: die Messerattacke oder dass er offenbar so lange im Koma gelegen hatte. Bis eben war er noch von Tagen, allenfalls ein paar Wochen ausgegangen.

Ihm wurde schwindelig, kotzübel geradezu. Alles stand Kopf. Oben war plötzlich unten, über ihm der Boden. Dazu rollte eine weitere Schmerzwoge über ihn hinweg – schlimmer, berstender als je zuvor. Vergeblich versuchte er sich an irgendetwas zu klammern, was ihn bei Bewusstsein halten konnte. Wach bleiben! Um Himmels willen wach bleiben! Sekunden stummer Panik verstrichen. Dann versank er in das geräuschlose, nachtschwarze Nichts, aus dem er gekommen war ...

Alles auf Anfang

Erik erschrak. Fast sechs Wochen war er wieder bei Bewusstsein, doch an den Anblick seines Spiegelbildes hatte er sich noch immer nicht gewöhnt. Es war das Gesicht eines Fremden, eines alten Mannes. Die Wangen eingefallen und ausgehöhlt, die Haut farblos wie Schneckenfleisch. Das einst dunkle Haar war in jenes Grau übergegangen, das an verblasste Getreidefelder im Spätherbst erinnerte. Dazu bedeckte ein stoppeliger, fast weißer Bart das kantige Kinn, unter dem ein knittriger Hals hervorschimmerte. Die nahezu pigmentlose Haut wirkte viel zu groß für ihn. Zudem hatten sich überall tiefe Falten hineingefurcht: in die Stirn, die Mundwinkel, um die Augen. Kerben eines verschlafenen Lebens.

Anfangs hatte er noch versucht, den Spiegel zu meiden, wohl ahnend, dass das, was er dort zu sehen bekommen würde, nur ein Abglanz der Vergangenheit sein konnte. Er sollte recht behalten. Jedoch klaffte die Lücke zwischen Vergangenheit und Gegenwart deutlich weiter auseinander, als es die zwei Jahre Koma zunächst vermuten ließen.

Seinem Spiegelbild nach zu urteilen, musste er sich mindestens zehn Jahre im Tiefschlaf befunden haben. Von seinem jugendlich anmutenden, leicht pausbäckigen Gesicht war nicht mehr viel übrig. Er sah aus wie sein eigener Großvater, nur älter.

Erik stieß einen langen Seufzer aus und wandte sich vom Spiegel ab. Einmal mehr wurden ihm auf schonungslose Weise die Folgen seiner langen Bewusstlosigkeit vor Augen geführt. Dabei sollte er doch eigentlich dankbar sein, dass er überhaupt noch lebte. Sein Erwachen würde schließlich einem medizinischen Wunder gleichkommen, wie ihm die Ärzte mehrfach versicherten. Ein Umstand, der bei weitem nicht jedem Komapatienten vergönnt war, und wenn doch, dann hatten die meisten in aller Regel mit erheblichen Folgeschäden zu kämpfen – weitaus schwereren, als es bei Erik der Fall war.

Selbst sein noch immer lückenhaftes Gedächtnis sei nach Ansicht der Mediziner während der Rehabilitationsphase durchaus nichts Ungewöhnliches. Dissoziative beziehungsweise selektive Amnesie nannten sie diesen Zustand, bei dem das Gehirn nicht mehr in der Lage war, Informationen abzurufen, die sich vor einem bestimmten, meist traumatischen Erlebnis ereignet hatten. Für gewöhnlich bezog sich der Erinnerungsverlust auf einen klar abgegrenzten, kurzen Zeitraum, konnte aber auch wie bei Erik verschiedene Bereiche des autobiographischen Gedächtnisses betreffen.

Dennoch waren die Ärzte zuversichtlich, dass es sich in Eriks Fall nur um ein vorübergehendes Phänomen handelte und sich die Erinnerungslücken schon bald wieder schließen würden. Ein Prozess, der bei dem einen etwas schneller, bei dem anderen etwas langsamer verliefe. Exakte Prognosen seien in diesem Zusammenhang dennoch schwierig, so die Ärzte. Wichtig jedoch sei, dass er die Dinge möglichst gelassen anginge und sich nicht so viele Gedanken mache. Alles andere käme von ganz allein.

Aussagen, mit denen Erik nicht wirklich viel anfangen konnte. Letztlich waren es eben doch nur die üblichen Beschwichtigungs-Phrasen, mit denen man ihn zu trösten und die eigene Ahnungslosigkeit zu kaschieren versuchte. Eine Garantie, dass seine Erinnerungen tatsächlich eines Tages zurückkehren würden, konnte ihm keiner geben, weder die Ärzte noch sonst irgendwer. Dafür waren die Vorgänge in seinem Kopf einfach zu komplex und die Form seiner Amnesie zu speziell.

Gewiss, er wusste seinen Namen und dass er Investmentbanker war, konnte sich einigermaßen artikulieren und noch immer mit Messer und Gabel umgehen. Auch an Kollegen, Freunde oder vergangene Liebschaften erinnerte er sich. Doch sobald er ihre Gesichter festzuhalten versuchte, begannen sie zu verschwimmen.

Ähnliches galt auch für seinen Lebenslauf: Zwar waren viele Ereignisse noch in seiner Erinnerung verankert – seine Schulzeit, das Studium, die traumatische Blinddarmoperation als Kind. Aber wer waren seine Lehrer? Wer seine Mitschüler? Wie sah die Universität aus? In welchem Krankenhaus hatte er gelegen?

Manches schien dagegen vollständig erloschen wie beispielsweise sein vermeintliches Vatersein oder die Jahre unmittelbar vor dem Koma. Von letzteren wusste er nur noch, dass er krank gewesen war und in Deutschland pandemische Zustände geherrscht hatten. Ansonsten gab es nichts aus dieser Zeit, an das er sich auch nur bruchstückhaft erinnern konnte. Weder an die kleinen oder großen Ereignisse, noch an Erlebnisse, die er mit Freunden oder seiner Familie geteilt hatte. Nicht an seinen letzten Wohnort, seine letzte Beziehung, seine beruflichen Projekte, seine Finanzen – an verflucht noch mal gar nichts. Alles, ob es nun einen Namen trug oder nicht, davongeweht von einem nächtlichen Sturm, ohne die geringste Spur zu hinterlassen.

Was blieb, war eine klaffende schwarze Lücke und die Frage, warum sich trotz intensiver Gedächtnisarbeit keinerlei Fortschritte zeigten. Zwar schimmerten wie aus einem trüben Korridor mitunter verworrene Bilder durch den Nebel. Bilder, von denen er annahm, dass sie jenen erinnerungslosen Epochen entsprungen waren. Allerdings konnte er sie weder zuordnen, noch eine konkrete Botschaft draus ableiten.

Warum er sich an manche Menschen oder Ereignisse völlig klar, an andere überhaupt nicht erinnerte, konnten ihm auch die Ärzte nicht erklären. Zudem waren sie sich unsicher, ob die Ursache seiner Amnesie im Trauma selbst begründet lag oder im Zusammenhang mit seiner langen Bewusstlosigkeit stand. Es sei nichts Ungewöhnliches, wenn sich bei einer Unterversorgung des Gehirns mit Sauerstoff bestimmte Gedächtnisneuronen verselbstständigten, neu verknüpften oder gar komplett verabschiedeten.

Auch das eine Aussage, die Erik nicht wirklich mit Zuversicht erfüllte, zumal sie damit ihrer eigenen Appeasement-Politik widersprachen.

Nein, überschwänglicher Optimismus wollte bei ihm nicht aufkommen. Dafür, dass er so hart trainierte, sich täglich mehrere Stunden von seinen Therapeuten foltern ließ, waren seine Fortschritte vernichtend gering. Das galt auch und insbesondere für den physischen Bereich.

Zwar konnte er sich inzwischen einigermaßen schmerzfrei bewegen und gewisse Alltagsroutinen ausführen, sogar selbständig aufstehen und ein paar Schritte über den Krankenhausflur laufen. Insgesamt aber fühlte er sich noch immer, als würde er in einem fremden Körper stecken – dem Körper eines gebrechlichen alten Mannes, der vor Jahren auseinandergerissen und notdürftig wieder zusammengesetzt worden war.

Auch hier mahnten ihn die Ärzte zur Geduld. Schließlich könne er nicht erwarten, dass er nach zwei Jahren Koma einfach aus dem Bett springen, sich die Klamotten überwerfen und aus dem Krankenhaus spazieren würde, als ob nichts geschehen wäre. Doch genau da lag das Problem. Sich in Geduld zu üben war noch nie seine Stärke gewesen, allein schon von Berufswegen. Wenn er in seinem Job als Investmentbanker auch nur einen Moment nachgelassen und sich zurückgelehnt hätte, wäre es mit einer erfolgreichen Karriere, die ihm anscheinend geglückt war, bestimmt nichts geworden. Und jetzt verlangten sie von ihm, in immer denselben Vortragsschleifen, eine Gelassenheit aufzubringen, die er vermutlich sein gesamtes Leben nicht besessen hatte?

Kein Wunder, dass sich seine Stimmung zusehends verschlechterte und jeder Anflug von Zweckoptimismus dahinschmolz wie Schnee in der Märzsonne. In allen Winkeln seines Hirns zappelten inzwischen hektisch-düstere

Gedanken. Dabei gab man sich seitens des Klinikpersonals größte Mühe, ihn mit einfühlsamen Worten aufzubauen. Aber gegen die neuerlich einsetzende Dunkelheit, die sich ungefragt wie ein gewaltiges Mühlrad in seinen Kopf schraubte, konnten auch sie nichts ausrichten. Es war eine andere Dunkelheit, nicht die leere, undurchdringliche seiner Bewusstlosigkeit, sondern eine erschreckend reale. Eine, die von Resignation und Lethargie erfüllt war.

Insofern war er in der Tat weit davon entfernt, seiner Situation irgendetwas Positives abzugewinnen. Auch bezweifelte er, dass er überhaupt jemals dazu imstand sein würde. In seinem jetzigen Zustand wäre er am liebsten sogar wieder ganz von der Bildfläche verschwunden. Zwar führte er mittlerweile ein Leben im Hellen, doch diese vermeintliche Helligkeit war bisweilen dunkler als die schwärzeste Winternacht. Vor allem ließ sie ihn auf schmerzhafte Weise erkennen, wie wenig noch an den Mann erinnerte, der er einmal gewesen war und der er vermutlich nie wieder sein würde.

Kurz vor drei. Idealerweise gab es gleich Kaffee und ein paar Kekse zu knabbern. Süßes würde ihm jetzt sicher guttun. Ein Verlangen, das er immer dann verspürte, wenn er emotional unter Stress stand. Das war schon früher so gewesen, auch vor dem Koma. Somit gab es zumindest eine Konstante in seinem Leben, die offenbar alle Zu- und Umstände überdauert hatte.

Schwermütig wanderte sein Blick zu dem kleinen Nachttisch neben seinem Bett. *Den Zauber der kleinen Momente erkennen* – so stand es in verschnörkelten Buchstaben auf einer Lebensweisheiten-Postkarte, die ihm seine Psychologin Frau Holtkamp als Trainingserinnerung mitgegeben hatte. Wie gerne wäre Erik diesem Aufruf gefolgt. Doch er hatte keine Ahnung, wie er das anstellen sollte.

Natürlich wusste er selber, dass seine ewige Schwarzmalerei wenig förderlich für seine Situation war, er dringend zu einer lebensbejahenden Haltung zurückfinden musste, um Fortschritte zu erzielen. Aber er hing nun mal im Orbit fest, gedankenschwer und von Trübsinn umhüllt, ohne einen blassen Schimmer, wie und ob er da je wieder rauskam.

Wie sehr er doch seine Psychologin um ihren unerschütterlichen Optimismus beneidete. Sie besaß die Fähigkeit, in allem etwas Positives zu sehen und den guten Seiten der Dinge stets mehr Beachtung zu schenken als den schlechten. Eine Haltung, die sie auch ihren Patienten zu vermitteln versuchte, deren Umsetzung Erik allerdings enorm schwerfiel. Dennoch wünschte er sich in diesem Augenblick nichts sehnlicher, als von ihrem esoterischen Simsalabim beruhigt und eingehüllt zu werden.

Bestimmt hätte sie auch seinem vergreisten Spiegelbild zu neuem Glanz verholfen, ihm eine Ästhetik, eine Würde verpasst, die Erik bislang verborgen geblieben war. Das aschfahle Grau, es wäre unter ihrer Aura demütig zerfallen, hätte Platz gemacht für die Farben, die vom Leben in der Gegenwart erzählten. Womöglich würde er sich daran erinnern, dass sich die Dinge grundsätzlich nicht so düster darstellten, wie er sich vorgenommen hatte, sie zu sehen. Aber die Realität war bedauerlicherweise eine andere: Er war allein, Frau Holtkamp bereits im wohlverdienten Wochenende und sein Zustand chronisch trüb wie eh und je.

»Herr Pohlmann?«

Es dauerte eine Weile, bis Erik merkte, dass jemand mit ihm sprach. Es war die inzwischen vertraute Stimme von Schwester Beatrice.

»Ich hoffe, das reicht.« Gemeint war der üppige Stapel kreisrunder Haferkekse auf dem Teller. Sonst eher spärlich mit zwei bis drei Keksen arrangiert, ließ die großzügige Portion diesmal kein Raum für Beanstandung. Offenbar zeigte man sich lernfähig, was den Anflug eines dankbaren Lächelns über Eriks Gesicht gleiten ließ.

Genüsslich machte er sich über die Kekse her. Zunächst noch zivilisiert, dann immer hemmungsloser. Zuletzt stopfte er sie mit derartiger Geschwindigkeit in den Mund, dass er mit dem Kauen und Schlucken kaum noch hinterherkam. Dabei handelte sich nicht etwa um kulinarische Preziosen, sondern um primitives Trockengebäck – solches, das in Großpackungen für 1,99 Euro an jeder Supermarktkasse auslag. Dennoch war es ein Hochgenuss für seinen ausgehungerten Körper, vor allem aber die einzige Möglichkeit, sich für einen kurzen Moment aus der Unerträglichkeit seiner verstümmelten Existenz zu befreien.

»Was Sie nur an diesen langweiligen Keksen finden.« Die Schwester schüttelte verständnislos den Kopf.

»Alkohol und Zigaretten wären mir auch lieber«, bemerkte Erik trocken, während er mit der Fingerspitze die restlichen Krümel vom Teller pickte.

»Denken Sie daran, dass Sie gleich Ihr Gespräch mit Frau Professor haben?«, erinnerte die Schwester nach einer kurzen Pause.

Erik nickte. Natürlich dachte er daran, hatte er doch selbst darum gebeten. Es gab schließlich einiges zu klären. Vor allem wollte er von ihr wissen, warum man ihn wie ein unmündiges Kind behandelte und konsequent alles von ihm fernhielt, was auch nur ansatzweise mit der Welt außerhalb des Krankenhauses zu tun hatte. Keine Besucher, kein Internet, kein Handy. Nicht mal einen Fernseher gestattet man ihm, geschweige denn einen Blick in eine aktuelle Tageszeitung.

Noch weniger konnte er jedoch begreifen, warum sie ihm sogar den Kontakt zu seiner Mutter verweigerten – wohl wissend, wie sehr ihn die Nachricht ihrer Demenzerkrankung belastete. Nur ein kurzer Anruf, um zu erfahren, wie es ihr ging und um ihr zu sagen, dass er aus dem Koma erwacht war. Doch selbst das ließen sie nicht zu. Ein solches Gespräch müsse sorgfältig vorbereitet werden, so ihre Begründung, insbesondere da sich sowohl Erik als auch seine Mutter psychisch nicht gerade in stabiler Verfassung befänden.

Natürlich schmeckte ihm diese Art der Bevormundung überhaupt nicht. Doch sein Opponieren lief stets ins Leere. Für gewöhnlich waren es immer dieselben hinhaltenden Antworten, die er von den Schwestern oder Stationsärzten zu hören bekam; dass alles schon seine Richtigkeit hatte, man ihn behutsam auf das Leben draußen vorbereiten wolle. Außerdem hätten nicht sie, sondern allein die Professorin darüber zu entscheiden, welche Maßnahmen für ihn geeignet wären, zumal sie auf dem Gebiet der Rehabilitation von Komapatienten am erfahrensten sei.

Es mochte ja sein, dass es sich bei der Professorin um eine medizinische Koryphäe handelte. Das wollte er auch überhaupt nicht in Abrede stellen. Allerdings hatte sie sich schon seit Tagen nicht mehr blicken lassen. Wie sollte sie also wissen, was er gerade benötigte und was das Beste für ihn sei? Für Erik, der es in seinem Beruf gewohnt gewesen war, Entscheidungen auf Basis einer sorgsam eruierten Faktenlage zu treffen, kein wirklich nachvollziehbares Vorgehen, zumal seine derzeitigen Lebensumstände so maßgeblich davon abhingen.

»Sie wissen ja, bis ans Ende des Korridors ist es ein langer Weg und die Professorin wartet nicht gern«, meldete sich die Schwester nach längerer Pause zu Wort. »Wenn Sie wollen, dass ich Sie begleite ...«

»Nicht nötig, Beatrice« Mit einem aufgesetzten Lächeln erhob sich Erik vom Bett und streifte sich den Bademantel über. Dann hob er seine Hand zu einem angedeuteten Abschiedsgruß und setzte sich in Bewegung.

Die schönste Zeit im Jahr

Behäbig schlurfte Erik den menschenleeren Krankenhausflur entlang – vorbei an den geschmacklosen Blumenbil-
dern, den verwaisten Sitzecken und Patientenzimmern.
Die Türen waren weit geöffnet, doch es drang keinerlei Leben aus den Zimmern. Nur eine gespenstische Stille, die
gelegentlich von den Geräuschen der Beatmungsmaschi-
nen und Überwachungsmonitore unterbrochen wurde.

Aus angeblichen Platzgründen war er noch immer auf
der Koma-Station untergebracht. Außer ihm befanden sich
alle anderen Patienten jedoch im Off-Zustand, sodass die
in Krankenhäusern üblichen Gang-Pläuschchen ebenso
entfielen wie die obligatorischen Überholmanöver mobiler
Infusionsständer, an denen für gewöhnlich watschelnde
Frotteemäntel klebten.

Nein, eine besonders menschenfreundliche Atmosphäre war das hier nicht. Eher konnte man den Eindruck
gewinnen, als hätte ein Chemie- oder Atomunfall sämtli-
ches Leben ausgelöscht. Sehnsuchtsvoll wanderte Eriks
Blick daher einmal mehr zu den Fahrstuhlschächten, die

sich in der Mitte des Korridors auftaten und den Geschmack von Freiheit suggerierten – auch wenn er wusste, dass dies bloß fader Gaumenkitzel war, dem nichts folgte.

Wie gerne wäre er jetzt nach unten gefahren und hätte sich für ein paar Minuten im vermeintlichen Trubel der Empfangshalle verloren. Endlich mal wieder andere Gesichter sehen, andere Luft einatmen und vor allem einen Eindruck von der Welt gewinnen, die ihm so lange versagt geblieben war. Es hätte ihm sicher gutgetan. Doch die Benutzung des Aufzugs war ausschließlich dem Personal vorbehalten. Ohne einen entsprechenden Schlüssel konnte man weder hinauf noch hinunter. Zwar gab es auch ein Treppenhaus, doch um die sieben Stockwerke zu bewältigen, fehlte ihm noch die Kraft.

Die an den Fahrstuhl angrenzende und chronisch verwaiste Sitzgruppe für Besucher war ebenso Fake wie das sich dahinter befindende Fenster, das einzige auf dem gesamten Korridor. Der Blick offenbarte nur wenig Spektakuläres. Es war dieselbe Aussicht wie aus seinem Zimmer: Eine rot verklinkerte, fensterlose Rückwand, die offenbar zum Nachbargebäude gehörte. Davor, in einer Art Innenhof gelegen, die zweistöckige Krankenhauswäscherei. Aus dem Dach ragten mehrere kleine Schornsteine, deren Rauchschwaden zumindest gelegentlich für etwas Unterhaltung sorgten. Menschliches Treiben suchte man aber auch hier vergebens.

Erik näherte sich dem Ende des Flures. Ein riesiges Hinweisschild erinnerte noch immer an die Einhaltung der Maskenpflicht. Dabei war diese inzwischen abgeschafft worden, wie er von Schwester Beatrice erfahren hatte. Seitdem das Virus in Deutschland fast vollständig ausgerottet war, bestand offenbar keine Notwendigkeit mehr, sich vor todbringenden Aerosolen zu fürchten. Erik ignorierte daher den wohlgemeinten Hinweis und trat unmaskiert durch die Glastür zu den Sprechzimmern.

Neben der Professorin, Doktor Hilbert und den Physiotherapeuten hatte auch seine Psychologin Frau Holtkamp hier ihr Zimmer. Ganze Vormittage verbrachte er inzwischen bei der attraktiven Mittdreißigerin, die mit Vornamen Miriam hieß und stets von einem angenehmen Duft umgeben war. Eine Mischung aus Rosen und Marzipan, was für Erik einen äußerst wohltuenden Kontrast zum süßlich-chemischen Krankenhausgeruch darstellte.

Früher wäre er vermutlich versucht gewesen, sie mit Komplimenten zu überschütten, verbunden mit dem Hintergedanken, sie in einem passenden Moment flachzulegen. Doch auch in dieser Hinsicht hatte seine lange Bewusstlosigkeit Spuren hinterlassen. Seine vormals ausgeprägte Libido schien ähnlich wie sein Erinnerungsvermögen inzwischen verkümmert zu sein.

Er konnte sich den Therapiesitzungen daher ganz fokussiert und fernab jeglicher Triebhaftigkeiten widmen. Für gewöhnlich traten sie dabei jedoch auf der Stelle, was er daran merkte, dass sie viele ihrer Fragen wie Mantras wiederholte. Bei nahezu jeder Sitzung wollte sie von ihm wissen, ob er sich an irgendetwas aus der Zeit seines Komas erinnerte? Ob er Träume gehabt, Schmerzen verspürt oder etwas davon mitbekommen habe, was um ihn herum geschehen war? Aber da war absolut nichts, keine andere Wirklichkeit, keine vergeistigte Welt, von der manche Komapatienten so salbungsvoll berichteten, nur diese hermetische Dunkelheit.

Die Psychologin gab sich zweifellos große Mühe mit ihm, was Erik sehr schätzte. Auch war sie nahezu die einzige auf der Station, die ihn weder ständig bevormundete, noch in einen Tonfall verfiel, den man für gewöhnlich Zwangsverwahrten in Hab-mich-lieb-Jäckchen zukommen ließ. Gleichwohl wich auch sie seinen Fragen zur Außenwelt aus und trat auf die Bremse, wenn es um die abverlangte Darreichung essentieller Informationen zu seiner Vergangenheit ging. Eine Amnesie könne man schließlich nicht damit beheben, indem man die fehlenden Erinnerungen und Lebenslaufbausteine wie ein Multivitaminsupplement verabreicht bekäme, so ihre Begründung. Ohne das Gefühl der Erfahrbarkeit würde sich sein Zustand nur schwer ändern können. Ein positiver Heilungsprozess hänge somit vor allem von seiner Bereitschaft ab, durch gezieltes und hartes Training, die eigenen Bewusstseins-Ressourcen zu aktivieren.

Aus Psychologensicht eine durchaus nachvollziehbare Haltung. Auch war es ja nicht so, dass Erik sich nicht redlich bemühte. Doch die verpixelten, blinden Flecke in seinem Gehirn wollten sich einfach nicht mit Bildern füllen. Und wenn sie es gelegentlich doch taten, dann fehlten die Anknüpfungspunkte, mit denen er sie zeitlich hätte verorten können.

Hier hätte in der Tat ein wenig Input von außen gutgetan. Ein kleiner Hinweis, um ihn auf die richtige Spur zu lenken. Aber außer den Vermerken in seiner Patientenakte wusste seine Psychologin vermutlich selbst kaum etwas über ihn. Zudem waren mit der ominösen Besucherin und seinem angeblichen Sohn die einzigen Informanten, die man zu seiner Person hätte befragen können, abgetaucht.

Noch bedauerlicher allerdings, dass man sie ziehen ließ, ohne zuvor ihre Kontaktdaten in Erfahrung gebracht zu haben. Ein nicht zu entschuldigendes Versäumnis, das schmerzte, jedoch nicht mehr zu ändern war.

Folgerichtig wusste er auch dem Polizisten, der ihn vor ein paar Tagen zum vereitelten Attentat vernommen hatte, nur wenig Sachdienliches zu berichten. Er konnte sich jedenfalls nicht erinnern, irgendwelche Feinde gehabt zu haben. Andererseits war er sicher auch kein Unschuldslamm gewesen. Eifersüchtige Ehemänner oder um Einlagen geprellte Investoren hatte es bestimmt einige gegeben. Ihnen aber deshalb gleich Mordabsichten zu unterstellen, schien ihm dann doch weit hergeholt. Trotzdem beschäftigte ihn der Vorfall natürlich, zumal sich der Täter noch immer auf freiem Fuß befand.

Vielleicht gab es sogar einen Zusammenhang mit der rätselhaften Besucherin. Irgendetwas musste sie schließlich bewogen haben, so sang- und klanglos von der Bildfläche zu verschwinden. Hatte es der Killer womöglich auch auf sie abgesehen? Oder in eine völlig andere Richtung gedacht, war sie womöglich dessen Auftraggeberin? Zugegeben eine etwas krude These, aber auch nicht ganz abwegig. Blieb nur die Frage nach dem Motiv: Betrug und Enttäuschung? Die Aussicht auf ein lukratives Erbe? Ein gemeinsames Kind, aber keine Unterstützung?

Nicht auszudenken, wenn es sich bei besagter Blondine tatsächlich um die Mutter seines mutmaßlichen Sprösslings handelte, deren Besuche an Eriks Bett lediglich ihrer Sorge ausbleibender Alimente geschuldet gewesen waren. Folglich wird es sie nicht sonderlich erfreut haben, ihren einstigen Gönner als mittellos dahinvegetierendes Wrack vorzufinden. Von Wut und Rachegelüsten getrieben, sah sie womöglich keinen anderen Ausweg, als einen Killer auf ihn anzusetzen. Eine gleichsam schaurige wie plausible Erklärung, wenngleich Erik sie lieber nicht weiterverfolgte und im Nachhinein als gedankliche Verwegenheit abtat. Auch dem Polizisten verschwieg er seine These, was zweifellos auch besser war, da dies nur zusätzliche Fragen aufgeworfen hätte. Fragen, die er ohnehin nicht beantworten konnte.

»Wie lange noch?«, wollte Erik von der Professorin wissen, nachdem sie die üblichen Begrüßungsfloskeln ausgetauscht hatten.

»Wie lange noch was?«

»Wie lange ich noch hierbleiben muss.«

»Herr Pohlmann, Sie wissen doch selbst, wie es um Ihre momentane Verfassung bestellt ist«, entgegnete die Professorin und legte ihre Stirn in Falten. »Ein, zwei Monate würde ich Sie gerne noch hierbehalten. Das wäre auch...«

»Ein, zwei Monate?«, fiel er ihr aufgebracht ins Wort.

»Ja, das halte ich durchaus für sinnvoll. Auch würde ich Sie danach gerne noch in eine Reha-Klinik überstellen.«

Erik brauchte einen Moment, um ihre Worte zu verdauen. Ihm dämmerte, worauf das Gespräch hinauslief, was deutlichen Widerwillen in ihm erzeugte. »Ich möchte Ihnen wirklich nicht zu nahe treten, aber jemanden auf die Welt vorzubereiten, indem man ihn monatelang einsperrt und alles vorenthält, was von draußen zu ihm dringen kann, klingt für mich alles andere als plausibel. Außerdem denke ich nicht, dass Sie mich zum Bleiben zwingen können.«

»Nein, da haben Sie recht, das kann und möchte ich auch gar nicht. Ich hoffe aber, dass Sie meinen Ratschlag befolgen und keine überstürzten Entscheidungen treffen. Eine zu schnelle Berührung mit der Außenwelt könnte tatsächlich fatale Folgen für Sie haben. Und was die vermeintlichen Vorenthaltungen betrifft… Sie sprechen vermutlich auf den fehlenden Fernseher oder Ihr Handy an?«

»Unter anderem«, entgegnete Erik. »Aber auch, dass ich die Station weder in Begleitung noch alleine verlassen darf. Mir ist nicht mal gestattet, draußen frische Luft zu schnappen. Ihre Fürsorglichkeit in allen Ehren, aber ich bin kein kleines Kind mehr.«

»Natürlich sind Sie das nicht. Ich kann Ihren Unmut auch durchaus nachvollziehen. Aber zum einen muss sich Ihr Immunsystem erst wieder stabilisiert haben, bevor Sie sich gefahrlos im Freien aufhalten können und zum anderen…« Mitten im Satz stockte sie plötzlich und hielt einen Moment inne. »Die Welt, die Sie noch von früher kennen, ist inzwischen eine komplett andere geworden. Da hat sich eine Menge verändert, das meiste nicht unbedingt zum Positiven. Selbst für uns, die wir nicht im Koma lagen oder an Amnesie leiden, ist die Welt da draußen nicht einfach zu verstehen.«

»Sehen Sie, genau das würde mich zum Beispiel brennend interessieren. Aber vermutlich werden Sie mir auch dazu keine Details verraten.«

»So ist es. Aber nicht, weil ich Sie entmündigen möchte, sondern um Sie zu schützen.«

Erik stieß einen tiefen Seufzer aus und schüttelte den Kopf, wie jemand, der an das Ende vergeblicher Anstrengungen gelangt war. Er hasste es, im Unklaren gelassen zu werden. Auch ärgerte er sich, dass die Professorin auch weiterhin keinerlei Anstalten machte, die für ihn geltenden Regeln wenigstens in Teilen zu lockern.

»Für Ihren weiteren Genesungserfolg ist es wichtig, Sie so behutsam wie möglich auf alles vorzubereiten«, fuhr die Ärztin nach einer kurzen Pause fort. »Wie schon gesagt, eine zu frühe Konfrontation mit dieser für Sie neuen Realität wäre aus meiner Sicht mit erheblichen Risiken verbunden. Das könnte nicht nur einen schweren Schock, sondern im schlimmsten Fall sogar ein erneutes Koma zur Folge haben.«

»Nur, weil ich mir im Fernsehen die Nachrichten anschaue?«, schob Erik ungläubig ein.

»Herr Pohlmann, auch wenn es sich für Sie vielleicht nicht immer so anfühlt, aber Sie haben durch ihre lange Auszeit ein schweres Trauma erlitten. Das ist auch der Grund, warum sich Ihr Gedächtnis noch nicht vollständig zurückgemeldet hat. Ihr Gehirn versucht mit dieser Reaktion zu verhindern, dass Sie sich überfordern. Nichts anderes wollen wir auch. Deshalb wägen wir ganz genau ab, wann für was der richtige Zeitpunkt ist. Und ja, das Handy oder der Fernseher, generell alle medialen Informationen, wären für Ihren Heilungsprozess derzeit kontraproduktiv. Zunächst sollte es ausschließlich darum gehen, dass Sie sich mit Ihrem Trauma auseinandersetzen, das Erlebte verstehen und einen besseren Umgang damit finden. Und was Ihre Frage betrifft: Ja, es sind bereits Menschen zurück ins Koma gefallen, weil Sie in der Tagesschau die Nachricht über ein Zugunglück oder ein Buschfeuer in Australien nicht verkraftet haben.«

»Jetzt übertreiben Sie aber«, sagte Erik. Gleichwohl musste er zugeben, dass ihn die Vorstellung eines beim Fernsehen kollabierenden Pyromanen irgendwie amüsierte.

»Herr Pohlmann, es wäre wirklich schön, wenn Sie unseren Maßnahmen etwas mehr Vertrauen entgegenbringen würden. Sie haben hier einen optimalen, vor allem völlig geschützten Rahmen, um sich in aller Ruhe zu rehabilitieren. Das ist durchaus eine privilegierte Situation, die wir nicht jedem Patienten bieten können.«

»Das weiß ich auch durchaus zu schätzen«, gab Erik versöhnlich zurück. »Ist ja nicht so, dass ich mir keine Mühe geben würde. Aber was meine fehlenden Erinnerungen betrifft, hat sich in den letzten zwei Monaten so gut wie nichts getan. Auch bezweifele ich, dass sich daran jemals etwas ändern wird. Jedenfalls nicht, solange ich keine vertrauten Orte oder Menschen besuchen kann, die meinem Gedächtnis auf die Sprünge helfen.«

»Aber lieber Herr Pohlmann, sechs Wochen sind wirklich keine lange Zeit«, beschwichtigte die Professorin. »Bedenken Sie, dass Ihr Gehirn fast zwei Jahre völlig stillgelegt war. Da muss sich neuronal erstmal wieder einiges verknüpfen. Aber wenn Sie geduldig sind und sich vor allem nicht ständig unter Druck setzen, kehren Ihre Erinnerungen mit der Zeit von ganz allein zurück. Vorrausetzung dafür ist natürlich, dass sie weiter kontinuierlich mit Frau Holtkamp zusammenarbeiten. Das Gedächtnistraining wird den gesamten Prozess deutlich beschleunigen. Wie ich hörte, verstehen Sie sich ja außerordentlich gut mit ihr.«

Erik nickte, auch wenn ihm die Aussicht auf eine monatelang andauernde Rehabilitation ganz und gar nicht behagte. Doch obwohl er innerlich opponierte, zog er es vor, nicht weiter mit der Ärztin zu diskutieren. Es machte einfach keinen Sinn. Sie würde ja doch nicht von ihrem Standpunkt abrücken, ganz gleich welche Argumente er vorbrachte.

Er musste sich somit etwas anderes überlegen, um an die verschütteten Erinnerungen zu gelangen. Denn eines war klar und hatte sich während des Gesprächs auch nicht geändert: Nur durch Frau Holtkamps wohlgemeinte Fragen und das tägliche Training würde sich an seiner Situation nichts ändern. Da konnten sie ihm hundertmal sagen, es brauche nur ein wenig Geduld, damit sich in seinem Kopf wieder alles zurechtrückte. Nein, das würde es nicht, zumindest nicht hier, in dieser lebensfeindlichen und sterilen Umgebung. Erinnerungen waren schließlich keine verloren gegangenen Socken, die sich irgendwo unter dem Bett versteckten oder in einer seiner Bademanteltaschen. Er musste draußen danach suchen, da, wo er vor dem Koma gelebt hatte, man ihn beim Einkaufen grüßte und seine Spuren auf den Pflastersteinen klebten. Dort musste er hin, und zwar so schnell wie möglich – notfalls auch ohne das Einverständnis der Professorin.

Er war sich ohnehin nicht sicher, inwieweit er ihren Worten trauen konnte. Ihre Aussage, ihn angeblich nicht zum Bleiben zwingen zu wollen, klang wie eine abgenötigte Beruhigungsfloskel. Bei dem ansonsten auf der Station vorherrschenden Maßregelungsfaschismus war eher zu erwarten, dass man ihn trotz anderslautender Zusicherung am Gehen hindern würde.

Er beschloss daher, seine Abwanderungsgedanken für sich zu behalten, zumal er ohnehin noch etwas Vorbereitungszeit benötigte. In seiner momentanen Verfassung würde er es noch nicht mal bis zur Krankenhauspforte schaffen. Es war daher unerlässlich, zunächst weiter an seiner Fitness zu arbeiten. Auch war klar, dass er sein tägliches Laufpensum deutlich würde steigern müssen. Er sollte konditionell zumindest in der Lage sein, eine der nächstgelegenen U-Bahn-Haltestellen zu erreichen. Die bisher antrainierten sechs Flurrunden waren dafür nicht genug, kamen dabei allenfalls 400 Meter zusammen. Nach seiner Berechnung würde er mindestens zehn, besser noch zwölf Runden benötigen, um es zur U-Bahn zu schaffen.

»Alles in Ordnung, Herr Pohlmann?«, wollte die Professorin wissen.

»Alles in Ordnung«, erwiderte Erik. »Ich war nur kurz in Gedanken.«

»Gut so. Lassen Sie das Ganze ruhig erstmal sacken. Ich denke, wir können es für heute dabei belassen. Oder haben Sie noch Fragen?«

»Nein, im Moment nicht«, entgegnete er mit einem sachlichen Lächeln und stand auf. Er war schon fast an der Tür, als ihm doch noch eine Frage in den Kopf schoss. Sie hatte nichts mit ihrem Gespräch oder seinen Fluchtplänen zu tun. Dennoch schien sie ihm plötzlich ungemein wichtig, als würde sie ihm schon lange auf der Zunge liegen und nur darauf warten, endlich ausgesprochen zu werden. »Welches Datum haben wir heute?«

»Den 12. Mai.«

»Die schönste Zeit im Jahr«, seufzte er und starrte sehnsüchtig über die Professorin hinweg zum offenen Fenster.

»Auch nächstes Jahr ist wieder Mai«, versuchte sie sich tröstend.

Erik runzelte zweifelnd die Stirn. Dann räusperte er sich und legte in einer hochpathetischen Geste die Hand auf sein Herz. »Nun hält's den dunklen Mond nicht mehr im Haus, Maiglöckchen ruft auch mich. Die Blümchen gehen zum Tanze aus, zum Tanzen geh auch ich.«

»Oh, das ist nett. Heine?«

»Fallersleben.«

»Alle Achtung, Ihr lyrisches Gedächtnis scheint Sie offenbar nicht im Stich gelassen zu haben. Das macht doch Hoffnung.«

Erik zuckte gleichgültig mit den Schultern, obwohl es auch ihn wunderte, dass er zwar ein Gedicht aus seiner Schulzeit zitieren konnte, jedoch nicht den geringsten Schimmer hatte, wo sich sein Zuhause befand, wie sein letzter Arbeitgeber hieß und ob er seinen Kaffee für gewöhnlich schwarz oder mit Milch und Zucker zu trinken pflegte. All das und noch vieles mehr würde er hoffentlich bald herausfinden. Jetzt aber hieß es erstmal trainieren und keine weitere Zeit zu verlieren.

Der Wegweiser

Erik atmete erleichtert auf und wischte sich den Schweiß von der Stirn. Besser hätte es nicht laufen können. Weder das Pflegepersonal noch die Ärzte hatten etwas bemerkt – wie auch? Er hatte ihre Abläufe bis ins kleinste Detail studiert und wusste genau, dass sie sich jede Nacht um Punkt vier Uhr im Dienstzimmer versammelten. Der perfekte Moment, um sich ungesehen aus dem Staub zu machen. Doch dass es so mühelos klappen würde, hatte selbst er nicht erwartet.

Nun also war er frei, hatte das Krankenhaus tatsächlich hinter sich gelassen. Ab jetzt würde er wieder ganz allein über sein Leben bestimmen – niemand mehr, der ihm sagte, wann er aufzustehen, sich anzuziehen oder ins Bett zu gehen hatte. Ein erhabenes Gefühl, das er in vollen Zügen genoss – ebenso wie die klare, frische Luft, die zum ersten Mal seit langem wieder tief in seine Lungen strömte. Luft, die nicht mit Desinfektions- und Reinigungsmitteln verpestet war, sondern nach echter Freiheit roch und ihn für einen Moment sogar seine Amnesie vergessen ließ.

Ohne ein genaues Ziel zu haben, schlenderte er in Richtung Klosterstern. Die Straßen im frühmorgendlichen Eppendorf waren noch menschenleer, selbst Autos waren keine zu sehen. In den Häusern, die sich links und rechts aus der Dämmerung schälten, schien nirgendwo ein Licht. Offenbar lagen die Bewohner noch friedlich in ihren Betten und schliefen.

Erik versuchte sich zu erinnern, wann er das letzte Mal hier gewesen war. Vor drei Jahren? Vor fünf? Vor zehn? Er wusste es nicht mehr. Die vagen Bilder, die er noch von diesem Stadtteil in Erinnerung hatte, waren jedoch viel freundlicher – bei Weitem nicht so verkommen wie jetzt. Besonders die ehemals prachtvollen Jugendstilhäuser befanden sich teilweise in einem erbärmlichen Zustand. Es waren zwar noch keine Ruinen, aber auch nicht mehr sehr weit davon entfernt. Zudem standen die meisten Boutiquen, Cafés und Lifestyleläden leer. Manche Schaufenster waren sogar mit Brettern vernagelt, in anderen rekelten sich vereinzelt nackte Puppen, die offenbar seit Jahren nichts weiter trugen als ein Gewand aus Staub.

Doch auch im benachbarten, von Luxusvillen beherrschten, Harvestehude zeigten sich deutliche Verfallserscheinungen. Dabei versuchte das spärliche Licht der wenigen Straßenlaternen noch das Schlimmste zu kaschieren. Vergeblich. Ein Straßenbild wie aus einem Endzeit-Thriller: marode, mitunter leerstehende Häuser, verwahrloste Vorgärten sowie müll- und unkrautübersäte Bürgersteige. Mit anderen Worten: ein Ort, der Beklemmungen auslöste.

Auffällig auch, dass in der gesamten Gegend kein einziges Auto abgestellt war. Weder in den Parkbuchten noch in den Einfahrten.

Erik fragte sich, was wohl dazu geführt haben mochte, dass diese einst so vornehmen Stadtteile derart verelenden konnten. Gab es womöglich einen Zusammenhang mit der Pandemie? Jenes todbringende Virus, welches angeblich auch ihm zum Verhängnis geworden war und letztlich für seine lange Bewusstlosigkeit verantwortlich gewesen sein sollte. So zumindest hatten es ihm die Ärzte erklärt. Auch über die durch die Pandemie ausgelösten allgemeinen Missstände im Land wurde er ansatzweise informiert. Wie jedoch bei fast allen Themen, die die Welt außerhalb des Krankenhauses betrafen, sollten sich ihre Schilderungen auf vage Andeutungen und Beschwichtigungen beschränken.

Vor dem Hintergrund der jüngst auf seinem Fußmarsch gewonnenen Eindrücke, bekamen die im Zusammenhang mit der Pandemie aufgeschnappten Schlagwörter allerdings eine ganz neue Bedeutung. Durchaus möglich, dass die monatelangen Lockdowns, Ausgangssperren und Schulschließungen weitaus schwerwiegendere Folgen nach sich gezogen hatten, als ihm im Krankenhaus suggeriert worden war. Ob das Virus allerdings wirklich die Kraft besessen hatte, ganze Stadtteile in Schutt und Asche zu legen, schien ihm dennoch fragwürdig, wenngleich es auch nicht auszuschließen war.

Müßig, weiter darüber nachzugrübeln oder irgendwelche Hypothesen aufzustellen. Eine Antwort würde er ja doch nicht erhalten, zumindest nicht jetzt. Auch wollte er die Freude über seine wiederlangte Freiheit nicht mit apokalyptischen Szenarien überladen. Von daher verdrängte er die unwillkommenen Gedanken, während er zielgerichtet den nahegelegenen Innocentiapark ansteuerte.

Wie gut, dass wenigstens sein geographisches Gedächtnis von der Amnesie verschont geblieben war. Er wusste noch genau, wo sich der Park befand, konnte sogar die Straßen und Kreuzungen, die zu ihm führten, benennen – als ob er sie erst gestern durchwandert hätte. Und doch glich die Stadt einer überwiegend leeren Hülle – ohne Gesichter, ohne Namen, ohne Geschichten. Ja, er wusste noch, wo alles war, aber nicht, warum es ihm jemals etwas bedeutet hatte.

Erschöpft sank Erik auf einer morschen Parkbank nieder, die sich dankenswerterweise direkt vor ihm aus dem Taunebel schälte. Diese Pause hatte er sich redlich verdient. Erstaunlich, dass er überhaupt so lange durchgehalten hatte. Schließlich lief er bereits über eine Stunde durch die Gegend, und das in einem durchaus bemerkenswerten Tempo. Wahrlich keine Selbstverständlichkeit für jemanden, der erst seit kurzem wieder unter den Lebenden weilte und dessen Kondition sich noch im Aufbau befand. Von daher konnte er sich eines leichten Anflugs von Stolz nicht erwehren – ein Gefühl, dass er schon seit Ewigkeiten nicht mehr gehabt hatte.

Nun aber verlangte sein Körper tatsächlich nach einer kurzen Auszeit. Der kleine Park im Herzen Harvestehudes schien dafür der ideale Ort zu sein. Hier konnte er sich sammeln, seine Kräfte bündeln, aber auch die nächsten

Schritte planen. Schließlich war es bislang immer nur darum gegangen, sich möglichst schnell aus der Gefangenschaft zu befreien. Über alles, was danach folgen würde, hatte er sich dagegen wenig Gedanken gemacht. Dabei verlangte die Suche nach seiner Identität durchaus ein strategisches Vorgehen. Dafür musste er sich jedoch zunächst darüber klar werden, wonach genau er eigentlich suchen wollte, geschweige denn an welchem Ort.

Auch gab es noch jede Menge weiterer Dinge, über die er sich Gedanken machen musste: Zum Beispiel die Frage seiner Unterkunft, und auch, wie er an Essen, Geld und neue Kleidung kommen würde. Sein alter, ausgebeulter Leinenanzug war bereits völlig zerschlissen und drohte jeden Moment auseinanderzufallen.

Erik streckte seine Beine aus und lümmelte sich mit seinem Oberkörper seitlich in die Bank. Es war kein Zufall, dass er ausgerechnet den Innocentiapark für seine Pause ausgesucht hatte. Schließlich lagen in diesem Park die Fragmente seiner Kindheit verborgen – insbesondere jene wenigen, die seinem Gedächtnis auf wundersame Weise erhalten geblieben waren.

Hier ganz in Nähe hatten seine Großeltern gelebt. Wann immer er bei ihnen zu Besuch gewesen war, gehörte selbstverständlich auch ein Abstecher in den Park dazu. Neben einem Spielplatz mit Wasserpumpe und Schaukeln sowie einer gepflegten Rasenfläche, auf der sich vortrefflich Fußballspielen ließ, erstreckte sich darin auch ein winziger Hügel, der ihm im Winter oft als Rodelbahn gedient hatte.

Vermutlich hatte es ihn auch als Erwachsener regelmäßig in die idyllische, von pastellfarbenen Gründerzeitvillen umgebene Grünanlage gezogen – auch wenn ihm wie so häufig die detaillierten Bilder dazu fehlten.

Nach Vorbild der quadratischen Londoner Parks, den sogenannten »Squares«, Ende des 19. Jahrhunderts angelegt, hatte man dort herrlich innehalten und sich vom stressigen Alltag erholen können. Eine mitten in der Stadt gelegene kleine grüne Oase, in der es überwiegend beschaulich zugegangen war. Für gewöhnlich hatten sich dort vor allem die betuchten Anwohner mit ihren Kindern und Hunden, Jogger und Liebespaare getummelt.

Heute war er jedoch bislang der Einzige, der sich hier in der Morgendämmerung verlor. Nicht wirklich überraschend. Wer würde schon auf die absurde Idee kommen, zu dieser unchristlichen Tageszeit spazieren zu gehen? Mal davon abgesehen, dass der Park ohnehin seine besten Tage inzwischen hinter sich zu haben schien.

Wo früher Stiefmütterchen und Vergissmeinnicht in Reihe sprossen, wucherte nun üppig das Unkraut. Zudem hatten die meisten Bäume, die den kreisförmigen Rundweg säumten, an Gleichmäßigkeit und Ordnung verloren. Manche waren nach hinten geknickt, andere ragten in den Weg hinein. Und auf der großen Wiese, wo er sich früher als Beckenbauer oder Rummenigge für seine Tore hatte abfeiern lassen, stand inzwischen meterhoch das Gras.

Nein, seiner exponierten Lage wurde der Park nicht mehr gerecht. Auch mit Notting Hill und englischem Gartenflair hatte das hier nicht mehr viel zu tun. Eher wähnte man sich in der Kulisse einer alten Gothic Novel. Es fehlten nur noch die Werwölfe und Vampire, die aus dem Dickicht strömten. Aber die Atmosphäre war auch so gespenstisch genug.

Umso erstaunlicher, dass er nicht die geringste Angst, ja nicht mal ein leises Schaudern verspürte. Vielleicht lag es ja am Adrenalin, das vermutlich noch immer durch seine Adern pumpte. Oder hatte ihn die Amnesie inzwischen derart abgestumpft, dass er kaum noch zu stärkeren Gefühlsregungen imstande war?

Doch als hätte er es heraufbeschworen, vernahm er plötzlich ein kurzes energisches Rascheln hinter sich im Gebüsch. Mit einem Schlag war es vorbei mit seiner Unbekümmertheit. Was zum Teufel war das? Ein Tier? Vielleicht eine Katze? Oder ein Marder auf Beutezug?

Erik hielt gebannt den Atem an und lauschte in die Stille hinein. Nichts. Vielleicht hatte er sich getäuscht. Gut möglich, dass ihm seine überreizten Sinne einen Streich spielten. Eine Mutmaßung, die er jedoch im nächsten Moment widerrufen musste, als das Rascheln erneut einsetzte – diesmal erheblich lauter und vom Knacken brechender Äste begleitet. Nein, das war keine Katze, auch kein anderes kleines Tier. Es musste etwas viel Größeres sein. Etwas, das ihm womöglich gefährlich werden könnte.

Angespannt wartete er darauf, was da womöglich gleich aus dem Unterholz kommen würde. Und tatsächlich, nachdem es noch zwei-, dreimal verdächtig krachte, sah er einen silbergrauen Blitz herausspringen, der in Windeseile an ihm vorbei über die große Wiese jagte und schließlich auf der gegenüberliegenden Parkseite wieder im Dickicht verschwand.

Erik blieb vor Schreck fast das Herz stehen. Dabei konnte er noch nicht mal sagen, was da genau an ihm vorbeigeschossen war. Es ging alles viel zu schnell. Spontan hätte er am ehesten auf einen Wolf getippt. Er verdrängte diesen Gedanken jedoch sofort wieder und redete sich ein, dass es sich vermutlich um einen Hund handelte. Es war ohnehin höchst unwahrscheinlich, mitten in Hamburg auf einen Wolf zu stoßen.

Je länger Erik allerdings darüber nachdachte, erschien ihm auch die Hunde-Variante nicht sonderlich beruhigend. Ein herrenloser Köter, noch dazu in dieser Größe, hatte durchaus etwas Unberechenbares. Zudem glaubte er sich vage zu erinnern, dass er Hunden noch nie sonderlich viel abgewinnen konnte, er womöglich sogar phobisch auf sie reagierte. So sah er sich in einem kurz aufflackernden Blitzlicht als Kind unter einer zähnefletschenden Kampftöle liegen, hilflos mit den Armen rudernd und um Gnade winselnd.

Letztlich spielte es auch keine Rolle, was genau sich dort im Dunklen verbarg. Nur eins war sicher: Er musste weg hier, und zwar sofort.

Vorsichtig erhob er sich von der Bank und steuerte bedachten Schrittes auf den Parkausgang zu. Bloß keine Unruhe in die Sache bringen oder mit einer hektischen Bewegung auf sich aufmerksam machen. Sein gedrosseltes Schritttempo sollte sich jedoch unverzüglich steigern, als plötzlich hinter seinem Rücken ein lautes Heulen ertönte. So schnell, wie es seine noch etwas ungelenken Beine zuließen, rannte er aus dem Park. Vorbei an den verlassenen Stadtvillen und verwilderten Vorgärten, durch die

Parkallee und das Jungfrauenthal, bis er schließlich völlig entkräftet den Klosterstern erreichte.

Schwer atmend hielt er sich an einem Straßenschild fest, um wieder etwas Luft in die Lunge zu bekommen. Immerhin wusste Erik jetzt, dass er im Notfall auf weitere Kraftreserven zurückgreifen konnte. Ein durchaus beruhigendes Gefühl, wie er fand.

Nachdem er sich wieder etwas gesammelt hatte, schaute er sich um. Eigentlich hatte er geglaubt, hinsichtlich maroder Straßenbilder inzwischen abgehärtet zu sein. Doch das hier stellte eine neue Dimension dar. Welch ein Anblick! Allein die Bürgersteige waren derart mit Unkraut überwuchert, dass man nur mit Mühe darauf gehen konnte. Dazu schiefe Laternen, vollgeschmierte Hauswände und Berge von Metallschrott. Am meisten allerdings wunderte er sich über die verlassenen Autos, die überall kreuz und quer geparkt waren und den Klosterstern zum Hindernisparcour machten. Es gab also noch Autos. Allerdings erweckten sie nicht gerade den Eindruck, als seien sie in letzter Zeit sonderlich beansprucht worden. Im Gegenteil, präsentierten sie sich überwiegend in einem schrottreifen Zustand. Bei manchen fehlten die Reifen, bei anderen waren die Scheiben eingeschlagen oder die Sitze und Türen herausgerissen.

Zwar war der kreisrunde Platz, von dem sternenförmig die Straßen abzweigten, vermutlich noch nie ein Ort gewesen, der zum ausgiebigen Verweilen einlud. So heruntergekommen, wie er sich Erik allerdings jetzt darstellte, war er wohl noch nie gewesen. Selbst die von den parkenden Schrotthaufen eingekesselte kleine Grünfläche in der Mitte des Kreisels war zur Müllhalde verkommen. Meterhoch türmten sich dort Haufen von Unrat, Möbeln und sonstiges Gerümpel. Fast schien es ihm, als wäre er in einem entlegenen Winkel der Bronx aufgeschlagen, angesichts des Unrats um ihn herum.

Was Erik ebenfalls irritierte, war die Tatsache, dass sich noch immer keinerlei menschliches Leben regte. Immerhin dürfte es inzwischen schon nach sieben gewesen sein. Üblicherweise gingen Menschen um diese Uhrzeit zur Arbeit. Aber der Klosterstern und die Straßen ringsherum blieben verwaist.

In Eriks Kopf begann es zu rotieren. Er hatte nicht die geringste Ahnung, was hier vor sich ging. Wo waren all die Menschen hin? Warum fuhren keine Autos oder Busse auf den Straßen? Was hatte es mit den maroden Häusern und leerstehenden Geschäften auf sich? Selbst der Eingang des U-Bahnhofes war mit Brettern vernagelt. Lediglich ein vergilbtes Schild informierte darüber, dass der Bahnbetrieb derzeit eingestellt sei.

Für jemanden, der gerade aus dem Koma erwacht war und an einer ausgeprägten Teilamnesie litt, hatte das alles etwas zutiefst Verstörendes – etwas, das Angst machte. Für einen kurzen Moment dachte er sogar darüber nach, in die Klinik zurückzukehren. Vielleicht hatte die Professorin ja recht und er war mental wirklich noch nicht bereit für diese Welt hier draußen. Andererseits brannte er darauf, die genauen Hintergründe der sich ihm darstellenden Apokalypse zu erfahren. Doch wie sollte er das anstellen, so geschwächt wie er war, noch dazu mit leerem Bauch. Dabei hatte er eigentlich vorgehabt, sich beim nächsten Bäcker mit Frühstück zu versorgen. Der Fünfziger in seiner Brieftasche – ein letztes Überbleibsel seiner Einlieferungsbestände – war unter anderem dafür vorgesehen. Doch die Bäckereien wie auch alle anderen Geschäfte hatten geschlossen. Insofern musste er weiter mit knurrendem Magen durch die Gegend laufen. Ein Umstand, der ihn erneut ans Krankenhaus denken ließ. Denn eines musste man den Lazarettköchen lassen: Wenn das meiste auch erbärmlich schmeckte, sowohl das zum Frühstück servierte Schaumomelett als auch der Cappuccino waren wirklich exzellent.

Eriks anfängliche Freude über seine wiedererlangte Freiheit war erstmal dahin. Stattdessen spürte er, wie sich eine gewisse Ernüchterung in ihm breitmachte. Ratlos richtete er seinen Blick zum Himmel, als erhoffte er sich von dort Antwort zu bekommen. Doch weder der Wind noch die vorbeiziehenden Wolken zeigten sich besonders mitteilsam. Auch nicht die über seinen Kopf hinwegflatternde Krähenschar.

Immerhin Vögel gab es noch, dachte er, während er ihren Flug verfolgte. Kurz darauf setzte eine von ihnen zur Landung an und ließ sich schließlich auf einem Wegweiserschild am Kreisel nieder. Eher beiläufig nahm Erik die sich darauf befindenden Abbiegehinweise zur Kenntnis: Eppendorf, Stadtpark, City-Nord, Flughafen, Winterhude, Uhlenhorst ...

Uhlenhorst! Verdammt, da war doch was. Wie elektrisiert blieb sein Blick auf den schwarzen Buchstaben kleben, als würde er ihnen eine tiefere Bedeutung abringen wollen. Eine Bedeutung, die mehr war als nur ein simpler

Stadtteilname. Dann begann sich sein Puls plötzlich zu beschleunigen. Durch seine Aufregung brauchte die Erkenntnis, die in seinem Unterbewusstsein bereits angelangt war, einen Moment länger, bis sie es in seine Gedanken schaffte. Nun aber kristallisierten sich die vagen Vermutungen zu Fakten: Uhlenhorst, natürlich! Das war sein Stadtteil! Dort hatte er gelebt, und dort befand sich auch sein Haus.

Auch wenn ihm nicht alle Details griffbereit waren, hatte er zumindest das äußere Bild vor Augen. Das Bild von einem Haus, das bereits im Krankenhaus einige Male vor seinem geistigen Auge aufgetaucht war: Eine kleine grüne Jugendstilvilla mit Veranda, verspielten Erkern und schmiedeeiserner Pforte, die in einen verwilderten Vorgarten führte. Dahinter ein üppiger, von den umliegenden Häusern beschatteter Stadtgarten, in dessen Mitte ein breitstämmig gewachsener Baum stand.

Für Erik stand sofort fest, dass er sich unverzüglich auf den Weg dorthin machen musste. Selbst ohne genaue Adresse dürfte ihm die Suche nicht allzu schwerfallen. Soweit er sich erinnern konnte, handelte es sich bei dem am östlichen Ufer der Außenalster gelegenen Uhlenhorst schließlich um einen recht übersichtlichen Stadtteil. Er würde die wenigen Straßen trotz seiner momentanen Verfassung bestimmt schnell abgelaufen sein.

Eriks zwischenzeitiges Stimmungstief war wie weggewischt. Die Tatsache, dass er zum ersten Mal seit seinem Erwachen einen Teil seiner Erinnerungen zurückerlangt hatte – nach nicht einmal drei Stunden in Freiheit – bestätigte ihn, alles richtig gemacht zu haben. Nur hier draußen

würde er eine Chance haben, sein vergessenes Leben zu-
rückzuerobern. Das Haus – sein Haus – es war eine erste
wichtige Fährte. Dort würden sich bestimmt weitere An-
haltspunkte finden lassen. Dinge, an die er sich möglicherweise erinnerte und die seinem fragmentarischen Gedächtnis dabei helfen würden, anzuspringen

In gespannter Erwartung machte er sich auf den
Weg …

Die Brücke

»Achtung, hier spricht die Polizei! Kommen Sie mit erhobenen Händen heraus. Dann wird Ihnen nichts geschehen!«

Schweißgebadet und mit pochendem Herzen kauerte Erik in seinem Versteck. Er hatte sich gerade noch mit einem Hechtsprung hinter die nächste Hecke retten können, als der Streifenwagen und das gepanzerte Räumfahrzeug um die Ecke bogen. Eingehüllt im Lärm ihrer Sirenen bezogen sie ungefähr zwanzig Meter von ihm entfernt auf der Krugkoppelbrücke Stellung.

Gemeint war jedoch nicht er, sondern eine Gruppe junger Männer, die sich ebenfalls dort aufhielt. Schon von weitem waren sie ihm aufgefallen. Dabei hatte er sich zunächst gefreut, in dieser gespenstischen Atmosphäre endlich auf menschliche Wesen zu treffen. Er wollte sie gerade ansprechen, als die Sirene des Polizeiwagens ertönte und sie aufgescheucht und panisch das Weite suchten.

Instinktiv tat er es ihnen gleich, ohne jedoch genau zu wissen, warum. Aber offenbar schien Gefahr in der Luft zu liegen, sodass er nicht lange überlegen musste.

Da hockte er nun und wartete ängstlich darauf, was passieren würde. Erneut sah er sich einer Situation ausgesetzt, die höchst verstörend war und die er partout nicht einordnen konnte.

Durch die Hecke beobachtete er, wie der Panzerwagen fünf schwerbewaffnete Männer ausspuckte. Sie waren in schwarzen Kampfanzügen gekleidet und trugen Helme mit heruntergezogenen Plexiglas-Visieren. Ein Anblick, der nicht gerade dazu beitrug, seinen Pulsschlag zu beruhigen.

Einer von ihnen, offenbar der Einsatzleiter, hielt sich ein Megaphon vor den Mund, über das er seine Aufforderung wiederholte: »Wir wissen, wo Sie sind. Kommen Sie mit erhobenen Händen heraus, andernfalls müssen wir von der Schusswaffe Gebrauch machen.«

Für einen kurzen Moment herrschte angespannte Stille. Dann schien allmählich Bewegung in die Sache zu kommen. Nach und nach krochen die jungen Männer in gewünschter Haltung aus ihren Verstecken. Die meisten von ihnen hatten offenbar direkt unterhalb der Brücke Zuflucht gesucht. Erik zählte allein sechs Personen, die über die dort hinführende Treppe nach oben schlichen. Andere hatten sich wie er hinter umliegenden Hecken oder Büschen versteckt. Auch sie leisteten der Aufforderung der Polizei nun widerstandslos Folge. Umso heftiger wurden sie jedoch in Empfang genommen.

Erniedrigende Drohlaute, verdrehte Arme, auf den Boden gepresste Körper, durchsuchte Taschen, klickende

Handschellen. Doch damit nicht genug. Die jungen Männer wurden zudem gezwungen, sich auf die Knie zu begeben. Dort verharrten sie dicht aneinandergedrängt, während die Mündungen der Maschinengewehre drohend auf sie gerichtet blieben.

Die meisten waren so verängstigt, dass sie weder wagten, sich zu bewegen, noch ein Wort zu sprechen. Nur einer zeigte sich empört von der rüden Vorgehensweise. Lautstark überschüttete er den Einsatzleiter mit wüsten Beschimpfungen.

Er hatte wahrlich ein respektloses Mundwerk. Dabei war er ansonsten ein gut aussehender Bursche – athletische Gestalt, offener Blick, halblange dunkle Haare. Kurz gesagt ein Draufgängertyp. Nur sein Dreitagebart zeigte noch vereinzelt flaumige Lücken.

Unbeirrt feuerte er seine Schmähtiraden auf den Einsatzleiter ab. Irgendwann hatte dieser genug. Mit unmissverständlicher Drohgebärde baute er sich vor dem vermeintlichen Querulanten auf, als würde er ihm jeden Augenblick eine verpassen wollen. Doch anstatt einzulenken, erhob sich der Mann wagemutig aus der Hocke und nahm trotz Handschellen eine ähnlich kampfbereite Pose ein wie sein körperlich deutlich überlegener Kontrahent.

Es entwickelte sich ein äußerst hitziges Wortgefecht. Aufgrund der Entfernung konnte Erik zwar nicht alles verstehen, aber durchaus genug, um mitzubekommen, wie die Situation immer mehr zu eskalieren drohte.

»Na los, du Staatskasper, schlag doch zu!«, forderte der junge Unruhestifter den Beamten heraus.

»Ich glaubs ja nicht. Gerade mal aus der Schule und macht hier schon einen auf dicken Häuptling. Du setzt dich sofort wieder hin!«

»Und was, wenn nicht? Wirst du mir eins mit deinem Gewehr überziehen oder mich gleich erschießen? Traust dich doch eh nicht. Einen weiteren toten Zivilisten könnt ihr euch nicht erlauben ...«

»Halt endlich dein Maul! Wenn ihr euch wie alle anderen an die Ausgangssperre halten würdet, müssten wir uns mit euch überhaupt nicht abgeben. Außerdem...«

Erneut ertönte das laute Geheul eines sich nähernden Martinshorns, sodass Erik vom weiteren Verlauf des martialischen Säbelgerassels nichts mehr mitbekam. Immerhin wusste er jetzt, was der Grund für die entvölkerten Straßen und Plätze war. Von den im Zuge der Pandemie verhängten Ausgangssperren hatte er bereits in der Klinik gehört. Das rigide Vorgehen der Ordnungskräfte überraschte ihn dennoch. Umso bemerkenswerter, mit welcher Vehemenz sich der Unruhestifter dem Polizisten zu widersetzen versuchte.

Der junge Mann beschäftigte Erik allerdings noch aus einem anderen Grund. Seine Stimme, die Gesten und auch sein Aussehen kamen ihm merkwürdig vertraut vor. Er hätte schwören können, ihn schon einmal irgendwo gesehen zu haben. Doch sein Gedächtnis ließ ihn auch diesmal im Stich.

Noch während er angestrengt nachdachte, sausten zwei weitere Polizeiautos an seiner Hecke vorbei, die einen großen gepanzerten Transportwagen zur Brücke eskortierten. Auf dieser befanden sich inzwischen derart viele Fahrzeuge, dass man befürchten musste, sie könnte jederzeit unter der schweren Last zusammenstürzen.

Dann ging alles sehr schnell: Umgehend wurde damit begonnen, die Aufständischen in den Transporter zu verfrachten. Erneut gingen die Polizisten dabei äußerst brutal vor. Sogar Schlagstöcke kamen zum Einsatz, was insbesondere dem jungen Rädelsführer überhaupt nicht schmeckte. Unter lautem Protestgebrüll wurde er regelrecht in den Wagen geknüppelt.

Nachdem alle Männer eingestiegen waren, rückte das gesamte Polizeigeschwader wieder ab. Dabei verursachten sie ein ähnlich lautes Getöse wie bei ihrem Eintreffen. Dann wurde es endlich wieder still um ihn herum.

Nur ganz allmählich begann sein aufgewühlter Verstand die Nachwirkungen der hässlichen Ereignisse abzustreifen. Sein Puls dagegen hämmerte noch immer heftig.

Um sich abzulenken, ließ er seinen Blick durch das Schilf des nahen Alsterufers streifen. Dabei entdecke er eine Entenmutter, die gerade ihre Jungen ins Wasser führte. Ungelenk paddelten sie im schlammigen Nass umher, was der ansonsten spiegelglatten Wasseroberfläche ein paar winzige Wellen entlockte, auf der sogleich ein paar Sonnenstrahlen wie Funken einer Wunderkerze tanzten.

Sein Blick schweifte noch etwas weiter in die Ferne, wo sich die morgendliche Silhouette Hamburgs vor ihm abzeichnete. Eine gleichsam erhabene wie faszinierende Aussicht. Nichts deutete auch nur im Entferntesten auf den Zerfall hin, der unaufhaltsam die Schönheit der Stadt aushöhlte und in eine düstere Realität verwandelte – jedenfalls nicht von weitem.

Da war dieser riesige Himmel, unermesslich weit über der Außenalster, die sich direkt vor ihm erstreckte, umsäumt von den hingestreuten, prachtvollen Villen Pöseldorfs und an der Bellevue. Dahinter am südlichen Horizont, die Umrisse der Innenstadt mit ihren fünf Hauptkirchen, dem Rathausturm und der ikonischen Elbphilharmonie. Dazu tauchte die morgendliche Sonne alles in ein warmes sanftes Licht. Das Einzige, was fehlte, waren die herumschippernden Alsterdampfer. Sie lagen vermutlich träge in ihren Bootshäusern und warteten in geduldiger Langeweile auf bessere Zeiten.

In der Tat, es war ein schöner Anblick, der sich ihm offenbarte. Gleichwohl weckte diese Schönheit weder überbordende Emotionen in ihm, noch ließen sich damit persönliche Empfindungen verknüpfen. Seine Feststellung war somit rein sachlicher Natur. Ansonsten war es wie schon zuvor in Eppendorf und Harvestehude: Er sah die vertraute Hülle einer Stadt, die er kannte – zu der er jedoch keinen Zugang mehr hatte.

Eine ganze Weile war vergangen, die Sonne stand inzwischen hoch am Himmel. Es wurde langsam Zeit, sich auf den Weg zu machen. Auch quälte ihn noch immer ein unbändiger Hunger und mittlerweile auch Durst. Ohne baldige Stärkung würde er schneller wieder im Krankenhaus landen, als ihm lieb war. Der ganze Aufwand wäre umsonst gewesen, was er unter keinen Umständen riskieren wollte.

Vorsichtig hob er seinen Kopf und spähte über die Hecke. Niemand war zu sehen. Mit einem schnellen Ruck hievte er auch den Rest seines Körpers nach oben, schüttelte die eingeschlafenen Beine aus und trabte zur Brücke. Instinktiv setzte er seine Füße nur dort auf, wo sie kein Geräusch verursachten. Kaum vorstellbar, dass es hier eben noch von Menschen und Fahrzeugen gewimmelt hatte. Nur eine zurückgelassene halbvolle Flasche Wasser erinnerte noch an den turbulenten Polizeieinsatz.

Manchmal lag das Glück eben doch auf der Straße. Ohne nachzudenken, setzte er die Flasche an den Mund und leerte sie. Dann machte er sich auf den Weg.

Elin

Vorsichtig schleppte sich Erik von einer Straßenecke zur nächsten. Die quälende Angst, erneut von lauerndem Unheil überrascht zu werden, saß tief. Immerhin hatte er Glück, dass sein Weg fast ausschließlich am begrünten, nordöstlichen Alsterufer entlangführte. Die Büsche und Hecken boten ausreichend Schutz, welchen er beim kleinsten verdächtigen Geräusch auch in Anspruch nahm. Meist handelte es sich jedoch um Fehlalarm. Trotzdem konnte er nicht vorsichtig genug sein. Sich jetzt auf ein Geplänkel mit der Polizei einzulassen, könnte bei seiner Identitätssuche durchaus hinderlich sein.

Dabei hatte die Erinnerung an seinen früheren Wohnort erste vage Ansatzpunkte geliefert. Er musste unbedingt dorthin. Möglicherweise würden sich in vertrauter Umgebung noch weitere Gedächtnislücken schließen lassen – wie beim Puzzeln, wo es manchmal auch nur eines einzigen passenden Teiles bedurfte, um eine Kettenreaktion auszulösen.

Erleichtert atmete er auf, als er schließlich das rote Straßenschild mit der Aufschrift »Uhlenhorst« erblickte. Bis hierhin hatte er es unbehelligt geschafft – nun konnte die eigentliche Suche beginnen.

Zunächst musste er allerdings dringend etwas zu essen auftreiben. Vielleicht wurde er in den öffentlichen Mülleimern fündig. Doch zu seiner Enttäuschung waren sie allesamt leer. Eine Folge der aktuellen Ausgangssperre, nahm er an. Keine Menschen – keine Abfälle!

In der Hoffnung, rund um den dichter besiedelten Hofweg diesbezüglich etwas mehr Erfolg zu haben, bog er in die nahegelegene Karlstraße ein. Doch kaum hatte er ein paar Schritte gemacht, stockte ihm plötzlich der Atem. Keine zwanzig Meter entfernt stand ein Militärfahrzeug wie ein stählernes Ungetüm mitten auf der Straße – flankiert von bewaffneten Soldaten. Reflexartig suchte er sofort Schutz hinter einer nahen Litfaßsäule. Nicht schon wieder, dachte Erik, während er versuchte, mit tiefen Atemzügen die aufsteigende Panik zu beruhigen.

Nachdem ein paar Minuten verstrichen waren, wagte er einen vorsichtigen Blick auf die Straße, um sich ein genaueres Bild von der Situation zu verschaffen.

Immerhin ließen die unveränderten Positionen der Soldaten darauf schließen, dass man ihn nicht entdeckt hatte. An ein Durchkommen war dennoch nicht zu denken. Selbst wenn das Militär abrücken würde, musste er immer noch den etwa drei Meter hohen und mit Stacheldraht gesicherten Absperrzaun überwinden. Dieser befand sich unmittelbar hinter dem gepanzerten Fahrzeug und erschloss sich über die gesamte Straßenbreite.

Auch Warnschilder waren dort aufgestellt, deren Schrift er aus der Ferne allerdings nicht entziffern konnte. Nur das Wort »Sperrzone« leuchtete ihm drohend in fetten, roten Buchstaben auf einem der Schilder entgegen. Gleichwohl versuchte er die aufkommende Frage nach den Ursachen der Einzäunung bewusst zu unterdrücken.

Ihm blieb somit keine andere Wahl, als sich zurückzuziehen und einen anderen Weg in sein ehemaliges Wohnviertel zu finden. Wie ein Indianer, der soeben eine Büffelherde erspäht hatte, robbte er rückwärts, den Schutz der Säule nutzend, aus der Gefahrenzone.

Zu seinem Leidwesen fand er jedoch in den umliegenden Straßen überall dasselbe Bild vor: Militärfahrzeuge, bewaffnete Soldaten, Absperrungen und meterhohe Zäune. Nirgendwo war ein Durchkommen, der gesamte Stadtteil hermetisch abgeriegelt.

Konsterniert ließ er sich in einer ruhigen Seitenstraße auf einem Poller nieder. Immerhin waren hier weder Militärfahrzeuge noch Soldaten zu sehen. Dennoch hatte er die Hoffnung, jemals in sein Haus zurückzukehren, inzwischen aufgegeben. Auch wusste er nicht, was er tun sollte. Er würde hier draußen jämmerlich zugrunde gehen – ohne Dach über dem Kopf, ohne Nahrung, ohne Zuversicht.

Sein leerer Blick fixierte eine rostige Bierdose auf dem Boden, als könnte sie ihm Antworten geben. Je länger er sie ansah, desto mehr verschwamm sie, bis auch der Asphalt, die Häuser, die ganze Straße zu flimmern begannen und schließlich alles in einem formlosen Nebel versank.

Kurz darauf verlor er sich in einem Tagtraum – den gleichen, der ihn schon mehrfach im Krankenhaus heimgesucht hatte. Darin fand er sich an einem verlassenen

Strand wieder, umgeben vom sanften Meeresrauschen und der unendlichen Weite des Horizonts. Etwa zwanzig Meter entfernt, am Wasser, ein Strandkorb, von dem er lediglich die Rückseite sah. Und doch wusste er, dass jemand darin saß – eine Person, die für ihn von unermesslicher Bedeutung war, für die er tiefe Gefühle hegte, deren Gesicht und Name sich ihm jedoch nicht offenbarten. Trotz aller Versuche, sich zu nähern und das Rätsel zu lösen, blieb der Boden unter seinen Füßen regungslos – als hielten unsichtbare Kräfte ihn zurück. Die unaufhaltsame Enttäuschung, seinem Ziel nicht näher zu kommen, brachte ihn für gewöhnlich schnell wieder in die Gegenwart zurück. Diesmal sollte er jedoch deutlich länger in seinem Traum verweilen.

Erst als etwas von hinten an seinem Hemd zupfte, kehrte er allmählich in die Wirklichkeit zurück. Noch benommen richtete er den Kopf auf und versuchte, sich zu orientieren. Gleichzeitig wurde das Zupfen immer ungeduldiger.

Als er sich umdrehte, traute er seinen Augen kaum. Vor ihm stand ein kleines Mädchen, das ihn freundlich anlächelte. Verwirrt lächelte er zurück – unsicher, ob er sich noch in einem Traum befand. Das zarte Wesen schien völlig fehl am Platz in dieser lebensfeindlichen Welt. Mehrmals kniff er seine Augen zusammen, aber sie verschwand nicht – sie war eindeutig echt.

Nach Eriks Einschätzung war sie ungefähr fünf oder sechs Jahre alt, keinesfalls älter. Sie hatte feine, auffällig blasse Züge, die von einem blonden Pagenschnitt umrahmt wurden. Ihre strahlend blauen Augen, die Stubsnase und der niedliche Schmollmund verliehen dem zarten Gesicht viel Leben. Bekleidet war sie mit einem blauweiß gestreiften T-Shirt, einem bunten Jersey-Rock und goldenen Ballerinas. Auch wenn sie kleidungstechnisch ein wenig zusammengeflickt wirkte, sah sie aus wie eine kleine Porzellanpuppe: süß, aber zerbrechlich.

In ihren zierlichen Händen hielt sie eine blaue Brotdose, die farblich zum abgeblätterten Nagellack an ihren Fingern passte. Es war wohl Eriks fragender Blick, der sie beflügelte, die Kunststoffschatulle kurz darauf zu öffnen und ihm hinzuhalten. Gleichsam erstaunt wie enttäuscht musste er feststellen, dass diese nicht etwa mit Essen, sondern Schmuck gefüllt war. Kein billiges Mode-Chichi – richtig teures Zeug, soweit er das als Laie beurteilen konnte. Erst auf den zweiten Blick schimmerte unter einem silbernen Armreif zumindest noch ein Minibutterkeks hervor, welchen er sich umgehend einverleibte.

Nun war es die Kleine, die verdutzt guckte. Erik folgerte daraus, dass die dargebotenen Preziosen keineswegs zur Eigenentnahme gedacht waren. Klar, er hatte Hunger, aber das gab ihm noch lange nicht das Recht, kleine Mädchen zu bestehlen. Peinlich berührt von seiner eigenen Unverfrorenheit, setzte er zu einer Entschuldigung an. Noch bevor er allerdings etwas sagen konnte, riss das Mädchen ihre Augen auf und hielt sich warnend den Zeigefinger vor die Lippen. Es konnte nur bedeuten, dass er schweigen sollte.

Erik folgte ihrer Anweisung. Offenbar befanden sie sich in Gefahr. Anders ließ sich ihr Verhalten nicht erklären. Auch wurde die Kleine keinesfalls ruhiger. Im Gegenteil. Nachdem sie die Brotdose mit einem routinierten Handgriff wieder verschlossen hatte, lief sie zielstrebig auf ein gegenüberliegendes, verfallenes Mehrfamilienhaus zu. Etwa auf der Hälfte der Strecke blieb sie noch einmal stehen und signalisierte ihm mit unmissverständlicher Geste, ihr zu folgen. Dann verschwand sie im Hauseingang.

Während er noch überlegte, was er tun sollte, heulte wie aus dem Nichts ein lautes, unheilvolles Geräusch auf. Er konnte es auf die Schnelle zwar nicht zuordnen, gleichwohl war sofort klar, dass er so schnell wie möglich von hier verschwinden musste.

Eilig setzte er sich in Bewegung und hastete auf die andere Straßenseite. Er war fast am Haus, als plötzlich ein schwerer Panzer um die Ecke bog. Im allerletzten Moment verschwand auch er durch die Eingangstür.

Dunkelheit umgab ihn – tiefe Dunkelheit. Erik zwang sich, ruhig zu atmen und redete sich ein, seine Angst unter Kontrolle zu haben. Ein Treppenhaus ohne Licht war schließlich genauso wie ein beleuchtetes, nur eben in dunkel. Doch es half nichts, die Angst hing schon wieder wie eine lähmende Fessel an ihm. Dabei hatte er in den Gesprächen mit seiner Therapeutin versucht, sich diesen Ängsten zu stellen. Aber so sehr er sich auch bemühte, seine Furcht vor dunklen Räumen wurde er nicht los. Eine weitere Hinterlassenschaft seiner Komazeit – bei Weitem jedoch beherrschbarer als sein Gedächtnisverlust. Wofür gab es schließlich Lichtschalter? Doch in diesem Hausflur schien selbst diese einfache Erfindung zu fehlen. Jedenfalls konnten seine tastenden Hände nichts dergleichen finden.

Und die Kleine? Wo war sie geblieben? Wenn sie schon wollte, dass er ihr folgte, warum hatte sie dann nicht auf ihn gewartet?

Er überlegte kurz, ob er nach ihr rufen sollte, erinnerte sich dann aber an ihren klaren Fingerzeig, sodass er diesen Gedanken wieder verwarf.

Lange würde er es in dieser Dunkelheit jedenfalls nicht mehr aushalten. Aber was war die Alternative? Sich erschießen oder von dem Panzer niederwälzen zu lassen? Erfreulicherweise musste er nicht weiter darüber nachdenken, da sich just in diesem Augenblick eine Kellertür vor ihm öffnete, aus der ein flackernder Lichtstrahl fiel. Kurz darauf zeigten sich zwei Kinderhände: in der einen die schon bekannte Brotdose, in der anderen eine Taschenlampe.

Das vertraute Mädchengesicht hinter dem Lichtkegel hielt sich auch diesmal nicht mit langem Begrüßungsfloskeln auf. Ein kopfschüttelndes Grinsen war alles, was sie Erik zukommen ließ, bevor sie sich umdrehte und die knarrenden Stufen hinabstieg.

Erik folgte ihr instinktiv nach unten, wo es zunächst durch einen endlos scheinenden schmalen Tunnel mit nackten, vom Alter geschwärzten Betonwänden ging. Hier war die Luft noch modriger und abgestandener als oben. Erik hatte das Gefühl, kaum atmen zu können. Das lag allerdings auch daran, dass die Kleine ein unglaubliches Tempo vorlegte und er sich anstrengen musste, nicht abgehängt zu werden. Auf keinen Fall durfte er sie verlieren, zumal nach dem ersten Gang noch ein zweiter und sogar noch ein dritter folgte, die allesamt äußerst verschachtelt waren.

Überhaupt wirkte der gesamte Keller wie ein kompliziertes Labyrinthsystem. Alleine würde er sicher nie wieder herausfinden und es ärgerte ihn bereits, dass er der

Kleinen so leichtgläubig gefolgt war. Sein Unmut sollte sich noch steigern, als sie ihn wenig später aufforderte, in einen schmalen Tunnelschacht zu kriechen, der horizontal von einer kleinen Kellernische abging und dessen Eingang mit einer grauen Styroporplatte getarnt war.

Unter normalen Umständen hätte er spätestens jetzt gemeutert, aber was sollte er machen? Zurück konnte er nicht mehr und allein in dem dunklen Keller verweilen würde sein sicheres Ende bedeuten. Also zwängte er sich widerwillig hinein.

Der Schacht war gerade hoch genug, um auf allen vieren durchzukriechen. Immerhin waren sie nicht auf das Licht der Taschenlampe angewiesen, da an den lehmigen Wänden Laternen angebracht waren, die offenbar von einem Generator mit Strom versorgt wurden.

Nachdem sie etwa zehn Meter durch den engen Schacht gekrochen waren, landeten sie schließlich in einer winzigen Kammer, wo er sich zumindest wieder aufrichten konnte. Von dort ging ein weiterer Gang ab, der nach wenigen Metern an einer Treppe endete. Mitten auf den Absätzen blieb die Kleine plötzlich stehen, drehte sich zu Erik um und legte sich erneut einen Finger auf den Mund. Überflüssig, dachte er. Schließlich hatten sie bis jetzt noch kein einziges Wort miteinander gesprochen. Warum sollte er ausgerechnet jetzt damit beginnen?

Nachdem alles still blieb, erklommen sie auch die restlichen Stufen, die zu einer schweren Metalltür führten. Vorsichtig stieß die Kleine sie auf. Tageslicht – gleißendes Tageslicht. Es brannte in seinen Augen.

Kurz darauf standen sie in einem heruntergekommenen Hinterhof, der von den Rückseiten mehrstöckiger Altbauten umgeben war. Offenbar schienen sie unbewohnt. Das Unkraut hatte sich bereits in den Ritzen des brüchigen Mauerwerks breitgemacht. Der mit Moos überwucherte Boden des Hofes war übersät von zersplittertem Glas, das vermutlich von den zerbrochenen Fensterscheiben der Häuser stammte. Sonnenlicht spiegelte sich darin. Auch standen überall ungewollte Möbelstücke herum, die still vor sich hinmoderten.

Umgehend ließ sich Erik in einen zerfledderten Ohrensessel fallen, der an einer Häuserwand abgestellt war. Vor ein paar Wochen hatte er seine ersten Schritte gemacht. Im Vergleich dazu war das heute ein Marathon. Kein Wunder, dass er völlig erledigt war, zumal er außer einem winzigen Keks noch immer nichts im Magen hatte.

Er blickte sich um. Irgendwie hatte er das Gefühl, schon einmal hier gewesen zu sein. Aber es war wie immer nur eine leise Vermutung, an die sich weder Bilder noch konkrete Vorstellungen knüpften. Auch hatte er noch immer keine Ahnung, was er hier eigentlich sollte. Schließlich war er auf der Suche nach seinem Haus, und jetzt saß er hier in einem abgehalfterten Hinterhof mit einem Mädchen, das offensichtlich taubstumm war, zumindest nicht besonders kommunikativ.

Erik schaute zu ihr rüber. Sie saß auf einem alten Autoreifen und klopfte sich den Tunneldreck aus den Kleidern. Gerade als er etwas sagen wollte, öffnete sich direkt über ihm ein Fenster und der Kopf einer dunkelblonden Frau erschien. Instinktiv sprang er mit einem Satz hinter den Sessel.

»Kommst du, Elin, wir wollen essen«, rief die Frau am Fenster und verschwand wieder.

Elin also, dachte Erik. Ein schöner, ungewöhnlicher Name, der aber zu ihr passte.

»Du kannst ruhig wieder aufstehen«, sagte die Kleine und kicherte. »Das war nur Mama.«

»Du kannst ja sprechen«, entgegnete Erik und steckte in diesen kleinen Satz so viel Ironie, wie es ein Mädchen ihres Alters vertragen konnte.

»Oh, du ja auch«, äffte sie ihn grinsend nach.

»Ich heiße übrigens Erik.«

»Und ich Elin.«

»Ich weiß«, lachte Erik und krabbelte hinter dem Sessel hervor. »Sag mal, kleine Elin, wo hast du mich hier eigentlich hingeführt?«

»In die Sperrzone. Das wolltest du doch, oder? Ich habe gesehen, wie du um den Zaun herumgeschlichen bist.«

»Oh ja, das wollte ich wirklich«, entgegnete er verblüfft. Für ein Mädchen ihres Alters schien sie außerordentlich clever zu sein.

»Ich muss jetzt gehen«, informierte ihn die Kleine und deutete auf ihr Wohnhaus. »Du kannst leider nicht mitkommen, meine Mama ist krank.«

Erik nickte verständnisvoll, auch wenn er ihr gerne noch ein paar Fragen gestellt hätte.

Elin war bereits am Hauseingang, als sie noch einmal stoppte und sich umdrehte: »Warte kurz«, rief sie ihm zu, »ich bin gleich wieder da.«

Fragend blickte Erik ihr hinterher. Natürlich würde er warten. Er war ohnehin nicht in der Lage, sofort wieder aufzubrechen.

Immerhin wusste er jetzt, dass er sich inzwischen hinter dem Absperrzaun befand und seinem vermeintlichen Haus somit ein ganzes Stück nähergekommen war. Was es allerdings mit dem Sperrgebiet auf sich hatte, erschloss sich ihm dagegen nicht. Dass man ausgerechnet das feine Uhlenhorst zu einem solchen erklärt hatte, schien ihm doch reichlich grotesk. Wilhelmsburg, Billstedt oder auch Neuwiedenthal – das waren auch schon früher Stadtteile gewesen, denen man gewisse No-go-Area-Qualitäten nachsagte. Aber Uhlenhorst? Was war hier geschehen? Das Virus? Ein nuklearer Unfall?

Erik setzte sich wieder in den Sessel und wischte sich seine verdreckten Hände an den Armlehnen ab. Dann vernahm er das Klackern vieler schneller Schritte aus dem Treppenhaus. Kurz darauf stand Elin mit einem riesigen Teller Pesto-Nudeln vor ihm.

»Das ist von meiner Mama.«

Eriks Augen leuchteten, als sie den Teller vor ihm abstellte. Sofort machte er sich gierig darüber her, als hätte er seit Monaten nichts mehr zu essen bekommen. Er ließ dabei jegliche Etikette vermissen, sodass Elin mehrmals angewidert den Kopf schüttelte, gleichwohl in ihrem Gesichtsausdruck auch eine gewisse Faszination lag.

»Du hast aber Hunger«, stellte sie sachlich fest, was Erik mit einem flüchtigen Kopfnicken bestätigte.

Erst als er den Teller vollständig geleert und sogar abgeleckt hatte, war er wieder imstande zu sprechen. »Entschuldige meine Manieren, aber ich habe ewig nichts mehr im Magen gehabt. So darf man natürlich nicht essen.«

Elin lachte. »Das sagt Mama auch oft zu mir. Aber so schlimm wie du habe ich bestimmt noch nie gegessen.«

Erik musste ebenfalls lachen, wenngleich er sich auch ein wenig schämte. »Sag deiner Mama bitte, dass es sehr lecker geschmeckt hat.«

»Das mach ich«, entgegnete Elin und nahm den Teller wieder an sich. Allerdings fasste sie ihn mit äußerster Vorsicht an, um keinesfalls die kontaminierte Tellerfläche zu berühren.

»Sag mal, Elin, weshalb gibt es die Sperrzone eigentlich?«, wollte Erik wissen.

»Genau weiß ich das auch nicht«, antwortete sie zögerlich. »Mama sagt immer, das ist wegen der Politiker. Das sind böse Menschen. Sie zwingen uns, in den Häusern zu bleiben. Viele Erwachsene sind auch sehr krank und können nicht weg ...«

Für einen kurzen Moment lag in ihren leuchtend blauen Kinderaugen ein Ausdruck tiefer Traurigkeit, der Erik rührte.

»Du gehst aber trotzdem manchmal raus«, versuchte er sie abzulenken.

»Aber ganz vorsichtig. Für Mamas Medizin ...«

»Die du mit dem Schmuck aus deiner Brotdose bezahlst?«

»Genau! Ach ja, die Medizin. Ich muss jetzt wieder hoch.«

»Natürlich, aber kannst du mir noch sagen, wie ich aus dem Hof komme?«

»Ganz einfach: du musst nur durch das Tor da vorne gehen«, klärte sie ihn auf und deutete mit dem wedelnden Teller in ihren Händen auf die gegenüberliegende Hofseite. Dann verabschiedete sie sich und flitzte zurück ins Haus.

Ein wirklich bemerkenswertes Mädchen, dachte Erik, während er ihr nachblickte. Eines, das man sich als Tochter wünschte – lebendig, neugierig und voller Vertrauen. Er mochte Kinder, vermutlich auch früher schon. Eine Familie bedeutete Wärme, Nähe und Geborgenheit – all das, was ihm jetzt fehlte und doch seltsam vertraut wirkte, wie eine Ahnung von dem, was er möglicherweise verloren hatte.

Vielleicht stimmte es ja doch, was man ihm im Krankenhaus gesagt hatte: dass es irgendwo da draußen einen Sohn von ihm gab. Der Gedanke daran erschien ihm zwar noch immer fremd, zumal das familiäre Gefühl dazu fehlte – wenn dieser Sohn aber wirklich existierte, dann musste er ihn finden, und damit vielleicht auch einen Teil von sich selbst.

Nachdenklich erhob er sich vom Sessel und trabte Richtung Torbogen.

Im Sperrgebiet

An den Anblick menschenleerer Straßen und verfallener Häuser hatte sich Erik inzwischen gewöhnt. Das Bild, das sich ihm jetzt allerdings bot, war noch verstörender als alles zuvor: Sein ehemaliges Viertel glich einer einzigen Trümmerwüste – als wäre es von einem schweren Erdbeben oder Bürgerkrieg heimgesucht worden. Etwas Fürchterliches musste sich hier ereignet haben. Etwas, das alle Hoffnung ausgelöscht und jegliches Leben vertrieben hatte.

Die meisten Häuser sahen aus wie nach einem Bombardement: Von manchen stand nur noch die Fassade, von anderen war nur noch ein Schutthaufen übrig. Es gab sogar welche, die bewohnt zu sein schienen. Die aufgespannten, teilweise sogar bestückten Wäscheleinen an den maroden Balustraden erweckten zumindest den Eindruck. Doch selbst wenn neben Elin und ihrer kranken Mutter hier tatsächlich noch Menschen lebten, warum waren sie dann nirgends zu sehen?

Unheimlich war auch das Straßenbild selber. Meterhoch türmte sich teilweise der Schutt auf dem durchlöcherten Asphalt. Mitunter musste Erik über bizarre Trümmerberge klettern, um dem Straßenverlauf zu folgen. Manchmal gab es überhaupt kein Weiterkommen, sodass er gezwungen war, Umwege in Kauf zu nehmen.

Zwischen den Schutthaufen rosteten kreuz und quer abgestellte Autowracks vor sich hin. Ein Bild, welches er bereits vom Klosterstern kannte. Doch hier waren die Schrottkarren zusätzlich ausgebrannt oder von mutmaßlichen Einschusslöchern durchsiebt, was die bedrückende Atmosphäre noch verstärkte.

Was aber konnte nur der Auslöser für die Verwüstung gewesen sein? Eine Frage, auf die er wohl so schnell keine Antwort bekommen würde. Dazu hätte er zunächst wissen müssen, warum die Sperrzone überhaupt errichtet worden war. Und auch, ob die mutmaßlichen Straßenschlachten eher Ursache oder Folge davon gewesen waren. Elin hatte zwar politische Motive angedeutet, ohne allerdings besonders konkret zu werden. Im Nachhinein hätte er sie wohl doch etwas mehr löchern sollen. So aber tappte er weiter im Dunkeln.

Seine ursprüngliche Annahme, die Sperrzone könnte das Ergebnis einer erneuten Infektionswelle gewesen sein, hatte er inzwischen verworfen. Spätestens seit er sich auf dieser Seite des Absperrzauns befand, war ihm klar, dass hinter der hermetischen Abriegelung weitaus gravierendere Gründe stecken mussten. Es war ohnehin kaum vorstellbar, dass die Menschen hier zu den Waffen griffen, nur weil sie zur Maskenpflicht oder zeitweiliger Quarantäne genötigt wurden. Dies war schließlich nicht die New Yorker Bronx, auch wenn das derzeitige Straßenbild durchaus gewisse Ähnlichkeiten aufwies.

Hoch konzentriert suchte Erik die Gegend nach möglichen Anhaltspunkten ab – eine vertraute Straßenecke, eine bestimmte Anordnung von Bäumen oder ein markantes Gebäude. Etwas, das ihm bekannt vorkam und ihm auf der Suche nach seiner Villa als Orientierung dienen konnte. Doch da war nichts, absolut gar nichts.

Lediglich an einige der Straßennamen schien er sich noch zu erinnern. Andererseits waren es allesamt Namen mehr oder weniger bedeutender Lyriker und Dichter, die sich durchaus auch auf anderem Wege in sein Gedächtnis eingebrannt haben konnten. Schließlich hatte er im Krankenhaus viele literarische Standardwerke wälzen müssen, sodass ihm Namen wie Hauff, Hebbel oder Schenkendorf auch unabhängig von seiner ehemaligen Adresse hätten geläufig sein können.

Seine Hoffnung war deshalb eher darauf gerichtet, dass er seiner früheren Bleibe ganz zufällig begegnete, sie sich aus all den Trümmern und Ruinen unversehens vor ihm erhob. Das setzte jedoch voraus, dass die Villa überhaupt noch existierte und nicht, wie die meisten Immobilien hier, zu einem würdelosen Schutthaufen verkommen war. Andernfalls galt es zumindest ihren ehemaligen Standort ausfindig zu machen. Er hielt daher nach allem Ausschau, was auch nur ansatzweise verdächtig erschien: Vorgärten, Erkertürmchen oder Verandasäulen. Selbst Trümmerteile, die einen grünen Anstrich erkennen ließen, inspizierte er genauer. Doch so sehr er sich auch bemühte, die Villa blieb verschollen.

Seit über zwei Stunden streifte er nun schon durch das abbruchreife Viertel. Manche Straßen hatte er bereits zum zweiten, sogar dritten Mal durchkämmt, ohne auch nur den geringsten Hinweis zu erhalten. Zum ersten Mal dachte er ernsthaft darüber nach, die Suche zu beenden.

Auch fragte er sich, ob er womöglich einem Trugbild aufgesessen war. Letztlich war es nichts weiter als eine Eingebung, die ihn nach Uhlenhorst geführt hatte, ohne den leisesten Hauch eines konkreten Beweises. Dabei hatten die vergangenen Tage nur allzu deutlich gezeigt, dass es in seinem Kopf bei Weitem noch nicht rund lief. Wie auch? Er war ein frisch erwachter Komapatient mit posttraumatischer Belastungsstörung und Identitätskrise – hatte schlichtweg »einen im Stübchen«, wie man so schön sagte. Einem derart angeknacksten Seelengefüge blind zu vertrauen, war nicht ohne Risiko. Gut möglich, dass sich seine vermeintliche Villa ganz woanders befand, vielleicht sogar vollends seiner Vorstellung entsprungen war. Diese Möglichkeit musste er zumindest in Betracht ziehen.

Er beschloss daher, die Suche tatsächlich abzubrechen, jedenfalls für heute. Schließlich gab es noch ein weitaus dringlicheres Problem zu lösen: die Frage nach seiner nächtlichen Unterkunft. Die Häuser und Ruinen warfen bereits lange Schatten auf die Straßen; es musste also schon früher Abend sein. Zudem wurde es in den Trümmerschluchten trotz der Jahreszeit empfindlich kühl, was sein Bedürfnis nach einem geschützten Rückzugsort ebenfalls wachsen ließ.

Doch auch ganz allgemein hatte er das Gefühl, dass es besser wäre, diesen Ort nach Einbruch der Dunkelheit zu meiden. Diese Gegend war schon tagsüber unheimlich – wie schaurig musste sie dann erst bei Nacht sein? Möglicherweise waren die lichtscheuen Gestalten, die sich jetzt noch in ihren Häusern verschanzt hielten, gar nicht so harmlos, wie es auf den ersten Blick schien. Es musste schließlich einen Grund geben, warum man sie gefangen hielt und sogar Panzer und Sturmgeschütze gegen sie einsetzte.

Nein, unter keinen Umständen wollte er die Nacht hier draußen verbringen. Doch wohin sollte er gehen? Der Gedanke, in einem der verfallenen Häuser Zuflucht zu suchen, war kaum besser. Am klügsten wäre es wohl, das Sperrgebiet wieder zu verlassen, doch dafür brauchte er die Hilfe seiner jungen Freundin. Allein würde er bestimmt nicht durch das verschachtelte Kellersystem zurückfinden. Es war jedoch kaum davon auszugehen, dass ihre Mutter sie zu später Stunde mit einem Fremden davonziehen ließ.

Gedankenversunken bog er in die nächste Straße ein. Nach nur wenigen Schritten blieb er unvermittelt vor einem kleinen, verlassenen Ladengeschäft stehen. Doch nicht das Geschäft selbst, sondern das darüber angebrachte, bereits stark verblasste Ladenschild ließ ihn ins Grübeln geraten. »Bäckerei Plitsch« war in geschwungener blauer Schrift darauf zu lesen. Sowohl der Name als auch das Firmenlogo riefen ein seltsames Gefühl der Vertrautheit in ihm hervor – auch wenn er sich zunächst nicht erklären konnte, warum.

Während er angestrengt nachdachte, nahm er plötzlich einen dezent aromatischen Geschmack auf seinem Gaumen wahr. Es war wie eine langsam wiederkehrende, noch nicht greifbare, Erinnerung. Der Geschmack wurde intensiver, steigerte sich zu einem ungezügelten Verlangen, bis es schließlich identifizierbar war: dieses so unverwechselbare zimtig-süße Erleben eines Franzbrötchens.

War es eine ehemalige Bäckerei, vor deren Schaufenster er stand? Hatte er womöglich sogar morgens seine Brötchen hier gekauft?

Erik hielt einen Moment inne. Dann traf es ihn wie ein Blitzschlag. Wie von einer fremden Kraft gesteuert, setzte er sich in Bewegung und eilte die Straße hinunter. Vorbei an den sanierungsbedürftigen Häusern, den Autowracks und Trümmerbergen. Er bog um eine Ecke, dann um eine weitere, durchquerte eine verwilderte kleine Parkanlage, bis er schließlich in einer beschaulichen Seitenstraße stand.

Unzählige Straßen hatte er an diesem Nachmittag durchstreift, doch in dieser war er zum ersten Mal. »Averhoffstraße« war auf dem Schild zu lesen. Vermutlich ebenfalls ein Dichter, dessen Verse aber offenbar zu unbedeutend waren, als dass sie es in einen seiner Wissenswälzer geschafft hatten.

Die Häuser hier sahen anders aus: kleiner, familiärer, intimer. Doch auch bei ihnen war der Verfall längst fortgeschritten. Nur wenig erinnerte noch daran, dass sie für eine erhabene Zukunft errichtet worden waren und sich in früheren Zeiten betuchtes Klientel darin getummelt hatte. Die kunstreich verzierten Fassaden, die couragiert aufragenden Türmchen und üppigen Vorgärten – verblasst wie der Stolz ihrer einstigen Erbauer. Im Gegensatz zum Rest

des Viertels standen die meisten Häuser jedoch noch –
auch wenn ihr unrühmliches Ende längst besiegelt war.

Erik nahm seine neue Umgebung zwar wahr, doch
seine Aufmerksamkeit galt etwas anderem. Unbeirrt steuerte er auf etwas zu, das sich zunächst als flimmernde Vi-
sion vor seinem inneren Auge gezeigt hatte, nun aber
Wirklichkeit zu werden schien: Ein heller grüner Fleck,
nicht größer als ein Fingernagel.

Aufgeregt stolperte er ihm entgegen, hin- und hergeris-
sen zwischen seiner vagen Hoffnung und der Angst, es
würde sich um eine Täuschung handeln. Doch um den
Fleck formten sich Konturen, die sich schließlich zu einem
Haus verdichteten – einem Haus, das er sofort wiederer-
kannte.

Die Villa

Die kleine grüne Jugendstilvilla hatte wahrlich schon bessere Tage gesehen. Wie die meisten Häuser in der Gegend war auch sie schwer vom Verfall gezeichnet und bot einen verwahrlosten, nahezu desolaten Anblick. Die bröckelnde Fassade, die rissigen, mit Graffiti besprühten Wände oder der überwucherte Vorgarten zeugten von jahrelanger Vernachlässigung. Ebenso die scheibenlosen Fenster, die wie blinde Augen wirkten und offenbar nicht hinschauen wollten, was um sie herum geschah.

Eriks Enttäuschung hielt sich dennoch in Grenzen. Angesichts der verheerenden Zustände im Viertel hatte er durchaus damit gerechnet, die Villa nur noch als Ruine vorzufinden. Dass sie trotz ihres sichtbaren Verfalls noch halbwegs bewohnbar schien, erfüllte ihn daher mit unerwarteter Erleichterung. Auch konnte er sich glücklich schätzen, sie überhaupt gefunden zu haben – keine Selbstverständlichkeit in diesem apokalyptischen Durcheinander.

Doch noch etwas anderes ließ ihn aufatmen: Zum ersten Mal seit seinem Erwachen hatte er das Gefühl, dass sich in seinem Kopf tatsächlich wieder etwas regte, sein Gedächtnis einen nicht unwesentlichen Teil seiner Vergangenheit preisgab.

Dabei war es zunächst nur eine Eingebung gewesen, der er seit den frühen Morgenstunden gefolgt war – unsicher, ob das darin vermittelte Bild real oder nur seiner Fantasie entsprungen war. Nun aber, vis-à-vis mit der Villa vor Augen, gab es keinen Zweifel mehr: Dies war sein Zuhause, der Ort, an dem er zuletzt gelebt hatte und von dem er sich erhoffte, die fehlenden Bruchstücke seiner Erinnerungen zu rekonstruieren.

Von daher spielte der desolate Zustand der Villa in der Tat nur eine untergeordnete Rolle. Weitaus wichtiger war das tiefe, unvermittelte Gefühl von Vertrautheit, das ihr Anblick in ihm weckte – als würde etwas Entwurzeltes plötzlich wieder Erde verspüren. Feste Erde, die unter den Füßen haften blieb und in der ein zarter Hauch von Heimat innewohnte.

Ja, ihr Antlitz mochte objektiv gelitten haben, tiefe Falten tragen und von der Zeit gezeichnet sein. Doch in seiner verklärt-romantischen Vorstellung erstrahlte sie noch immer im Glanz vergangener Tage – damals, als auch er selbst noch von der Frische und Vitalität des Lebens getragen wurde.

Für einen Moment glaubte er sogar, sein früheres Abbild hinter dem morschen Gartenzaun zu erkennen: wie er auf der Veranda saß, Wein trank, im Garten Unkraut jätete oder nach einem langen Arbeitstag seinen Wagen in die

Garage fuhr. Alltägliche Szenen eines fast vergessenen Lebens – auch wenn er keine Vorstellung davon hatte, ob er in diesen Momenten glücklich oder traurig gewesen war.

Erleichtert stellte Erik fest, dass die Villa offenbar unbewohnt war. Keine Geräusche drangen aus dem Inneren – kein Husten, keine Schritte, nichts, was auf Leben hindeute. Auch hinter den zerbrochenen Fenstern herrschte Dunkelheit und Stille – kein Flackern von Licht, keine Spur von Bewegung. Das Haus schien vollständig verlassen, als hätte seit Jahren niemand mehr einen Fuß über die Schwelle gesetzt. Mit dem Selbstverständnis eines Eigentümers stieß er daher die verrostete Pforte zum Vorgarten auf.

Vor ihm erstreckte sich der mit Unkraut zugewucherte Kiesweg, der durch den verwilderten Vorgarten zur Veranda führte. Über diese würde er vermutlich am besten ins Haus gelangen, zumal bei fast sämtlichen Türen und Fenstern die Scheiben fehlten. Schnell musste er allerdings feststellen, dass am meterhoch sprießenden Gestrüpp kein Vorbeikommen war. Dafür wäre zunächst der Einsatz einer Sense erforderlich gewesen. Es erschien ihm daher sinnvoller, den offiziellen Hauseingang zu nutzen, welcher sich an der linken Seitenfassade neben der Garageneinfahrt befand.

Eine richtige Entscheidung, wie sich herausstellen sollte. Die morsche Eingangstür, deren bräunlicher Lack durch die Witterung fast vollständig abgeblättert war, stand nur angelehnt. Vorsichtig drückte er sie einen Spalt weit auf und schlüpfte hinein.

Staub und Dunkelheit strömten ihm entgegen. An letztere musste er sich erst gewöhnen. Der Kontrast zum noch sonnigen Abendlicht war so stark, dass er für einige Sekunden im Dunkeln tappte. Dann aber öffnete sich der großzügige Korridor vor ihm, erhellt vom schwachen Licht der angrenzenden Räume.

Erst jetzt nahm er die Verwahrlosung wahr: abgeblätterter Putz, verschmutzte Wände, herunterhängende Tapeten, herausgerissene Kabel. Eine Atmosphäre wie in einer Totengruft. Nur die herumflirrenden Staubteilchen hauchten dem Flur etwas Leben ein.

Behutsam arbeitete er sich weiter vor. Irgendwie war ihm nun doch mulmig zumute. Ein verlassenes Haus – selbst wenn es das eigene war – strahlte immer etwas Unheimliches aus. Und wäre das hier ein Horrorfilm, würde er ihn spätestens jetzt abschalten – erst recht, nachdem er sein ehemaliges Wohnzimmer betreten hatte.

In diesem Fall war es jedoch nicht nur die Verwahrlosung allein, die ihn aus der Fassung brachte. Auch nicht das Erstaunen über die teilweise noch vorhandenen Möbel, deren Umrisse unter leinenen Tüchern zu erkennen waren. Was ihn wirklich beunruhigte, war die beängstigende Erkenntnis, dass sich hier bis vor kurzem noch jemand aufgehalten haben musste. Der Geruch von kaltem Zigarettenrauch und schalem Bier sowie die im Raum verstreuten, halb abgebrannten Kerzen deuteten ebenso darauf hin wie die frischen Überreste eines Frühstücks, die Erik auf dem Boden entdeckte. Es stand außer Frage: Hier hatte sich kürzlich jemand eingerichtet. Noch beunruhigender war jedoch der Gedanke, dass sich diese Person möglicherweise noch immer im Haus aufhielt. Eine Vorstellung, die ihm einen kalten Schauer über den Rücken jagte.

Beschwichtigend redete Erik sich ein, dass es vielleicht nur ein harmloser Obdachloser war, der sich vorübergehend bei ihm einquartiert hatte. Möglich auch, dass seine Villa von Jugendlichen als nächtlicher Partytreff genutzt wurde – die regimekritischen Parolen und Graffiti an den Wänden schienen darauf hinzudeuten. Völlig überzeugt war Erik jedoch von keiner der beiden Varianten. Andernfalls hätte er sich nicht mit einem herumliegenden Stuhlbein bewaffnet, bevor er seinen Weg durchs Haus fortsetzte. Denn auch wenn ihm vor Angst die Knie schlotterten, eines stand für ihn fest: Egal, wer hier sein Unwesen trieb, er würde nicht klein beigeben. Dies war sein Haus, und wenn jemand es unrechtmäßig beanspruchte, dann würde er ihn – notfalls mit Gewalt – vertreiben.

Vorsichtig schlich er durch das benachbarte, holzvertäfelte Esszimmer, sorgsam darauf achtend, dass der alte trockene Parkettboden keine verräterischen Geräusche von sich gab. Ein Unterfangen, das sich allerdings als unmöglich herausstellte.

Zurück im Korridor blieb er einen Moment stehen und lauschte gespannt. Doch alles war still, sodass er seine Erkundung fortsetzte.

Vorbei an einem weiteren Raum und dem kleinen Durchgang zum Garten, führte sein Weg zur Küche. Ein flüchtiger Blick genügte, um ihn erneut erschaudern zu lassen: Ein einziges Trümmerfeld. Die türlosen Einbauschränke waren aus ihren Verankerungen gerissen, das verbliebene Porzellan zertrümmert und sämtliche technischen Geräte offenbar dem Vandalismus zum Opfer gefallen.

Wie schon im Wohnzimmer, zeugten auch hier deutliche Spuren von einem nicht gerade um Sauberkeit bemühten Hausgast. In den freien Ecken stapelten sich vergammelte Lebensmittel und anderer Abfall – ein Anblick, der jeder Beschreibung spottete. Rasch wandte er sich daher der Holztreppe zu, die ins obere Stockwerk führte.

Merkwürdig, dachte Erik: So vertraut ihm die Villa noch von außen vorgekommen war, so fremd erschien sie ihm im Inneren. Weder die Anordnung der Räume noch das verbliebene Mobiliar oder gar die Treppe weckten Erinnerungen. Dabei verfügte gerade letztere über ein unverwechselbares Wiedererkennungsmerkmal. Genau genommen war es nicht die Treppe selber, sondern das dazu gehörige Geländer, auf dessen unterem Ende ein handgeschnitzter, edel verzierter Pferdekopf prangte.

Stufe für Stufe schlich er die geschwungene Holzstiege hinauf. Trotz aller Behutsamkeit ließ sich ein gelegentliches Knarren auch diesmal nicht vermeiden. Zum Glück ohne Folgen. Vielleicht war der ungebetene Gast kurzfristig ausgeflogen. Ein Gedanke, der ihn sogleich beflügeln sollte, etwas mutiger zu agieren und seine Schritte zu beschleunigen.

In der oberen Etage bot sich das gleiche Bild wie unten: Wasserrohre ragten aus den Wänden, Elektrokabel hingen von der Decke, Türen waren herausgerissen und die meisten Fensterscheiben zerbrochen. Neben einem riesigen, aber völlig desolaten Badezimmer – früher bestimmt mal ein Paradies aus Messing und italienischem Marmor – gab es noch drei weitere Zimmer. Im vorderen, das zur Straße gelegen war, fanden sich die Überreste eines verrosteten alten Bettgestells vor denen zwei vergilbte Matratzen lagen. Unschwer zu erkennen, dass es sich hierbei um das ehemalige Schlafzimmer handelte. Offenbar wurde es sogar noch immer genutzt. Darauf deutete ein tadellos erhaltener Schlafsack auf einer der Matratzen hin, sowie ein Whiskeyglas voller Zigarettenkippen, das daneben auf dem Boden stand.

Trotz eines gewissen Ekels ließ Erik sich nicht davon abbringen, den Raum zu betreten. Seine Neugier war stärker – zudem flüsterte ihm eine innere Stimme zu, hier womöglich etwas zu finden, was ihn auf der Suche nach seinen verschütteten Erinnerungen voranbrachte. Doch weit kam er nicht. Kaum hatte er die Türschwelle überschritten, knirschte es verdächtig unter seinen Füßen. Erschrocken blickte er nach unten und bemerkte, dass er auf einen Bilderrahmen getreten war.

Mit bedächtig geführten Schlägen klopfte er die Glassplitter vom staubigen Rahmen. Ein stark verblichenes Dreigenerationen-Urlaubsfoto kam zum Vorschein: Großmutter, Vater und pubertierender Sohn, gemütlich vereint an einem sommerlichen Bergsee.

Aufgrund der schummrigen Lichtverhältnisse konnte er die Gesichter nur schemenhaft erkennen. Nachdem er das Bild jedoch in Richtung Fenster gedreht hatte, wurde ihm schlagartig klar, was für einen kostbaren Fund er in seinen Händen hielt.

Die vermeintlich fremde Frau, sie war niemand Geringeres als seine Mutter und der junge Mann, das war er selbst, wenn auch mindestens zehn Jahre jünger. Insofern brauchte er nicht lange rätseln, um wen es sich bei dem Kind handelte. Die Ähnlichkeit zwischen Vater und Sohn war geradezu frappierend: Die dunklen Haare, die braunen Augen, sogar Körperhaltung und Mimik waren identisch. Es stimmte also, was sie ihm im Krankenhaus gesagt hatten. Er hatte einen Sohn – einen erwachsenen noch dazu. Inzwischen musste er ungefähr zwanzig sein.

Dennoch konnte Erik keine überbordenden Emotionen bei sich feststellen. Wie auch, wenn sein Gehirn nicht die klitzekleinste Erinnerung über den Jungen ausspuckte. Da war nichts, absolut gar nichts, woran er hätte anknüpfen können – keine zermantschte Geburtstagstorte, kein erster Schultag, kein aufgeschürftes Knie. Die Bilder ihrer gemeinsamen Vergangenheit, sie blieben verschüttet. Nicht einmal der Name seines Sohnes ließ sich seinem trägen Gedächtnis entlocken. Eine maßlose Enttäuschung, die ihm einmal mehr verdeutlichte, wie weit er noch immer von sich selbst entfernt war. Trotzdem wollte er seinen Sohn unbedingt finden. Bei einer realen Begegnung würden sich seine Erinnerungen bestimmt weitaus stärker regen als bei der bloßen Betrachtung eines Fotos. Die Frage war nur, wie er das anstellen sollte. Ohne einen einzigen Anhaltspunkt würde die Suche extrem schwierig, wenn nicht sogar unmöglich werden.

Dann blieb sein Blick noch einmal auf seiner Mutter hängen. Anders als bei seinem Sohn waren seine Gefühle bei ihr sofort präsent. Die Mischung aus Freude, Angst und schlechtem Gewissen schien ihn regelrecht zu zerreißen. Ob sie noch lebte? Nach Auskunft der Ärzte im Krankenhaus ging es ihr zuletzt nicht besonders gut, hatte mit schwerer Demenz zu kämpfen. Erik war daher durchaus bewusst, dass er mit dem Schlimmsten rechnen musste. Dennoch nahm er sich vor, sie gleich morgen in ihrer Seniorenresidenz zu besuchen. Vielleicht würde er dort sogar etwas über den Verbleib seines Sohnes erfahren. Auf dem Foto machte es den Eindruck, als würden sich Großmutter und Enkel sehr nahestehen. Gut möglich, dass er sie gelegentlich noch besuchte oder zumindest seine Kontaktdaten im Heim hinterlegt hatte.

Vorsichtig löste er das Foto aus dem Rahmen und ließ es in der Innentasche seines Sakkos verschwinden. Anschließend sah er sich im Zimmer noch etwas genauer um. Doch weitere Entdeckungen dieser Art machte er nicht. Auch nicht in den beiden nach hinten zum Garten gelegenen Räumen, die er als nächstes untersuchte. Mysteriöses gab es dennoch zu entdecken: Mitten im Raum standen zwei Kinderbetten, die mit märchenhaften Ornamenten verziert waren.

Es waren kleine Betten, höchstens anderthalb Meter lang, jeweils eines in jedem Zimmer. Ihr Aussehen ließ vermuten, dass sie einst für Mädchen gedacht waren. Doch diese Bestimmung hatte sich offenbar nie erfüllt. Trotz der dicken Staubschichten und Spinnenweben, die sie bedeckten, war klar, dass die Betten unbenutzt geblieben waren. Die mit vergilbter Folie umhüllten Matratzen verstärkten diesen Eindruck noch.

Erik raufte sich durchs Haar. Gerade erst hatte sich die Existenz seines Sohnes bestätigt. Der Gedanke, sich womöglich mit noch weiteren potenziellen Abkömmlingen beschäftigen zu müssen, überforderte ihn komplett. Aber konnte das wirklich sein? Gewiss, ein einzelnes Kind ließ sich im Zuge einer schwerwiegenden Amnesie schon mal vergessen, aber drei? An derart junge Kinder hätte er sich doch zumindest ansatzweise erinnern müssen. Schließlich prägten diese für gewöhnlich den gesamten Lebensalltag. Doch wenn es nicht seine eigenen Töchter waren, zu wem gehörten sie dann?

Die einzig plausible Erklärung konnte nur sein, dass das Haus mittlerweile verkauft, womöglich sogar zwangsversteigert worden war und es sich bei den neuen Eigentümern mutmaßlich um eine junge Familie mit Kindern handelte. Denkbar auch, dass diese aufgrund der sich zuspitzenden Ereignisse im Viertel schlagartig geflüchtet, möglicherweise noch gar nicht eingezogen war. Letzteres würde zumindest die unbenutzten Betten erklären.

Ein durchaus schlüssiger Erklärungsansatz, bei dem es Erik zunächst beließ. Es waren auch so noch genug Fragen offen, und ständig kamen neue hinzu – Fragen, auf die er keine Antwort fand. Dabei hatte er sich von diesem Haus genau das erhofft: Antworten. Nun aber schien alles noch verworrener als zuvor. Viel Zeit, um mit dem Schicksal zu hadern, blieb ihm allerdings nicht.

Was war das? Erik hielt den Atem an. Deutlich vernahm er ein Geräusch von unten – ein Schaben oder Kratzen, als würde jemand einen schweren Stuhl über raue Steinplatten schieben. Noch beunruhigender jedoch war das kurz darauf einsetzende dumpfe Gemurmel einer Männerstimme. Erik erstarrte. Jetzt war es klar, die düstere Ahnung bestätigt: Der geheimnisvolle Eindringling, er existierte wirklich. Vor allem aber war er zurückgekehrt.

Claus

»Du musst mehr essen, Krahwin!«, rief der Fremde im breitesten Hamburger Missingsch einer Krähe zu, die vor ihm auf dem morschen Gartentisch herumstolzierte. »So wirst du den nächsten Winter nicht überleben.« Dann rupfte er ein paar Krumen aus einem Brotlaib und legte sie dem Vogel vor den Schnabel. Dieser bedankte sich sogleich mit einem höflichen Krächzen, bevor er die dargereichten Bröckchen aufpickte.

Was für eine skurrile Szene, dachte Erik, während er den zerschlissenen Vorhang noch etwas weiter beiseiteschob, um einen besseren Blick zu haben.

Nicht nur die Tatsache, dass jemand auf seiner Terrasse saß und mit einem Vogel über dessen vermeintliche Essstörung diskutierte, war grotesk – der ganze Typ war völlig schräg. Er sah aus wie ein Obdachloser, einer, der sich rund um die Uhr mit Billigfusel abschoss. Die langen, grauen Haare flitterten wirr um seinen Kopf, das Gesicht war von einem ungepflegten Vollbart überwuchert und sein Anzug hing in zerrissenen Fetzen an ihm herunter. Kurzum ein Kerl, den man nur ungern bei sich zuhause hätte.

Gewiss, dieser Tag hatte auch Eriks Garderobe ordentlich zugesetzt. Und an den Geruch, den er mittlerweile verströmte, mochte er lieber nicht denken. Der Vogelflüsterer aber übertraf alles, was man sich je an menschlicher Verwahrlosung hätte vorstellen können.

Unterdessen hatten sich immer mehr Krähen um den Fremden gescharrt. Von allen Seiten kamen sie angeflogen, als hätte sich herumgesprochen, dass es etwas zu fressen gab. Jede einzelne begrüßte er persönlich, empfing sie mit freundlichen Worten und überschüttete sie mit großzügigen Komplimenten: »Ihr Gefieder glänzt heute mal wieder ganz besonders schön, Frau Professor«, schmeichelte er etwa einer älteren Krähe. Einer anderen verpasste er hingegen einen lockeren Spruch: »Hey Socke, alte Arschkrampe. Siehst ganz schön zerzaust aus. Hast dich wohl wieder bei den Damen rumgetrieben, du Schwerenöter.«

Seine norddeutsche Kodderschnauze erinnerte ein wenig an die des Hamburger Schauspielers Jan Fedder. Und würde er nicht so fürchterlich verkommen aussehen, hätte man ihn fast sympathisch finden können, zumal er wirklich liebevoll mit den Krähen umging. Er sprach mit ihnen wie mit langjährigen Freunden oder Familienmitgliedern. Imponierend auch, dass er sie alle namentlich unterscheiden konnte. Für Erik dagegen sahen sie alle gleich aus – schwarz gefiedert, grauäugig. Selbst ihre krächzenden Rufe unterschieden sich nicht voneinander. Nur hinsichtlich ihrer Körperfülle ließen sich geringfügige Diskrepanzen feststellen. Wahrscheinlich bekamen sie ihre Brotkrumen deshalb auch portionsgerecht serviert, je nach Gewichtsklasse mal mehr, mal weniger.

Das Alter des Fremden war für Erik schwer einzuschätzen. Er wirkte wie Mitte siebzig, konnte aber ebenso gut deutlich jünger sein – gezeichnet vom Leben auf der Straße, das unübersehbar seinen Tribut gefordert hatte. Doch dass er ein Clochard war, daran bestand kein Zweifel. Auch wird er schon lange keine Menschen mehr zu Gesicht bekommen haben. Warum sonst sollte er sich so angeregt mit Vögeln unterhalten? Offenbar war er einsam, vielleicht auch ein bisschen verrückt. Doch gefährlich wirkte er nicht, sodass Erik beschloss, seinen Beobachtungsposten aufzugeben und ihn zur Rede zu stellen.

»Darf ich fragen, was Sie in meinem Garten zu suchen haben?« Über die Küche trat er ins Freie und blickte den Fremden scharf an.

Zu Tode erschrocken riss dieser die Augen auf und fuhr mit einem Ruck in seinem Stuhl zurück. Fast wäre er dabei umgekippt, konnte sich aber gerade noch an der Tischplatte festkrallen. Seine hastigen Bewegungen sorgten auch bei den Krähen für Aufregung. Laut krächzend flatterten sie in alle Himmelsrichtungen davon. Vermutlich wäre auch ihr Gönner am liebsten getürmt, doch der Schock schien ihn zu lähmen. Fassungslos starrte er Erik an, als säße er einem Geist gegenüber, den Mund weit aufgerissen wie bei einer Zahn-OP. »Mensch Krawatte, bist du es wirklich?«, stammelte er schließlich.

Auch Erik schaute nun irritiert. »Entschuldigung, aber Sie müssen mich offenbar mit jemanden verwechseln. Ich kenne Sie nicht.«

»Heilige Scheiße, Erik!«, juchzte der Fremde. »Und ich dachte schon, du wärst wie die meisten längst verreckt.« Mit einem Ruck erhob er sich von seinem Stuhl und trat auf Erik zu.

Diesem gelang es zwar noch, sich der drohenden Umarmung mit einer geschickten Körpertäuschung zu entziehen, eine Kontaminierung blieb ihm dennoch nicht erspart. Noch bevor er seine Hand wegziehen konnte, hatte sie der Fremde bereits gepackt und schüttelte sie sogleich heftig, beinahe besessen.

Ein Begrüßungsritual, das seit der Pandemie eigentlich aus dem Alltag verbannt war – so hatte man es ihm zumindest im Krankenhaus gesagt. Dass dieses Zeremoniell ausgerechnet jetzt sein Comeback feierte, während er es mit der zweifellos unappetitlichsten Pranke des Universums zu tun hatte, schien wie schlechtes Karma. Er war daher heilfroh, als der Fremde endlich von ihm abließ. »Könnten Sie mir jetzt bitte verraten, wer Sie sind und weshalb Sie in meinem Garten sitzen?«

»Dein Garten? Geht's noch, Alter?« Der Fremde begann höhnisch zu lachen. »Hast wohl heute einen Clown gefrühstückt?« Nachdem er jedoch merkte, dass Erik keineswegs zu Scherzen aufgelegt war, wurde sein Tonfall plötzlich gemäßigter. »Du meinst es tatsächlich ernst, oder? Ich weiß ja selber, dass ich gerade aussehe wie ein umgekippter Eimer Scheiße, aber erkennst du mich wirklich nicht?«

»Nein, tut mir leid.«

»Ich bin's, Claus. Und hör endlich mit diesem dämlichen Gesiezte auf. Ich bin schließlich keiner deiner Bankfuzzis.«

»Claus?«

»Claus Kröger, der Frittenschnitzer aus dem *Alten Schurken*. Klingelt's noch immer nicht?«

»Nein.«

»Tresen-Clausi, der Wirt. Damals hatte ich noch keine Gesichtsmuschi und auch mein Krautschädel...«

»Nein, ich erinnere mich wirklich nicht«, unterbrach ihn Erik.

»Himmel nochmal, Krawatte! Du verarschst mich doch, oder?«

»Warum sollte ich? Aber vielleicht beruhigt es dich ja, wenn ich dir sage, dass es nicht an dir liegt, warum ich mich nicht erinnere.«

Offenbar kannte der Fremde ihn tatsächlich von früher. Er wusste immerhin seinen Namen und auch, dass er in einer Bank gearbeitet hatte. Insofern schien er vertrauenswürdig genug zu sein, um ihn einzuweihen. Also erzählte er ihm von seiner Teilamnesie, der Flucht aus dem Krankenhaus und der Hoffnung, hier draußen mehr über seine Vergangenheit zu erfahren.

Beinahe andächtig lauschte Claus seinen Schilderungen. Selbst als Erik geendet hatte, blieb er noch eine Weile stumm. Man konnte ihm ansehen, wie sehr ihn das Schicksal seines ehemaligen Kneipengastes bewegte. »Oh Mann, das ist echt eine krasse Geschichte«, sagte er schließlich nachdenklich. »Dann erinnerst du dich wohl auch nicht mehr an den Nassgekämmten, Posaunen-Norbert, den Violetten oder Samen-Willy?«

Erik schüttelte den Kopf.

»Pauli?«

»Der Fußballclub?«

»Was denn sonst? Schließlich hast du dir bei mir nach jedem Heimspiel einen reingetankt. Das verdammte Virus muss dir wirklich das Gehirn weggepustet haben.«

»Da kann ich dir wohl nicht widersprechen«, seufzte Erik. »Aber vielleicht hilfst du mir ja dabei, mein Gedächtnis wieder etwas aufzufrischen. Du scheinst mich ja gut gekannt zu haben.«

»Aber klar doch! Wir bringen deinen Bregenklöter schon wieder in Ordnung.« Aufmunternd klopfte Claus ihm auf die Schulter. »Jetzt sollten wir uns aber erstmal ins Haus verziehen. Es wird langsam dunkel und nachts laufen hier eine Menge übler Gestalten rum. Drinnen ist es sicherer.«

»Wie meinst du das?«, wollte Erik wissen.

»Genauso wie ich es gesagt habe. Die Sperrzone ist nachts gefährlich, Krawatte. Hier herrscht Anarchie. Wenn die staatlichen Schlägertrupps dich krallen, dann ist die Kacke am Dampfen.«

»Klingt nicht gut.«

»Ist es auch nicht«, bestätigte Claus mit ernster Miene. Dann drehte er sich um und verschwand im Haus.

Nachdenklich betrachtete Erik den Abendhimmel, der tatsächlich immer dunkler wurde. Warum es jedoch drinnen sicherer seine sollte als draußen im Garten, erschloss sich ihm nicht. Die Villa wirkte nicht gerade wie eine unbezwingbare Festung – war doch auch er ohne größere Anstrengung hineingelangt.

Andererseits war davon auszugehen, dass Claus wusste, wovon er sprach, zumal er offenbar schon länger im Sperrgebiet lebte. Auch schien es an der Zeit, Eriks anfängliche Vorbehalte gegenüber dem kauzigen Wirt noch einmal überdenken. Denn eigentlich war es ein ausgesprochener Glücksfall, dass sich ausgerechnet jemand in sein Haus eingenistet hatte, der ihn von früher kannte. Damit machte er sich als Gesprächspartner geradezu unentbehrlich. Wenn Erik tatsächlich regelmäßig bei ihm am Tresen gesessen hatte, wie Claus anklingen ließ, dann war dabei ganz sicher nicht nur Alkohol geflossen, sondern im Gegenzug auch die eine oder andere private Offenbarung. Es war durchaus möglich, dass Claus noch etwas davon in seinem Gedächtnis abgespeichert hatte. Etwas, das Erik helfen könnte, seiner früheren Identität näherzukommen. Diese Chance wollte er auf keinen Fall ungenutzt lassen.

»Da bist du ja endlich«, wurde er von Claus empfangen, der ihn sogleich aufforderte, mit ihm eine durchgerostete Waschmaschine vor die Terrassentür zu rücken. Danach gingen sie zum Korridor, um auch die Eingangstür notdürftig mit ein paar Holzbalken zu verbarrikadieren. Doch ob diese nostalgisch anmutenden Schutzmaßnahmen wirklich ausreichten, um blutrünstige Mörder oder Soldaten abzuwehren, wagte Erik zu bezweifeln.

Nachdem alle Sicherungsarbeiten erledigt waren und Claus sich bereits mit einer Selbstgedrehten belohnte, fasste Erik schließlich den Mut, mehr über seine Vergangenheit zu erfahren: »Erzählst du mir von früher?«

»Klar, aber erst muss der Hirsebrei auf den Herd«, antwortete Claus, während sie gemeinsam in die Küche trabten. »Du hast nach dem anstrengenden Tag sicher Kohldampf, oder?«

»Schon, aber nicht auf Hirsebrei«, sagte Erik enttäuscht.

»Mit Currywurst und Fritten kann ich leider nicht dienen. Du hättest allerdings noch die Wahl zwischen Dosenmais und Senf.«

»Na gut, dann eben Hirsebrei. Aber wasch dir bitte vor dem Kochen die Hände?«

Irritiert hielt sich Claus die besagten Körperteile vor das Gesicht, als hätte er sie zum ersten Mal bemerkt. »Du hast recht, die haben's nötig«, stöhnte er mit gespielter Scham. »Allerdings ist Wasser hier gerade Mangelware. Alles wohldosiert vom Chef da oben. Mal gibt's mehr, mal weniger. Zurzeit ist's eher weniger.« Er deutete auf einen halb mit Wasser gefüllten Putzeimer unter dem Küchentisch. »Frisch aus dem Himmel«, grinste er. Dann schöpfte er mit einer Kelle etwas Wasser und goss es sich in kleinen Mengen abwechselnd über jede Hand. »Du wirst dich wundern, wie gut Regenwasser schmecken kann«, schwärmte er, während er sich mit einer alten Wurzelbürste die Hände schrubbte – ohne dabei jedoch sonderlich erfolgreich zu sein. »Immerhin das haben wir der Seuche zu verdanken: sauberes Wasser und gute Luft zum Atmen.«

»Wie meinst du das?«, wollte Erik wissen.

»Naja, wenn zwei Drittel der Menschheit praktisch über Nacht die Biege macht, ist das zwar eine tragische Sache, aber die Natur freut sich natürlich.«

»Zwei Drittel?«, wiederholte Erik und starrte ihn entgeistert an.

»Jungchen, haben sie dir im Krankenhaus denn gar nichts erzählt?«

»Nein«, sagte Erik und schüttelte konsterniert den Kopf. Es war keine Antwort auf die Frage, es war eher ein Ausdruck dafür, dass er nicht glauben konnte, was er gerade gehört hatte.

»Schon bei den ersten Pandemie-Wellen haben bereits etliche ins Gras gebissen«, fuhr Claus fort, »aber das war kein Vergleich zum großen Sterben später ...«

»Was ist geschehen?«, fragte Erik ungeduldig.

»Gleich, Krawatte. Wirf mir bitte erstmal das Handtuch rüber.«

Gemeint war ein völlig zerfetzter Lappen, der am Griff der Küchentür hing. Erik brauchte allerdings zu lange, um zu begreifen, was Claus von ihm wollte, sodass dieser sich der Sache selber annahm.

Nachdem er sich die Hände abgetrocknet hatte, füllte er ein paar Kellen Wasser in einen rostigen Topf und gab eine Handvoll Hirse dazu. Dann kramte er unter dem Tisch einen Bunsenbrenner hervor und zündete ihn an – ebenso wie die Kerzen, die in der Küche verstreut waren. Das war auch nötig, da kaum noch Tageslicht vorhanden war.

Erik nahm das Geschehen jedoch nur oberflächlich wahr, als wäre er durch die erschütternden Neuigkeiten in eine andere Welt katapultiert worden. »Zwei Drittel« hallte es ihm immer wieder wie ein Mantra durch seinen Kopf. Aber irgendwie passte es zur apokalyptischen Grundstimmung, die ihn schon den ganzen Tag begleitet hatte. Die menschenleeren Straßen, die übergriffige Polizei, das Militär, die Sperrzone – all das ergab plötzlich einen Sinn.

»Alles ist aus den Fugen geraten, als das große Sterben begann«, meldete sich Claus zurück, während er mit glimmender Fluppe zwischen den Lippen im Kochtopf rührte. »Aber nicht nur hier, auf der ganzen Welt. Inflation, Hungersnöte, Flucht, Bürgerkriege – der ganze Mist eben. Das hat den braunen Flachwichsern natürlich in die Karten gespielt. Diese verdammten Nazis!« Claus schnappte nach Luft. Man konnte ihm deutlich ansehen, wie sehr es ihn anstrengte, sich zu beherrschen. Das Thema schien ihn zutiefst aufzuwühlen. Und so dauerte es fast eine weitere Zigarettenlänge, bis er sich wieder beruhigt hatte.

Er berichtete Erik vom Putsch der Nationalisten und davon, dass Deutschland inzwischen von einem ultrakonservativen AfD-Ableger namens *Bund freier Patrioten* regiert werde. Mit ihren Ermächtigungs- und Notstandsgesetzen hätten sie nicht nur binnen kürzester Zeit nahezu alle Freiheitsrechte abgeschafft, sondern auch zahlreiche privatwirtschaftliche Betriebe und Immobilien in Staatseigentum überführt. Besonders verheerend seien die Folgen in den ehemals gutbürgerlichen Stadtteilen wie Harvestehude oder Eppendorf gewesen, wie Claus berichtete. Reihenweise würden dort inzwischen die leerstehenden Häuser verrotten, ohne dass es neue Verwendung für sie gäbe.

Am härtesten jedoch hatte es die Unterschicht und Geringverdiener getroffen. Sie zählten, wie auch Alte und Kranke, zu den Hauptopfern des Virus, dem sie weitgehend schutzlos ausgeliefert waren. Mittlerweile hatte man sie völlig sich selbst überlassen. Nur wenige von ihnen konnten noch einer geregelten Arbeit nachgehen. Der Rest lebte von Ersparnissen oder hielt sich mit Diebstahl, Bettelei oder Prostitution über Wasser.

Anfangs, so erzählte Claus, hätten die Menschen noch versucht, sich zu wehren. Monatelang prägten Massenproteste und Demonstrationen das Bild auf den Straßen. Doch irgendwann eskalierte die Lage völlig. Es folgten bürgerkriegsähnliche Zustände, bei denen Tausende Zivilisten ums Leben kamen. Zwar existierten weiterhin Widerstandsorganisationen, die mit gelegentlichen Aktionen auf sich aufmerksam machten, doch ihre Aktivitäten ließen nach, zunehmend gezeichnet von Resignation und Angst.

Erik konnte nicht fassen, was er gerade gehört hatte – auch wenn vieles, was ihm zuvor unerklärlich erschien, plötzlich einen Sinn ergab. Doch er wollte einfach nicht begreifen, dass sich dieses unscheinbare kleine Grippevirus innerhalb von nur zwei Jahren zu einer derart verheerenden Katastrophe entwickeln konnte.

Claus hatte unterdessen nicht nur zu reden, sondern auch zu rühren aufgehört. Vor ihm standen nun zwei Teller, auf die er den Hirsebrei gerecht verteilte. Sogar eine Dose mit eingelegten Pfirsichen zauberte er aus einem der Schränke, deren Inhalt er ebenfalls gleichmäßig portioniert in die Pampe sickern ließ.

»Komm mit«, forderte er Erik schließlich auf, während er ihm seinen Teller in die Hand drückte. »Im Esszimmer ist es deutlich gemütlicher.« Dann schnappte er sich eine der Kerzen und schlängelte sich an Erik vorbei, der noch immer konsterniert im Türrahmen stand, dann aber hinterher trottete.

Mitten im ansonsten völlig leeren Raum hatte Claus eilig ein Bettlacken ausgebreitet, das ihnen offenbar als Esstisch dienen sollte. Sogleich stellte er Kerze und Teller darauf ab. Dann verschwand er im anliegenden Wohnzimmer, um kurz darauf mit zwei zerschlissenen Sofakissen zurückzukehren, die er jeweils an den gegenüberliegenden Enden des Lakens platzierte. Mit einer fast gönnerhaften Geste wies er Erik seinen Platz zu, bevor er sich selber im Schneidersitz auf einem der Kissen niederließ.

Nachdem sich Erik ein paar Löffel des wenig schmackhaften Breigerichtes hineingezwängt hatte, drängte es ihn, die kurzzeitig unterbrochene Unterhaltung wieder aufzunehmen. Auch erhoffte er sich auf diese Weise, dem äußerst unappetitlichen Schmatzen seines Gegenübers Einhalt gebieten zu können. »Und was ist mit dir? Bist du vom Virus verschont geblieben?«

»Nicht wirklich«, nuschelte dieser mit vollem Mund. »Aber du weißt ja, so ein altes Kneipentier wie mich bekommt man nicht so einfach tot«, grinste er. »Aber im Ernst, bei mir ist die Sache tatsächlich recht harmlos abgelaufen. Hatte lediglich ein bisschen Husten und Halsweh. Das war's. Manchmal muss man auch mal Glück haben ...«

»Und einen Impfstoff gibt es noch immer nicht?«

»Doch, den gab es. Genau genommen tauchte sogar ständig irgendein neues Zeug auf. Aber das Virus ist einfach total gewieft, wechselt ständig sein Aussehen. Inzwischen haben sie die Suche nach einem neuen Impfstoff aufgegeben. Die meisten von uns scheinen ohnehin immun zu sein.«

»Wozu dann die Sperrgebiete?«

»Relikte vergangener Tage. In manchen Stadtteilen hat das Virus besonders heftig gewütet. Anstatt den Menschen zu helfen, hat man sie einfach eingezäunt und krepieren lassen.«

»Schrecklich«, stöhnte Erik mitfühlend.

»Noch schrecklicher ist jedoch, dass die wenigen Überlebenden hier noch immer einsperrt werden.«

»Und das lassen sie sich gefallen?«

»Du hast ja keine Ahnung, zu was die Hackfressen da oben fähig sind. Klar haben sich die Leute gewehrt. Aber dann sind sie mit Panzern gekommen und haben sich mal kurz hier durchgebombt. Seitdem ist Ruhe. Du hast ja vermutlich die Trümmerhäuser gesehen ...«

Erik nickte betroffen.

»Inzwischen leben nur noch wenige Menschen hier«, fuhr Claus fort. »Manche sind geflüchtet, andere verhungert oder sind inzwischen krank geworden – nicht wegen dem Virus, sondern wegen der hygienischen Zustände. Ich denke, man wartet noch, bis die letzten verreckt sind und reißt dann alles ab.«

»Abreißen? Uhlenhorst?«

»Ja, das machen sie mit allen Hotspots. Sie haben wohl Angst, dass das Virus ansonsten wieder aufflammt.«

Claus legte seinen Löffel beiseite, tupfte sich mit einem Zipfel des Lakens den Bart und gab einen ohrenbetäubenden Rülpser von sich. Dann wandte er sich Erik zu, der mit seinem Löffel lustlos im Brei herumstocherte. »Dir schmeckt's wohl nicht«, stellte er mit leicht vorwurfsvollem Unterton fest. Ein Ton, der gleichsam auch Bedauern ausdrückte.

»Nichts für ungut«, entschuldigte sich Erik für sein krüsches Essverhalten und schob Claus den noch fast vollen Teller rüber. »Wenn du noch Nachschlag willst ...«

Er wollte. In Windeseile hatte Claus auch die zweite Portion Hirsebrei hinuntergeschlungen, dessen Vollzug er abermals mit einem langen Rülpser proklamierte.

»Schön, dass es dir wenigstens geschmeckt hat«, kommentierte Erik das rüpelhafte Benehmen seines Gegenübers.

»Ehrlich gesagt wären mir Fritten oder Frikadellen auch lieber als diese Pampe hier«, räumte Claus ein, »aber bevor ich verhungere ...«

»Was ist aus deiner Kneipe geworden?«, fragte Erik weiter.

»Na, was denkst du wohl? Konfisziert natürlich, so wie fast alle Kneipen auf Sankt Pauli.« Dann wurde seine Miene plötzlich ernst. »Anfangs habe ich den Schuppen noch halten können, ihn trotz Lockdowns und extrem hoher Miete heimlich für meine Stammgäste geöffnet. Später, während des großen Sterbens und der Unruhen, habe ich ihn dann den konterrevolutionären Kräften als Waffenlager überlassen. So konnte ich mich wenigstens etwas nützlich machen. Außerdem haben sie gut dafür bezahlt. Irgendwann ist die Sache dann aber aufgeflogen und ich musste über Nacht die Flatter machen.«

»Und da dachtest du dir, die gute alte Bankkrawatte schlummert brav in seinem Komabettchen vor sich hin; da kann man sich ja durchaus mal seine Villa unter den Nagel reißen ...«, schlussfolgerte Erik schnippisch.

»Unsinn!«, empörte sich Claus. »Ich wusste doch gar nichts von deinem Koma. Außerdem hast du selber mal gesagt, ich kann jederzeit kommen, wenn ich in der Scheiße stecke.«

»Schon gut, reg dich nicht gleich so auf«, versuchte Erik zu beschwichtigen. »Woher hast du eigentlich meine Adresse?«

»Leidest du jetzt zusätzlich auch noch unter Intelligenzallergie? Du warst mein Stammgast, schon vergessen? Was glaubst du wohl, wer dich nachts sternhagelvoll ins Taxi gesetzt hat? Manchmal wusstest du nicht mal mehr deinen Namen, geschweige denn wo du wohnst. Ein verantwortungsvoller Zapfer hat für solche Fälle natürlich immer die Adresse seiner Tresis parat.«

Erik grübelte. Eigentlich verachtete er Menschen, die unter Alkoholeinfluss derart die Kontrolle über sich verloren. Dass offenbar auch er zu dieser Gattung gehörte, passte so gar nicht zu seinem Selbstbild. »Um das Haus und den Garten hättest du dich trotzdem kümmern können«, lenkte er schließlich von seinen eigenen Abgründen ab. »Wenn du schon keine Miete zahlst ...«

»Nun mach hier mal nicht die Suse«, unterbrach ihn Claus. »Die Bude gehört dir eh nicht mehr. Aber glaub mir, als ich eingezogen bin, war hier alles noch in einem viel übleren Zustand. Überall Schutt, Gestank und Ratten. Bis man sich hier einigermaßen aufhalten konnte, musste ich ganz schön ackern. Aber jetzt lass uns nicht länger wie zwei Weiber anzicken. Ist ohnehin langsam Zeit für den Nachtisch.«

Erik fragte sich, woraus dieser wohl bestehen würde? Pfannkuchen aus Kräheneiern? Karamellisierte Küchenschaben im Wachs-Sud? Noch bevor er sich jedoch eine

passende Ausrede überlegen konnte, um sich der zu er-
wartenden Abscheulichkeit zu entziehen, stand Claus
auch schon wieder vor ihm – in der einen Hand eine noch
ungeöffnete Flasche Korn, in der anderen zwei Schnapsgläser.

»Tadaa!«, triumphierte er. »Da staunst du, was? Ein
letzter Restbestand aus dem *Schurken*. Hab ich für besondere Anlässe gebunkert.«

Erik verdrehte die Augen. Ein Besäufnis war so ziemlich das Letzte, wonach ihm der Sinn stand – mal ganz davon abgesehen, dass er nach Jahren der Enthaltsamkeit
vermutlich auch noch keinen Alkohol vertrug.

Claus störte das jedoch herzlich wenig. Im Handumdrehen hatte er die beiden Gläser bis zum Rand gefüllt und
Erik eines davon in die Hand gedrückt. »Auf unser Wiedersehen!«, verkündete er feierlich, bevor er den Schnaps
in einem Zug hinunterkippte und scharf Luft holte. Dann
blickte er zu Erik rüber, in Erwartung, er würde es ihm
gleichtun. Der aber zögerte noch.

»Was ist los, Krawatte? Du warst doch früher nicht so
zimperlich, wenn es ums Saufen ging – erst recht nicht,
wenn es für lau war.«

»War ich geizig?« Ein weiteres Charaktermerkmal, mit
welchem Erik nur ungern in Zusammenhang gebracht
werden wollte.

»Erst trinken, dann verrat ich es dir.«

»Na super, jetzt werde ich auch noch erpresst«,
schimpfte Erik, bevor er sein Glas ebenfalls in einem Zug
leerte. Schüttelnd gab er es anschließend Claus zurück.

»Du warst in der Tat ein echter Pfennigfuchser, aber das
seid ihr Bankfuzzis ja alle«, grinste er. »Selten haste mal

Trinkgeld gegeben, obwohl du ständig mit deiner Patte rumgeprahlt hast.«

Erik blickte nach unten. Es war ihm sichtlich unangenehm, was Claus über ihn erzählte.

»Nun schäm dich doch nicht ständig wie so ne halbgare Tussi«, beschwichtigte dieser. »Ist doch längst verjährt. Außerdem hast du deinen Großmut ja inzwischen bewiesen, indem du mir dein Haus vererbt hast. Glaub nicht, dass ich es angenommen hätte, wenn ich nicht auch deine guten Seiten kennen würde. Da habe ich meine Prinzipien.«

»Oh, dann bin ich ja beruhigt«, gab sich auch Erik nun lockerer. »Danke, dass du mich durch diese kleine Aufwartung zu einem besseren Menschen gemacht hast.«

»Keine Ursache«, erwiderte Claus und hielt Erik das nachgefüllte Schnapsglas hin. »Auf zwei Beinen steht's sich deutlich besser.«

»Lass gut sein«, sagte Erik mit ablehnender Geste, die er dadurch unterstrich, indem er sein Gesicht in Abscheu verzog. Doch wie schon zuvor, gab Claus nicht eher nach, bis Erik sich erneut beugte. »Boah, ist das ekelhaft«, zischte er anschließend.

»Früher hast du dich nicht so gewehrt«, lachte Claus.

»Früher dümpelte ich vorher auch nicht zwei Jahre als vergessene Tiefkühlpizza im Gefrierfach herum. Mir ist jetzt schon schummrig im Kopf.«

»Netter Vergleich, das mit der Pizza«, schmunzelte Claus. »Eben darum wird es Zeit, dass du mal wieder ein bisschen auftaust, Kumpel.«

Erik schwieg eine Weile. Dann seufzte er tief und erhob sich von seinem Kissen. »Was weißt du noch über mich?«, fragte er. Dass er inzwischen abermals ein volles Glas mit Korn in der Hand hielt, schien ihm offenbar entgangen zu sein.

»Naja, was man über seine Tresenjungs halt so weiß«, antwortete Claus. »Zuletzt warst du jedenfalls ziemlich im Arsch. Hattest damals gerade deinen Job in der Bank verloren, und dann war ja da auch noch die Sache mit deiner Süßen ...«

»Meiner Süßen?«

»Ja, diese blonde Lady aus der Vorstadt. Wenn ich noch wüsste, wie sie hieß. Ich meine, es war irgendwas mit K – vielleicht Katja oder Katrin, könnte aber auch Kerstin gewesen sein. Jedenfalls bist du ein paar Mal mit ihr im *Schurken* gewesen. Ziemlich scharfer Feger, jünger als du, so Mitte dreißig. Für meinen Geschmack zwar ein bisschen zu knochig, aber ihr habt gut zusammengepasst. Ist wohl eine große Sache mit euch gewesen, nur leider nicht ganz astrein.«

»Wie meinst du das?«

»Naja, sie hatte halt Familie: kleine Kinder, einen Mann und so. Ihr wolltet es trotzdem durchziehen. Wenn ich mich recht erinnere, war sie sogar der Grund, warum du diese Hütte gekauft hast. Du wolltest hier mit ihr und den Kindern wohnen. War alles vorbereitet. Dann ist sie doch bei ihrem Macker geblieben. Muss ein ziemlich finsterer Typ gewesen sein. Drohte ihr ständig mit irgendwas. Totaler Psycho eben. Da ist sie wohl eingeknickt. Aber verstehe einer die Weiber. Jedenfalls hat es dich danach völlig zerlegt. Hast gesoffen wie ein Loch. Insofern wundert es mich gar nicht, dass bei dir kurz darauf die Lampen ausgegangen sind.«

Die letzten Sätze hatte Erik nicht mehr mitbekommen. Seine Gedanken kreisten bereits in anderen Sphären. Die Frau an seinem Krankenbett – offenbar gab es sie wirklich, zumal der Verdacht nahelag, dass es sich bei ihr und der Frau aus dem *Schurken* um ein und dieselbe Person handelte. Allerdings fragte er sich, warum sie ihn im Krankenhaus besucht hatte, wenn sie gar nicht mehr zusammen waren, wie Claus sagte. Immerhin ergaben die vielen Schlafzimmer und unangetasteten Kinderbetten plötzlich einen Sinn. Erinnern konnte er sich trotzdem an nichts. Weder ihr Name noch ihr Gesicht wollten ihm in den Kopf kommen.

Erik war aufgewühlt. Jetzt brauchte er wirklich einen Schnaps. Er warf den Kopf zurück und stürzte das Glas Korn hinunter. Mit einer deutlichen Handbewegung forderte er Claus auf, das Glas sofort wieder zu füllen, um es anschließend erneut in einem Zug zu leeren.

»Jetzt willst du es aber wissen«, kommentierte dieser die neue Trinklust seines Kumpels.

»Ich habe schließlich einiges aufzuholen«, erwidert Erik schon etwas lallend. Dann forderte er Claus auf, weitere Details aus der Vergangenheit preiszugeben.

»Puh, lass mich nachdenken.«

»Alles kann interessant für mich sein«, drängte Erik.

Angestrengt versuchte Claus sich zu erinnern, während er die nächste Ladung Korn in die Gläser beförderte. »Dass du einen erwachsenen Sohn hast, weißt du sicher noch?«, fragte er dann fast beiläufig.

Also doch, dachte Erik und fühlte sich in seinen Vermutungen bestätigt. »Ich erinnere mich zwar nicht an ihn, aber im Krankenhaus haben sie mir von seiner Existenz erzählt. Außerdem habe ich oben im Schlafzimmer ein Foto von ihm gefunden.« Dann holte er das Bild aus seiner Jackentasche und hielt es Claus hin. »Kennst du ihn?«

»Tut mir leid«, antwortete dieser und zuckte mit den Schultern. »Ich bin deinem Sohn nie begegnet. Nur dass er Ben hieß, weiß ich noch.«

»Ben?« Erik versuchte sich zu erinnern, abermals jedoch ohne Erfolg.

»Die Sache mit deinem Sohn hat dich lange beschäftigt«, erzählte Claus. »Du hast dich damals sehr um ihn gesorgt. Hattest Angst, er würde sein Leben verpfuschen, weil er Musiker werden wollte. Es gab Stress zwischen euch, weil er sein Studium geschmissen hat und du ihm deswegen den Geldhahn zugedreht hast. Dann ist er abgehauen und monatelang mit seiner Band durch Europa getingelt.«

»Erstaunlich, was du alles weißt, Claus.«

»Ist halt mein Job gewesen, mir Abend für Abend euer Kopfgeficke reinzuziehen. Die Geschichte mit deinem Sohn war jedoch besonders spooky. Schließlich wolltest du selber mal Musiker werden, bevor man dich zu dieser Bankscheiße genötigt hat.«

»Musiker? Ich?«

»Ja, du hast Klavier gespielt, und soweit ich das beurteilen kann, gar nicht mal so übel.«

»Du hast mich spielen hören?«

»Klar, alle im *Schurken* haben das. Eine Zeitlang hattest du sogar den Beinamen 'der Klimperer', den du allerdings nicht so geil gefunden hast.«

»Der Klimperer?«, wiederholte Erik. »Gefällt mir jedenfalls besser als Krawatte.«

»Zu spät«, lachte Claus. »Namensänderungen sind nur einmal pro Kneipenleben erlaubt. Alle weiteren kosten mindestens zehn Runden. Das ist Gesetz!«

Jetzt lachten sie beide und stießen wiederholt ihre Schnapsgläser aneinander.

»Manchmal hast du dich zu später Stunde ans alte Kneipenklavier gesetzt und ein bisschen rumgejazzt«, fuhr Claus fort. »Kam allerdings nicht bei allen gut an. Die Hardcore-Fraktion wollte natürlich ständig die alten Mitgröl-Nummern hören. Ist nicht so dein Ding gewesen. Irgendwann haben Automaten-Mike und der Violette dich dann verdroschen, weil du dich geweigert hast Udo-Jürgens-Lieder zu spielen. Dann hast du gar nicht mehr geklimpert und nur noch stumpf vor dich hin gesoffen, bis die Blondine auftauchte ...«

»Klingt nicht gerade nach einem erfüllten Leben«, sagte Erik nachdenklich.

»Erfülltes Leben? Gibt's sowas überhaupt? Die Leute bei mir am Tresen hatten alles, nur kein erfülltes Leben. Im Gegenteil, den meisten ging es sogar chronisch beschissen. Aber im *Schurken* konnten sie ihre Sorgen zumindest für ein paar Stunden vergessen.«

Weitere Informationen zu seiner Vergangenheit konnte Erik seinem bärtigen Gegenüber nicht mehr entlocken. Dessen Wortbeiträge beschränkten sich nun eher auf belanglose Kneipenanekdoten, gleichwohl die meisten Erik durchaus amüsierten und ihm etwas Ablenkung verschafften. Das tat auch der Alkohol, der an diesem Abend noch reichlich fließen sollte. Am Ende war die Flasche leer und in einer weiteren schwappte nicht mehr als ein karger Rest.

Sogar an den unangenehmen Geruch, den Claus verströmte, hatte sich Erik inzwischen gewöhnt. Womöglich war er auch zu betrunken, als das seine Sinneswahrnehmung noch einwandfrei funktionierte. Ansonsten hätte er sich wohl kaum so bereitwillig neben ihm auf eine der Matratzen gelegt. Noch erstaunlicher allerdings, dass er trotz des dumpfen Brummens in seinem Kopf – ausgelöst durch die vielen neuen Informationen, die ihn durchströmten – recht bald einschlief.

Die Schattenfrau

Es war mitten in der Nacht, als ihn plötzlich ein Geräusch hochschrecken ließ. Was war das? Verwirrt sah er sich im Zimmer um. Das fahle Mondlicht, das durch das Fenster fiel, reichte jedoch nicht aus, um mehr als grobe Umrisse zu erkennen. Auch konnte Erik das Geräusch weder lokalisieren, noch als gefährlich oder ungefährlich einstufen. Da es inzwischen aber wieder verstummt war, versuchte er der Sache nicht allzu viel Bedeutung beizumessen und ließ seinen Kopf wieder zurück auf das Kissen sinken.

Ein altes Haus machte nun mal Geräusche. Das Knarzen der Dielen, das leise Knacken des Holzes oder das Klappern der ohnehin kaputten Fenster – alles völlig normal. Auch an die nächtlichen Geräusche seines Nebenschläfers musste er sich noch gewöhnen. Dessen synkopisches Schnarchen war kaum auszuhalten und erinnerte an das Gebrodel einer fast durchgelaufenen Kaffeemaschine. Daher versuchte Erik, eine der Apnoephasen seines Gegenübers abzupassen, um wieder einzuschlafen.

Er war bereits kurz vor dem Wegdämmern, als ihn das Geräusch erneut zusammenzucken ließ. Es klang nun deutlich näher und stammte definitiv nicht von Claus. Ein scharfes Klacken, als ob etwas Spitzes auf Glas fallen würde. Ängstlich begann er an seinem Bettnachbarn zu rütteln, der sich aber partout nicht wecken ließ. Mehr als grimmiges Gemurmel kam dabei nicht raus, sodass er schließlich aufgab. Eigentlich auch kein Wunder, dass er nicht wachzubekommen war, bei dem ganzen Zeug, das er vorher in sich hineingeschüttet hatte.

Ganz anders Erik, der nun kerzengerade auf der Matratze saß und in alle Richtungen lauschte. Doch außer dem Gesäge seines verschrobenen Mitbewohners war nichts zu hören. Gerade als er sich wieder hinlegen wollte, ertönte das Geräusch ein drittes Mal – dieses obskure, bedrohliche Klacken. Lauter und schneidender als zuvor. Auch schien es eindeutig aus der Richtung des Fensters zu kommen.

Sofort warf er die Decke beiseite und schwang sich hoch. Noch während er sich im Halbdunkel durch das Zimmer tastete, klackte es sogar noch ein weiteres Mal. Diesmal konnte er es endlich identifizieren: Gerade noch sah er ein Steinchen, das von einer der wenigen unversehrten Scheiben abprallte.

Vorsichtig trat er an das Fenster heran und schob den von Motten zerfressenen Vorhang zur Seite. Draußen herrschte eine sonderbare, fast schon unheimliche Atmosphäre. Denn obwohl der Mond hell leuchtete, waren sowohl der Vorgarten als auch die dahinterliegende Straße von tiefliegenden Nebelschwaden verhüllt. Viel erkennen konnte er daher nicht. Es war wie ein undurchdringlicher

Wolkenteppich, der sich direkt unter ihm diagonal zur gegenüberliegenden Straßenseite zog und die dortigen, ebenfalls zwei- bis dreistöckigen Häuser in geköpfte, flache Bungalows verwandelte.

Einen Moment lang ließ er sich von dem mystisch anmutenden Anblick fesseln und vergaß dabei fast seinen Ermittlungsauftrag. Doch plötzlich riss ihn eine Bewegung aus seiner Trance – ein huschender Schatten im Nebel. Sofort war er wieder hellwach. Was konnte das gewesen sein? Ein Tier? Aber Tiere warfen für gewöhnlich keine Steine ans Fenster.

Hastig riss er einen Fensterflügel auf, beugte sich weit hinaus und versuchte, den Nebel mit seinen Blicken zu durchdringen. Doch das Gemisch aus Dunst und Finsternis drückte auf seine Augen wie ein unsichtbarer Schleier. Dennoch spürte er, dass dort unten jemand war.

Und tatsächlich, mit einem Mal schälte sich ungefähr dort, wo er die Eingangspforte vermutete, die Silhouette einer Frau aus dem Nebel. Ihr gesamter Körper war von einem schwarzen Umhang verhüllt, die Kapuze tief heruntergezogen, sodass er ihr Gesicht nicht erkennen konnte. Dennoch gab es für Erik keinen Zweifel, dass es sich bei der Gestalt um eine Frau handeln musste. Die schmalen Schultern und filigranen Konturen ließen keinen anderen Schluss zu. Auch die schneeweiße, zarte Hand, die wenig später unter dem Umhang zum Vorschein kam, bestätigte diese Annahme. Eine subtile Geste, die Erik als Andeutung eines zarten Winkens interpretierte. Ansonsten aber stand sie regungslos da und starrte offenbar zu ihm hoch.

Ein kalter Schauer jagte über seinen Rücken. Die Szenerie war gespenstisch, wie aus einem Horrorfilm. Doch da war noch etwas anderes – ein Gefühl, das sich kaum in Worte fassen ließ und ihn an seinen wiederkehrenden Tagtraum erinnerte. Jene surreale Szene am verlassenen Nordseestrand, in der er vergeblich versuchte, einer rätselhaften Gestalt im Strandkorb näherzukommen.

Etwas in ihm – eine innere Stimme, eine Eingebung – drängte ihn unmissverständlich, seine Ängste zu überwinden und zu ihr hinunterzueilen. Denn eines stand außer Frage: diese Frau war nicht wegen Claus gekommen, auch nicht um das Haus zu bewundern oder es gar in krimineller Absicht zu betreten. Sie war allein seinetwegen gekommen, und sie hatte ihm offenbar etwas mitzuteilen. Im Gegensatz zu seinem Tagtraum war er jedoch nicht zur Passivität gezwungen, sondern hatte die Möglichkeit zu handeln.

In Windeseile streifte er sich die Kleidung über und stürmte die Treppe hinunter. Durch die Diele und das Wohnzimmer eilte er in Richtung Veranda, um kurz darauf ins Freie zu treten – direkt hinein in den dichten Nebel.

Verdammt, die Schuhe! Erst jetzt fiel ihm auf, dass er sie in der Eile oben vergessen hatte. Doch es war zu spät zum Umkehren. Es musste auch so gehen.

Und die Kapuzenfrau? Sie verharrte noch immer geisterhaft erstarrt an der Gartenpforte.

Vorsichtig tastete er sich mit seinen nackten Füßen durch den verwilderten Vorgarten. Er musste höllisch aufpassen, nicht in Glassplitter oder anderen Schutt zu treten. Kein leichtes Unterfangen in diesem Nebel.

Mit jedem Schritt, den er sich auf die Pforte zubewegte, wuchs seine Aufregung. Angst jedoch verspürte er keine mehr, was ihn selbst überraschte. Schließlich hatten die turbulenten Ereignisse der vergangenen Tage nicht gerade dazu beigetragen, sein ohnehin dünngewebtes Seelenkostüm zu stärken. Und ob die nebulöse Fremde ihm tatsächlich wohlgesonnen war oder eventuell ganz andere Absichten hegte – dahinter stand zumindest noch ein Fragezeichen.

Noch eine paar Meter, dann hatte er es geschafft. Er musste nur noch ein herumliegendes Stück Stacheldraht aus dem Weg räumen. Ein rasches Bücken, mehr war es nicht. Doch als er seinen Blick wieder hob, war sie verschwunden. Wie konnte das sein? Irritiert schaute er sich um, doch es war niemand zu sehen.

Plötzlich ein Rascheln direkt vor ihm im Rhododendronbusch, gefolgt von einer schnellen Bewegung. Da war sie wieder. Ohne zu zögern machte er einen Schritt auf sie zu. Doch sie wich blitzschnell zurück, als wäre sie ein Schatten. Dann drehte sie sich hastig um und rannte los, links in die Dunkelheit der Straße hinein.

Erik seufzte innerlich. Die Erinnerung an den gestrigen Nachmittag, als er ohne Pause der flinken Elin hinterhergehetzt war, kam wieder hoch. Der Muskelkater saß noch immer tief und er wusste, eine weitere Verfolgungsjagd würde er nur schwer durchhalten können. Dennoch zögerte er keinen Augenblick. Mit einem beherzten Sprung über den Gartenzaun nahm er die Verfolgung auf. Ein schmerzhaftes Krachen und das brennende Ziehen in seinem Oberschenkel verrieten ihm, dass seine Landung alles andere als optimal verlaufen war. Doch das musste warten. Jetzt hieß es rennen. Die eilends entschwindende Silhouette war kaum noch zu erkennen. Allenfalls die aufgewühlten, wirbelnden Nebelschwaden verschafften ihm Gewissheit, dass er noch auf der richtigen Fährte war.

Seine nackten Füße klatschten auf den rissigen Asphalt, während seine Gedanken ebenso rastlos aufwirbelten wie seine Beine. Wer war diese Frau? Warum lief sie vor ihm davon?

Immerhin der Nebel lichtete sich ein wenig. Ihre Umrisse zeichneten sich jetzt wieder klarer ab. Erstaunlich, da auf der gesamten Straße keine einzige Laterne brannte und sie noch immer weit vor ihm war.

Dann schwang sie mit ihrem flatternden Gewand um eine Ecke. Weitere Abzweigungen folgten. Von einer verlassenen Straße ging es in die nächste – vorbei an verwaisten, abbruchreifen Häusern zu beiden Seiten. Noch hatte er ihren wehenden Umhang im Blick, doch der Abstand wurde größer.

Mit irrsinnigem Tempo stürzte er durch die Dunkelheit. Manchmal glaubte er, Gestalten am Wegesrand wahrzunehmen, die huschend auftauchten und verschwanden. Doch er ließ sich nicht beirren, trotz des zunehmenden Abstands und der schwarzen Punkte, die vor seinen Augen tanzten. Er wollte rufen, wollte sie anhalten, doch ihm fehlte die Luft. Dann, als er die nächste Ecke erreichte, war sie plötzlich verschwunden.

Trotzdem rannte Erik noch ein Stück die Straße entlang. Instinktiv ließ er dabei seinen Blick über die Hauseingänge wandern. Doch da war nichts mehr – kein flatternder Umhang, keine Silhouette, kein Schatten. Nur die trostlosen

Fassaden starrten ihn an, als wollten sie ihm zuflüstern: »Gib auf und leg dich wieder schlafen.«

Erik hielt an, völlig erschöpft. Das Adrenalin war verflogen, jede Reserve aufgebraucht. Er presste die Hände in seine stechenden Flanken und beugte sich nach vorn, um seine japsende Lunge mit Sauerstoff zu füllen.

Sein gesamter Körper schmerzte, jeder Atemzug tat weh. Auf der Rückseite seines Oberschenkels brannte die Wunde, die er sich beim Sprung über den Gartenzaun zugezogen hatte. Ein schneller Griff an die Stelle bestätigte es – als er die Hand hob, klebte sie voller Blut. Ohne zu zögern riss er einen Streifen Stoff aus seinem Oberhemd und wickelte ihn notdürftig um sein Bein. Dasselbe hätte er auch mit seinen Füßen tun sollen. Auch sie waren völlig wund und mit Blasen übersät.

Erschöpft ließ er sich auf dem nahegelegenen Bordstein nieder, den Oberkörper weit nach vorne gebeugt, den Kopf auf den Knien lagernd. Allmählich bekam er wieder Luft, sodass die Gefahr eines vollständigen Zusammenbruchs erstmal gebannt schien. Mit dem allmählichen Zurückkehren seiner Kräfte begann auch sein Verstand wieder zu arbeiten.

Die erfolglose Jagd nach der ominösen Unbekannten nagte schwer an ihm. Auch sollte die Enttäuschung über ihr plötzliches Verschwinden schon bald in Wut umschlagen. Eine Wut, die vor allem gegen sich selbst gerichtet war. Nicht mal ein paar Meter Dauerlauf konnte er bewältigen, ohne fast dabei draufzugehen. Der alte Erik, davon war er überzeugt, hätte die Fremde bestimmt nicht entkommen lassen.

Viel Zeit, um sich in Selbstzweifeln zu suhlen, blieb ihm jedoch nicht. Ein lautes Scheppern riss ihn zurück in die Gegenwart. Es klang wie eine leere Getränkedose, die über den Asphalt getreten wurde. Erik fuhr herum und zuckte zusammen. Wie aus dem Nichts war sie wieder da – die rätselhafte Gestalt ohne Gesicht, ohne Namen, ohne Stimme.

Fest entschlossen, sie diesmal nicht entkommen zu lassen, sprang Erik umgehend vom Bordstein auf und ging auf sie zu. Doch wie schon zuvor an der Villa flatterte sie wie eine Fledermausbotin davon. Wieder versuchte er ihr nachzurufen, doch seine Stimmbänder verweigerten auch jetzt jeden Ton. Ihm blieb daher nichts anderes übrig, als ihr abermals hinterherzulaufen.

Zu seiner Verwunderung hatte sie ihr Tempo diesmal deutlich gedrosselt, als wollte sie sichergehen, dass er auch wirklich hinterherkam. Eine Nachsichtigkeit, die durchaus erforderlich war, zumal Erik sich aufgrund der Schmerzen ohnehin nur noch hinkend fortbewegen konnte.

Nach nur wenigen Metern bog sie in eine Straße ein, die er bereits am Nachmittag durchquert hatte und die ihm schon da seltsam vertraut vorgekommen war. Sogar der Name war ihm im Gedächtnis geblieben – Arndtstraße. Möglicherweise lag es daran, dass seine Mutter eine geborene Arndt gewesen war, bevor sie sich von Hendrik Pohlmann hatte ehelichen lassen.

Sie hatten bereits das Ende der Straße erreicht, als sie schließlich in einem mehrstöckigen Altbau verschwand. Ein weißes, reich verziertes Stadthaus mit Balkonen, das im Vergleich zu den anderen Bruchbuden im Sperrgebiet erstaunlich gut erhalten wirkte.

Dieser Eindruck verwischte jedoch sogleich, als er kurz darauf im Hausflur stand. Zu seiner Verwunderung funktionierte zwar das Licht – wenn auch nur flackernd und sporadisch – ansonsten aber bot sich auch hier ein Gräuelbild der Verwüstung: Der Boden unter seinen nackten Füßen war übersät mit Trümmern, Staub und Teilen der Wandverkleidung.

Vorsichtig durchschritt er den schmalen Korridor zur Treppe – ein Spalier aus altem Hausrat und prall gefüllten Müllsäcken, die einen geradezu penetranten Gestank verströmten. Trotz Helligkeit hatte Erik das Gefühl, ein Déjàvu zu erleben. Das modrig-muffige Ambiente erinnerte stark an das Haus, in dem er sich am Nachmittag mit Elin vor dem Panzer versteckte hatte – der Ausgangspunkt ihrer unterirdischen Odyssee in die Sperrzone. Diesmal sollte der weitere Weg allerdings nicht in den Keller, sondern nach oben führen. Das zumindest verriet der gerade noch erhaschte Zipfel ihres flatternden Umhangs, bevor er hinter dem ersten Treppenabsatz in einer Kurve verschwand.

Erik preschte hinterher. Trotz schwindender Kräfte nahm er mehrere Stufen auf einmal. Drei, vielleicht vier Stockwerke kämpfte er sich die enge Holztreppe hinauf. Schließlich stand er vor einer offenen Wohnungstür. Ohne zu zögern, trat er ein.

Er war nicht mal zwei Sekunden in der Wohnung, als das Licht im Flur mit einem Klacken erlosch und er im Dunkeln stand. Normalerweise Grund genug, um in Panik zu verfallen. Diesmal jedoch war es anders. Keine Angst, sondern ein seltsames Gefühl von Geborgenheit ergriff ihn. Plötzlich wurde ihm klar, dass er diese Wohnung kannte, er bereits etliche Male hier gewesen sein musste. Dabei hatte er sie allenfalls einen Wimpernschlag im Hellen gesehen. Doch das reichte offenbar aus, um längst verschüttete Bilder aus den Tiefen seines Inneren hervorzurufen. Bilder, die diesmal gestochen scharf und lebendig vor ihm aufstiegen, als hätten sie nur darauf gewartet, im passenden Augenblick zurückzukehren.

Er wusste, wo sich das Wohnzimmer, die Küche oder das Schlafzimmer befanden. Sogar an Teile des früheren Mobiliars erinnerte er sich – an die graue Dielenkommode oder den offenen Schuhschrank neben der Eingangstür, aus dem meist chaotisch Sneakers und Joggingschuhe ragten.

Einige Augenblicke verharrte er regungslos in der Dunkelheit. Dann steuerte er wie selbstverständlich auf eine Tür zu, die links von der kleinen Diele abging. Entschlossen stieß er sie auf. Und tatsächlich, dort stand sie, am weit geöffneten Fenster, in diesem völlig leeren, dennoch vertrauten Raum – ihren Blick nach draußen gerichtet und von gleißendem Mondlicht umgeben.

Ein fast surrealer Anblick, jedoch nicht annähernd so gespenstisch wie zuvor, als er sie vor seiner Villa erblickte. Im Gegenteil. Da war plötzlich eine wohlige Wärme, die ihn durchströmte. Etwas, das ihm tief aus seinem Inneren zuflüsterte, angekommen zu sein – zum ersten Mal, seit er wieder erwacht war, vielleicht sogar zum ersten Mal in seinem Leben.

Und obwohl er ihr Gesicht noch immer nicht erkennen konnte, beschlich ihn plötzliche eine leise Ahnung, die sich zunächst weder formulieren, noch als Bild konkretisieren ließ. Doch mit jedem Schritt, den er sich auf sie zubewegte, wuchs die Überzeugung, dass seine Vermutung stimmte. Der weite, menschenleere Nordseestrand erstreckte sich vor ihm, und mitten darin der Strandkorb, der sich sanft um ihre Silhouette schmiegte.

Sogar Erik Füße schienen diesmal zu gehorchen. Kein marterndes auf der Stelle tapsen mehr. Er kam ihr näher und näher, während sich die Pixel in seinem Kopf verdichteten: Verwischte Formen wurden schärfer, Konturen bekamen Ausdruck, bis er direkt vor ihr stand und seinen Arm ausstreckte. Noch ehe dieser jedoch ihre Schulter erreichte, drehte sie sich um. Vor ihm wurde es hell.

Die unheimliche Gestalt, deren Anblick ihm zunächst kalten Schauer über den Rücken jagte – sie war kein Schattenwesen mehr, sondern Mensch geworden. Ein Mensch mit leuchtend blauen Augen, einem zart angedeuteten Sattel von Sommersprossen über der Nase und einem Lächeln, das selbst die Sonne vor Neid hätte erblassen lassen.

Es bestand kein Zweifel, dass sie die Frau aus dem Strandkorb war. Doch sie war auch die Frau, die an seinem Krankenbett gewacht und die sein Herz mit unsagbarer Sehnsucht gefüllt hatte, ohne dass sein schlafender Körper davon erfuhr. Vor allem aber war sie die Liebe seines Lebens – endlich zu ihm zurückgekehrt, aus einer entschwundenen Welt gefallen.

Minuten vergingen, in denen sie nur so dastanden und sich in die Augen schauten – ein Wechselbad der Gefühle. Mal lächelten sie, dann wieder flossen kleine Seen über ihre Wangen, geboren aus Erleichterung, Erschöpfung,

Glück. Nur Worte sollten sie keine finden. Für all das, was sie fühlten, gab es ohnehin nur ein einziges.

Und als sie sich schließlich in die Arme fielen, wusste er sofort: Dies war die Adresse der Welt – genau hier, genau jetzt. Nichts, absolut gar nichts in ihm wollte noch irgendwo hin. In diesem Moment gab es nur noch sie und ihn, unheilbar gesund, von der Wucht des Lebens fortgerissen.

Vorsichtig streifte er ihre Kapuze nach hinten, sodass ihre feinen blonden Haare zum Vorschein kamen. Sofort tauchte er sein Gesicht hinein. Es duftete so vertraut wie eh und je. Dann glitten seine Lippen langsam hinab, wobei sie zwischendurch immer wieder aufsetzten – an ihrer Stirn, den Wangen, ihrem Hals und schließlich an dem kleinen Grübchen oberhalb des Schlüsselbeins, wo er am liebsten sofort eingezogen wäre. Es war so weich und roch so unverwechselbar nach ihr. Auch ihr schien es zu gefallen, was er daraus schloss, dass sie sanft seinen Namen hauchte und mit ihren Händen durch sein Haar fuhr.

Merkwürdig, dachte er, an alles konnte er sich erinnern – ihre Haut, ihren Duft, ihr Grübchen – nur welchen Namen sie trug, fiel ihm nicht ein. Er hätte ihn gerne ausgesprochen – so leidenschaftlich, wie sie es mit seinem tat. Aber ihr jetzt von seiner Amnesie zu erzählen, fand er unpassend. Sie ließ ihm ohnehin keine Zeit, weiter darüber nachzudenken. Sanft zog sie Eriks Kopf zu sich nach oben und legte ihren Mund auf seinen. Es war noch kein richtiger Kuss, eher ein intensives, gegenseitiges Einhauchen, dennoch äußerst erregend.

Irgendwann jedoch konnten sie der Versuchung nicht länger widerstehen und begannen sich zu küssen. Zunächst langsam und zärtlich, dann immer intensiver, bis Erik dachte, sein Gesicht würde jeden Moment zerfließen.

Die aufgewühlten Gefühle wurden übermächtig, vernebelten alles um sie herum. Kurz darauf versanken sie in einem grünen Wolkenbett, das sich plötzlich wie von Geisterhand hinter ihren inzwischen unverhüllten Körpern auftat.

Er schlief mit ihr, wie er vermutlich noch nie zuvor mit einer Frau geschlafen hatte. Ein Gefühl, als würde er bedingungslos verbrennen. Wie im Rausch liebten sie sich – mal sanft und zärtlich, dann wieder wild, ekstatisch und ungezügelt. Gemeinsam schwebten sie in eine andere Welt, die alles um sie herum vergessen ließ. Eine Welt, in der es keine Zeit, kein Raum und vor allem keine Apokalypse gab. Sie hörten nicht damit auf – auch nicht, als die Morgendämmerung bereits graue Schatten in die Zimmerecken warf.

Doch mitten in dieses Hochgefühl hinein, riss sie plötzlich ihre Augen auf. Blankes Entsetzen spiegelte sich darin und es schien, als würde sie starr durch ihn hindurchschauen. Ihr noch eben vor Leidenschaft pulsierender Körper spannte extrem an. Sofort ließ er sich zur Seite fallen, aber ihr Blick blieb unbeweglich geradeaus gerichtet, ohne dass sich ihre Pupillen auch nur einen Millimeter bewegten. Ein regelrechter Schockzustand, wie paralysiert – als hätte sie etwas Furchtbares gesehen.

Erik drehte seinen Kopf zur Seite und folgte ihrem Blick durchs halbdunkle Zimmer. Doch der soeben absolvierte Liebesakt schien seinen Kreislauf derart beansprucht zu haben, dass er seine Umgebung nur verschwommen wahrnahm. Er wollte seinen Blick gerade wieder abwenden, als er in einer Ecke plötzlich einen Schatten erkannte.

Er riss die Augen weiter auf, um deutlicher sehen zu können. Dann fuhr auch ihm der Schreck in die Glieder. Eine männliche Gestalt, dort in der hinteren Zimmerecke! Sie bewegte sich nicht, trotzdem konnte er ihre Präsenz förmlich spüren.

Panik ergriff ihn, auch wenn er versuchte, sich nichts anmerken zu lassen. Er musste jetzt einen kühlen Kopf bewahren, für sie beide. Aber was sollte er tun? Abwarten oder aufstehen und den Kerl vertreiben?

Ehrlich gesagt fehlte ihm der Mut dazu. Dieser schwand noch weiter, als sich der Unbekannte plötzlich einen Schritt aufs Bett zubewegte und etwas Helles in seiner Hand aufblitzte. Zwar hielt er kurz darauf wieder inne, doch die schwarze Maske über dem Gesicht und das im Dämmerlicht glänzende Klappmesser in seiner Hand ließen keinen Zweifel an seinen finsteren Absichten aufkommen. Es war klar, dass sie sich in akuter Lebensgefahr befanden und sofort hier raus mussten.

Augenblicklich wandte sich Erik wieder seiner Liebsten zu, um sie schützend an sich zu reißen. Doch was war mit ihr passiert? Ihr Gesicht! Es schien plötzlich auf grausame Weise deformiert, fast flüssig, als würde es sich auflösen. Er griff nach ihr, aber seine Hand tauchte widerstandslos durch ihren Körper hindurch, der auf erschreckende Weise und ohne Spuren zu hinterlassen immer mehr kondensierte. Ein absoluter Albtraum! Was ging hier vor?

Erik merkte, wie sie vergeblich versuchte, ihren Kopf in seine Richtung zu bewegen. Sofort beugte er sich über sie, damit sie sich nicht weiter anstrengte. Doch ihr Gesicht verschwamm zu einer konturlosen Masse – ohne Augen, ohne Mund, ohne Nase – bis es schließlich unter Eriks Händen vollständig zerlaufen war. Verschwunden, ebenso wie die unheimliche Gestalt.

Verzweifelt suchte er das Bett ab, schaute selbst darunter nach und klopfte wie von Sinnen auf die Kissen. Doch sie tauchte nicht mehr auf. Einzig der warme Abdruck auf dem grünen Laken war noch von ihr übriggeblieben.

In seinem Kopf wiederholten sich fast mantraartig immer wieder dieselben Worte: *Komm zurück. Bitte komm zurück. Bitte komm zurück, Kaja.* Natürlich. Kaja – das war ihr Name! Jetzt fiel es ihm wieder ein. Zu spät. Viel zu spät.

Er begann zu schreien. Es waren rohe Laute der Verzweiflung. Er schrie und schrie, bis sich seine Stimme heiser überschlug. Trotzdem schrie er weiter, seinen gesamten Schmerz hinaus. Dieser so tiefsitzende Schmerz, der ihn innerlich zerriss. Das Wertvollste in seinem Leben – er hatte es erneut verloren. »Komm zurück, Kaja«, rief er jetzt auch laut. Aber eine Antwort sollte er nicht mehr erhalten. Oder etwa doch?

Von weit entfernt hörte er plötzlich seinen Namen – mehrmals hintereinander. Doch es war nicht ihre Stimme, sondern die eines Mannes. »Wach auf, Erik«, rief die Stimme lauter. Und dann erblickte er ein stoppeliges, graues Gesicht, das nach abgestandenem Alkohol und Kippen roch. Claus!

»Mensch Alter, was hast du nur geträumt?«

Erik fuhr hoch, am ganzen Körper zitternd. Sein Herz klopfte so schnell, als wäre er gerade einen Marathon gelaufen. Er war noch völlig verwirrt, schon gar nicht in der Lage, zu sprechen. Dieser Traum. Er war so real gewesen, so real wie noch nie ein Traum zuvor. War es überhaupt ein Traum?

»Alles in Ordnung bei dir?«, wollte Claus wissen.

Ein angedeutetes Kopfnicken war alles, wozu Erik fähig war. Viel zu sehr hing er mit seinen Gedanken noch im zuvor Erlebten.

»Na, dann ist ja gut«, entgegnete Claus zufrieden. »Ich mach uns jetzt erstmal einen starken Kaffee. Denke, du kannst ihn gebrauchen. Von deinem abgefahrenen Traum kannst du mir auch später noch erzählen. Hat bestimmt mit Weibern zu tun, hab ich recht? Wenn man zwei Jahre nicht gevögelt hat, kann einem der Sack schon mal ins Hirn wachsen.« Damit schnappte er sich seine Klamotten vom Stuhl und schlurfte aus der Tür – sein blankes, äußerst unansehnliches Hinterteil dabei provokant hin und her wedelnd.

Erik war erleichtert, dass Claus nicht weiter gebohrt hatte und sich nach unten verzog. Er war einfach nicht der Typ, mit dem man sich auf tiefsinnige Weise über Träume austauschen wollte, schon gar nicht, wenn es in diesen um echte Herzensangelegenheiten ging. Allerdings musste Erik zugeben, dass sein wohlwollender Pragmatismus ihn auch ein wenig beruhigte.

Nachdenklich sank er wieder auf sein Kissen zurück und versuchte, sich an seinen Traum zu erinnern. Normalerweise waren Träume nach dem Aufwachen wieder verschwunden. Doch nicht dieser Traum. Alles war noch da, kein einziges Detail verschüttet. Es gab für ihn keinen Zweifel, dass Kaja tatsächlich existierte und auch, dass sie sich noch immer in akuter Gefahr befand. Jeden Strand würde er nach ihr absuchen und nicht eher Ruhe geben, bis er sie gefunden hatte. Denn eines wusste er genau: Ohne diese Frau wollte er nicht leben.

Kaja – dieser Name würde nun für alle Zeiten in seinem Gedächtnis eingebrannt sein. Ebenso in seinem Herzen, aber da leuchtete er ohnehin schon lange, vermutlich sogar seit seiner Geburt.

Man wusste, wenn die Liebe seines Lebens tatsächlich vor einem stand. Die einzige, die einen ernsthaft verletzen konnte, der man hilflos ausgeliefert war. Und auch wenn einem vor Angst die Knie schlotterten – wenn sie tatsächlich vor einem stand, dann gab es keine andere Wahl als zuzugreifen. Jedes Zögern wäre pure Zeitverschwendung, vor allem aber ein Verrat am eigenen Herzen.

Blankenese

Die Sonne stand hoch am wolkenlosen Himmel. Ein paar Möwen kreischten zur leichten Brandung der Wellen. In der Luft lag ein Hauch von Lavendel, der sich mit dem Geruch von brackigem Wasser mischte. Endlich ein Stück unbeschwertes Leben, das für einen winzigen Augenblick auch ohne Vergangenheit auskam.

Von der Elbe näherte sich Erik dem Treppenviertel, jenes beschauliche Kleinod am Blankeneser Süllberg mit seinen verwinkelten Gassen, weißen Fischerhäuschen und idyllischen Vorgärten. Aus der Entfernung sah alles aus wie immer. Etwas verwaister vielleicht, nicht ganz so herausgeputzt, wie er es in Erinnerung hatte. Seinen mediterranen Charme schien das Viertel dennoch nicht verloren zu haben. Eine Feststellung, die ihm einen erleichterten Seufzer entlockte.

Auch sonst kam es ihm so vor, als würde er sich plötzlich in einer völlig anderen Welt bewegen. Kaum etwas erinnerte hier an die verheerenden Zustände, wie er sie rund um die Alster vorgefunden hatte. Man konnte fast meinen, die Zeit wäre stehengeblieben, als hätte es die Seuche und die entsetzlichen Dinge, von denen Claus ihm berichtet hatte, niemals gegeben.

Sogar Menschen war er an der Elbe begegnet. Nicht vielen, aber Menschen, die sich zumindest frei bewegten, ihre Hunde am Strand spazieren führten oder auf einer der Promenaden-Bänke pausierten. Zwar versuchte Erik direkten Kontakt mit ihnen zu meiden, von weitem aber sahen sie weder ängstlich noch krank aus. Auch trugen sie gediegene Kleidung, die schon immer das Straßenbild der westlichen Elbvororte prägte. Seine dagegen war inzwischen derart verschlissen, dass er bisweilen befürchtete, als Eindringling entlarvt zu werden. Eine Sorge, die sich jedoch als unbegründet herausstellte. Außer einem übergriffigen Labrador, der sich schnüffelnd an seinem Bein verging, schien man hier eher auf zurückhaltende Distanz bedacht, als dass man besonderes Interesse füreinander hegte.

Erik nahm sich dennoch vor, seine Klamotten bei nächster Gelegenheit zu wechseln. Das beißende Odeur, welches sie mittlerweile verströmten, erst recht nach der gemeinsamen Nacht mit Claus, ließ sich nur schwer aushalten. Für jemanden, der die meiste Zeit seines Lebens in maßgeschneiderten Anzügen gesteckt hatte, waren entsprechende Verwahrlosungstendenzen ohnehin eine Stilfrage. Wenn er schon nicht viel über sich selber wusste, galt es zumindest die äußerliche Etikette zu wahren.

Auffällig war allerdings, dass sich ausschließlich Menschen jüngeren Alters am Elbufer verloren, keiner älter als fünfzig. Offenbar hatte das Virus die Alten komplett vom Erdball gefegt. Ein beunruhigender Gedanke, der insbesondere mit Blick auf den bevorstehenden Besuch bei seiner Mutter noch unheilvoller erschien, auch wenn er ihn sofort wieder zu verdrängen versuchte. Ein Worst-Case-Szenario wäre jetzt wenig hilfreich. Bevor er sich nicht vom Gegenteil überzeugt hatte, bestand zumindest die Hoffnung, dass sie noch lebte. Daran galt es festzuhalten. Auch wertete er es als gutes Omen, es überhaupt bis hierhin geschafft zu haben – erst recht in seiner momentanen Verfassung. Aber sein Körper spielte erstaunlich gut mit, was zweifellos auch an dem glücklichen Umstand lag, dass er die weite Strecke von Uhlenhorst nach Blankenese nicht komplett zu Fuß absolvieren musste.

Dabei schien zunächst alles darauf hinzudeuten, als würde er das Sperrgebiet an diesem Vormittag überhaupt nicht verlassen können. Die von Claus üblicherweise genutzten Fluchtwege waren entweder nicht passierbar oder wurden militärisch bewacht. Erschwerend kam hinzu, dass auch diesseits der Begrenzungszäune Polizeitruppen patrouillierten, wodurch sie immer wieder gezwungen waren, kurzfristig unterzutauchen. Minutenlang hatten sie mitunter ausharren müssen, bevor sie ihren Weg fortsetzen konnten.

Immerhin war es Claus schließlich doch noch gelungen, einen Weg nach draußen zu finden, auch wenn sie sich dafür durch die bestialisch riechende, stockdustere Kanalisation zwängen mussten. Kein Wunder, dass Erik erleichtert gewesen war, als sich nach einer gefühlten Ewigkeit der Kanaldeckel über seinem Kopf erhoben hatte und ihm wieder Tageslicht entgegenströmte.

Der Austrittsschacht befand sich in einer kleinen Seitenstraße, sodass sie nahezu unbehelligt auftauchen konnten. Außer einem Getränkewagenfahrer, der gerade damit beschäftigt gewesen war, ein paar Kisten Wasser zu entladen, schien niemand Notiz von ihnen genommen zu haben. Dieser aber hatte nicht schlecht gestaunt, als sich direkt vor ihm plötzlich zwei Männerköpfe aus dem Asphalt schälten. Sein Erstaunen wurde noch größer, nachdem sich ihm Claus als ehemaliger Kunde zu erkennen gegeben hatte. Ein purer Zufall, von dem insbesondere Erik profitieren sollte. Im Handumdrehen hatte er sich im Laderaum des LKWs befunden und wenig später auf dem Weg nach Övelgönne.

Sicher, es gab komfortablere Reisemöglichkeiten, als unter einer Plane versteckt inmitten schwankender Bierkistenstapel auszuharren, aber für eine kurze Zeit ließ sich auch das erdulden. Andernfalls hätte er bestimmt den ganzen Tag für die Strecke gebraucht. So aber musste er nur die etwa fünf Kilometer von Övelgönne nach Blankenese zu Fuß hinter sich bringen. Für seinen komageschwächten Körper zwar keine Lappalie – dennoch war ihm der Weg weitaus weniger anstrengend vorgekommen, als die nervenaufreibende Hetzjagd am Vortag. Die Bedingungen hier waren einfach völlig andere. Weder musste er polizeiliche Übergriffe fürchten, noch fand er sich in einer Umgebung wieder, deren lebensfeindliche Kulisse an einen atomaren Supergau erinnerte. Nein, von all dem war hier nichts zu spüren. Mitunter hatte er sich während seiner Elbwanderung wie ein Tourist auf Sightseeing-Tour gefühlt – besonders, als er kurz hinter dem Övelgönner Lotsendorf plötzlich vor dem wohl beliebtesten Hamburger

Kiosk und Mutter aller Beachclubs gestanden hatte: der Strandperle.

»Wegen asiatischer Grippewelle vorübergehend geschlossen!«, war auf einem verblassten Schild zu lesen. Schön, dass sich die Betreiber zumindest einen gewissen Sinn für Humor bewahrt hatten.

Sofort waren Erinnerungen in ihm aufgekeimt. Erinnerungen, die von seiner Amnesie verschont geblieben waren. Unzählige Sommerabende hatte er hier als Student im gelben Sand gesessen – Bier trinkend und auf Containerschiffe schauend. Es war sein Alles-ist-gut-Platz gewesen, vermutlich viele Jahre lang. Erik konnte sich erinnern, mit welcher Innbrunst er an der kleinen Bude mit dem winzigen Verkaufsfenster angestanden hatte, nur um nach gefühlter Ewigkeit ein kühles Alsterwasser und die obligatorische Bockwurst durchgereicht zu bekommen. Eine herrlich lässige Zeit, und doch so unendlich weit weg, wie aus einem anderen Leben.

Trotzdem hatte es gutgetan, etwas heile Welt aus der Vergangenheit einzuatmen und seinen mit Schwere und Verwirrung verstopften Kopf vom sanften Elbwind freipusten zu lassen – erst recht nach dem ereignisreicheren Tag gestern und dem aufwühlenden Traum in der Nacht. Noch nie war ihm ein Traum so real vorgekommen. Und noch nie war die Realität so intensiv gewesen.

Quasi aus dem Nichts war sie aufgetaucht und genauso schnell war sie wieder verschwunden – wie Wasser in seinen Händen destilliert. »Kaja« hallte es unaufhörlich wie ein Echo in seinem Kopf. Nur einen gefühlten Flügelschlag hatten sie einander gehabt, nicht mehr als eine halbe Traumlänge. Und doch reichte es, um sich unsterblich zu verlieben. Ein höchst reales Verliebtsein mit allem, was dazu gehörte: Herzklopfen, Appetitlosigkeit und unstillbarer Sehnsucht.

Ja, er musste sie finden, seine »Traumfrau«. Ansonsten wäre sein Leben sinnlos. Noch sinnloser, als es ohnehin schon war. Dennoch mahnte er sich zur Besonnenheit. »Immer nur an den nächsten Schritt denken«, fielen ihm die weisen Worte von Beppo Straßenkehrer aus Momo ein. »An den nächsten Atemzug, an den nächsten Besenstrich ...«

Schade nur, dass sich seine hormongeflashten Gedanken nicht im Geringsten an Beppos Weisheiten halten wollten. Sie führten sich auf wie eine Horde wild gewordener Teenager, die mit billigem Cider und Alkopops abgefüllt waren: aufdringlich, mitteilungsbedürftig und uneinsichtig. Zunächst hatte er noch versucht, sich zu wehren, seine Gedanken wie Papierschiffe über die glitzernden Wellen ans andere Elbufer hinüberzutreiben. Vielleicht würden sie dort festmachen und zur Ruhe kommen. Aber es war zwecklos. Sie kehrten immer wieder zurück, verliebter und sehnsuchtsvoller als zuvor. Schließlich gab er auf und fügte sich in sein Schicksal. Was blieb ihm auch anderes übrig? Seine Gedanken würden ja doch nicht nachgeben, zumal jeder Entledigungsversuch sie nur präsenter machte. Besser also, ihnen ein gewisses Bleiberecht einzuräumen.

Und so entwickelte sich der Fußmarsch nach Blankenese fast schon zu einer Art Tête-à-Tête, auch wenn mit Kaja der wichtigste Teil natürlich fehlte. Dennoch griff sie unaufhörlich in den Strom seiner Gedanken ein. Ihr schönes Gesicht, ihr einnehmendes Lächeln, ihr sinnlicher

Mund, ihre zarten Sommersprossen und auch ihr Grübchen an der Schulter – all das hatte er stets vor Augen. Doch er konnte sie nicht nur sehen, er fühlte sie auch, als wäre sie ein Teil von ihm selbst. Er fühlte ihre Bewegungen, ihre Energie, ihre vom Wind herüberwehenden Haare an seiner Schläfe. Auch ihre weiche Hand fühlte er, wie sie fest in seiner lag. So fest, als müsste es für die Dauer einer Ewigkeit halten. Ein Augenblick unauslöschlicher Verbundenheit, der ihn mit tiefer Demut erfüllte.

Zum ersten Mal seit seinem Erwachen hatte Erik das Gefühl, wieder zu existieren. Als hätte die Liebe ihn zurück in die Gegenwart katapultiert, ihn wieder Mensch werden lassen. Ein Mensch, der mehr war, als nur eine leere Hülle, ein trauriges Abbild seiner selbst, das auf den vermeintlichen Spuren eines verschollenen Daseins wandelte und sich mit vagen Vermutungen über Wasser hielt. Es schien fast so, als hätte er seinen engen Kokon verlassen. Vorbei die Zeit des Eingekerkertseins und der Unbeweglichkeit. Die Hülle war gesprengt und auf seinen Schultern, wo bis gestern noch ein zentnerschwerer Rucksack lastete, schimmerten nun zwei zarte Flügelknospen durch die Haut.

Ja, er spürte sich wieder: seinen pochenden Herzschlag, sein durch den Körper pulsierendes Blut und auch das kribbelnde Staunen im Bauch. Er war aufgewacht, nur diesmal im positiven Sinne, nicht wie nach dem Koma, sondern wie von sanfter Liebe defibrilliert. Eine Liebe, die trotz ihrer Traumhaftigkeit und Kajas physischer Abwesenheit so real, so echt wirkte, wie die Sonne über ihm oder die glitzernden Wellen auf der Elbe.

Innerlich aufgeräumt erreichte er nach zwei Stunden Fußmarsch den Ponton am Blankeneser Strandweg. Es ging
ihm erstaunlich gut, auch körperlich. Dabei hatte er das
Schwerste noch vor sich. Der sich vor ihm auftuende Süllberg war zwar nicht der Nanga Parbat, aber mit seinen vielen verwinkelten Gassen und steilen Treppen herausfor-
dernd genug, um ihm Respekt einzuflößen.

Für Touristen mochte das Treppenviertel ein pittores-
ker Anziehungspunkt sein, als Ortskundiger hingegen
wusste man durchaus um dessen Schattenseiten. Dabei
war der Süllberg mit seinen fünfundsiebzig Metern nicht
mal besonders hoch. Auf knapp fünftausend Stufen ver-
teilt, konnte der Aufstieg jedoch selbst für geübte Alpinis-
ten zur schweißtreibenden Angelegenheit werden.

Erik hatte keine Wahl. Er musste dort hoch. Schließlich
befand sich das Seniorenheim seiner Mutter auf dem
höchsten Punkt des Hanges, gewissermaßen auf dessen
Gipfel. Und außer seinen Füßen standen ihm andere Fort-
bewegungsmittel nicht zu Verfügung.

Selbst die altehrwürdige *Bergziege* – wie die Einheimi-
schen den kleinen Bus liebevoll nannten, der sich dort für
gewöhnlich durch die Blankeneser Serpentinen schlängelte – fuhr mittlerweile nur noch zweimal am Tag. So zumindest war es auf einem Schild an der Haltestelle zu lesen. Also holte er noch einmal tief Luft, bevor er den be-
schwerlichen Aufstieg in Angriff nahm.

Er war nur ein paar Treppenabsätze hinaufgestiegen, als
sein kurzzeitiges Stimmungshoch abrupt verflog. Es war
nicht die körperliche Anstrengung, die ihn niederdrückte,
sondern die Realität, die sich ihm plötzlich offenbarte. Von

wegen Idylle und alles beim Alten – wie sehr man sich doch täuschen konnte. Der positive Eindruck vom Strand war nichts als eine Illusion. In Wahrheit war das gesamte Treppenviertel zu einem Lazarett verkommen.

Oberflächlich betrachtet wirkte alles wie immer – friedlich, mondän, gemütlich. Doch der Blick durch die teilweise geöffneten Fenster der einstöckigen Häuser offenbarte Grausames: bettlägerige Schwersterkrankte, die von Infusionsständern und Beatmungsgeräten umgeben waren. Zudem drang ein kollektives Ächzen und Stöhnen durch die engen Gassen, mitunter von rasselnden Hustenlauten unterbrochen. Das reinste Horrorszenario!

Es gab sie also noch, die Infizierten. Die ersten, die er seit dem Koma zu Gesicht bekam. Das Virus war nicht besiegt. Es wütete weiter, rottete noch immer die Menschheit aus – sogar hier, im feinen Blankenese. Warum man die armen Teufel ausgerechnet in dieses unwegsame Gelände verfrachtet hatte, war ihm ein Rätsel. Wie sollte man hier eine medizinische Versorgung gewährleisten? Aber war das überhaupt beabsichtigt? Vielleicht ging es gar nicht darum, sie zu behandeln, sondern sie sterben zu lassen. War der Süllberg nichts weiter als ein Massenhospiz? Ein Todeshügel? Der Gedanke ließ ihn frösteln.

Er fragte sich auch, warum das Viertel nicht unter Quarantäne stand – oder zumindest vollständig abgeriegelt war. Wenn das hier tatsächlich ein Ghetto für Infizierte war, hätten doch wenigstens Warnschilder darauf hinweisen müssen. Gab es sie vielleicht sogar und er hatte sie nur übersehen? Letztlich spielte es auch keine Rolle mehr. Wichtig war nur, dass er schnell von hier wegkam, weg aus diesem Elend, weg von dem Virus. Jenes Virus, das ihm nicht nur zwei Jahre seines Lebens gestohlen hatte, sondern auch seine Identität. Eine erneute Infektion wäre ein unkalkulierbares Risiko.

Völlig entkräftet und nach Atem ringend ließ er sich auf die nächstgelegene Bank fallen. Keine halbe Stunde hatte er für den Aufstieg gebraucht – vermutlich war er noch nie so schnell gewesen. Doch die bedrückenden Szenen auf dem Hügel trieben ihn förmlich an. Kein Wunder, dass er komplett erledigt war und sich seine Muskeln anfühlten, als seien sie mit flüssigem Feuer gefüllt.

Hastig trank er den letzten Schluck Wasser aus der Plastikflasche, die ihm der LKW-Fahrer in die Hand gedrückt hatte. Das tat gut, spülte ihm die Trockenheit aus der Kehle, auch wenn es seinen Durst kaum linderte.

Hätte er geahnt, welche Strapazen ihn hier draußen erwarteten, er wäre dem Krankenhaus vermutlich länger erhalten geblieben. Zumindest aber hätte er sich vorher mehr Kondition antrainiert. Treppen gab es schließlich auch dort genug. Mal davon abgesehen, dass ihm der tägliche Austausch mit Frau Holtkamp fehlte. Gerade jetzt wäre ihr feinsinniger Beistand bestimmt hilfreich gewesen.

Zwar hatte Kaja zweifellos neuen Lebensmut in ihm entfacht, doch die unaufhörliche Flut an Eindrücken seit seiner Flucht überforderte ihn enorm. Vieles musste sortiert und verarbeitet werden – und das betraf bei Weitem nicht nur seine Amnesie. Auch fragte er sich, ob er wirklich imstande war, in dieser neuen, lebensfeindlichen Welt zu bestehen und sich auf die rauen Bedingungen und Herausforderungen, die sie mit sich brachte, einzulassen. Die unzähligen Toten, die wiedererstarkte Rechte, das Chaos auf den Straßen und ein scheinbar noch immer unkontrolliertes Virus – all das ließ wenig Raum für Vertrauen und Zuversicht. Aber genau das war es, was er jetzt am dringendsten brauchte. Und nur mal angenommen, er würde Kaja trotz intensiver Suche am Ende doch nicht finden ...

Fürwahr, ein Gespräch mit seiner Psychologin täte jetzt gut, doch dafür war es zu spät. Mit seinen wunden, von Blasen übersäten Füßen hätte er es ohnehin nicht nach Eppendorf geschafft – auch sonst nirgendwo hin. Alles, wirklich alles tat ihm mittlerweile weh. Warum musste seine Mutter auch ausgerechnet im Hochgebirge residieren?

Zweifellos lag die Seniorenresidenz in traumhafter Lage. Von hier oben bot sich ein atemberaubender Ausblick: das geschäftige Treiben der ein- und auslaufenden Schiffe, die Elbinseln mit ihren grünen Deichen und zierlichen Kirchtürmen – als säße man vor einem lebendig gewordenen impressionistischen Gemälde. Weit ins Alte Land reichte der Blick, bevor die bewaldete Silhouette der bläulich schimmernden Hügelkette im Süden mit dem Horizont verschmolz. Eine wahrlich überwältigende Offenbarung an Schönheit – gerade jetzt, im scharfen Kontrast zur nur wenige Meter entfernten Todeszone.

Gegenwärtig betrachtet wäre es Erik natürlich lieber gewesen, seine Mutter hätte bei der Wahl ihres Alterswohnsitzes deutlich mehr Bodenhaftung bewiesen und sich in etwas flacheren Gefilden niedergelassen. Andererseits hatte sie natürlich das Recht, ihren Wohnort frei zu wählen. Ihr vorzuschreiben, wo sie ihren Lebensabend verbringen sollte, wäre nicht nur zutiefst unredlich gewesen, sondern hätte auch zu massiven Spannungen geführt.

Davon abgesehen hatte sie das Heim sehr bewusst ausgesucht, lange bevor sie an Demenz erkrankt war. Sie lebte schon immer in Blankenese, war seit Kindesbeinen mit diesem Stadtteil verwurzelt. Von daher war es nur folgerichtig, dass sie in ihrer vertrauten Umgebung blieb.

Letztlich war ihr Wohnort ohnehin nur von nebensächlicher Bedeutung. Er wäre ihr auch auf den Mond gefolgt, wenn es sie dorthin verschlagen hätte. Das war er ihr schuldig. Schließlich hatte sie sich jahrelang für ihn aufgeopfert, als alleinerziehende Mutter jeden Groschen zur Seite gelegt, um ihm eine sorgenfreie Kindheit und später sein Studium zu ermöglichen. Auch sonst war sie eine bemerkenswerte Frau gewesen, die mit beiden Beinen fest auf dem Boden stand und nach ihren eigenen Vorstellungen lebte: willensstark, mutig, zupackend und gleichzeitig einfühlsam und warmherzig. Dennoch hatte sie ihn mit ihrer Liebe und Fürsorge nie erdrückt, ihm als Kind alle Freiheiten gelassen.

Ja, sie sollte hier oben auf ihrem geliebten Süllberg bleiben, selbst wenn ihm das Schmerz, Erschöpfung und Blasen bescherte. Das nahm er gerne in Kauf. Hauptsache, sie lebte noch. Davon würde er sich in wenigen Augenblicken hoffentlich überzeugen können.

Treibsand

Die Empfangshalle des Senioren- und Pflegeheims *Falkenstein* glich der eines in die Jahre gekommenen Luxushotels. Ihre Architektur entstammte einer Zeit, in der das deutsche Gesundheitssystem noch zu funktionieren schien und Begriffe wie »Einsparungsmaßnahmen« und »Pflegereform« allenfalls als Utopie in den Köpfen liberaler Politiker herumwaberte. Marmor und edle Hölzer, wohin man auch blickte.

In der Mitte des Foyers erstreckte sich ein kreisförmiges Biotop mit angelegten Tümpel, in dem putzige Goldfische herumpaddelten. An den orangefarbenen Wänden hingen die obligatorischen Kunstdrucke von Chagall und Monet. Dazwischen selbstbeweihräuchernde Urkunden und Auszeichnungen, allesamt leicht vergilbt. Einzig die lederne rote Sitzgarnitur vor dem Empfangstresen fiel aus dem Rahmen und passte nicht zum 80er-Jahre-Dekor. Ansonsten aber war alles noch so, wie es Erik trotz seiner

Amnesie in Erinnerung hatte, mit nur einer Ausnahme: Es fehlten die Menschen.

Bei seinen früheren Besuchen schlug ihm in der Eingangshalle stets hektisches Treiben entgegen: Bewohner, die in Bademänteln herumschlurften oder gelangweilt in ihren Rollstühlen ausharrten, kommende und gehende Besucher, umhereilendes Pflegepersonal. Doch diesmal war niemand hier. Nichts als gähnende Leere und Stille. Selbst der Empfangstresen war verwaist. Nur ein riesiger Falke – offenbar dem Signet des Hauses nachempfunden – beäugte ihn scharf vom dahinter eingelassenen Kachelmosaik.

Erik suchte nach einer Klingel, um sich bemerkbar zu machen. Er entdeckte eine kleine Messingglocke und schwenkte sie. Nichts rührte sich. Auch nicht, nachdem er ein zweites und sogar drittes Mal geläutet hatte.

»Hallo, ist jemand da?«, rief er mit lauter Stimme. Dann lauschte er eine Weile, doch noch immer regte sich nichts.

Merkwürdig, dachte er, es musste doch jemand hier sein. Das Heim machte nicht den Eindruck, als wäre es inzwischen geschlossen worden. Es war aufgeräumt, sogar regelrecht sauber, und auch die Schalttafel am Rezeptionstelefon blinkte wie verrückt. Möglicherweise befand sich die Empfangsdame ja in der Pause oder auf Toilette. Aber dann hätte sie vermutlich ein entsprechendes Hinweisschild aufgestellt. Auch erklärte das nicht das Fehlen der Patienten und Pflegekräfte.

Erik hatte keine Lust noch länger zu warten. Zu seinem eigenen Erstaunen wusste er noch, in welchem Zimmer seine Mutter untergebracht war. Ein letztes Mal versuchte er sich mit einem stimmgewaltigen »Hallo« Gehör zu verschaffen. Da er auch darauf keine Antwort erhielt, machte er sich auf den Weg zum Fahrstuhl.

Es dauerte einige Augenblicke, bis dieser von den oberen Stockwerken nach unten geruckelt kam. Immerhin fuhr er. Vom Treppensteigen hatte er inzwischen genug, auch wenn es nur zwei Stockwerke zu seiner Mutter waren. Als sich jedoch kurz darauf die Fahrstuhltür öffnete, zuckte er zusammen.

Vor ihm stand eine offenbar verwirrte ältere Dame in einem geblümten Nachthemd und mit zerzaustem Haar. In der rechten Hand hielt sie ihre plüschigen Pantoffeln, in der linken eine Fliegenklatsche, die sie drohend in die Höhe reckte.

»Sind die Einhörner eingefangen?«, wollte sie von Erik wissen, während sie nervös an ihm vorbeischaute.

Er überlegte kurz, nickte dann aber freundlich. Was sollte er auch anderes machen? Es war offensichtlich, dass sie dement war. Ihr zu erklären, dass Einhörner nicht existierten und sie aus ihrer subjektiven Realität zu reißen, wäre völlig zwecklos gewesen. Vermutlich würde sie das sogar noch verwirrter machen. In einer solchen Situation half nur eins: sich auf die Welt des Entrückten einzulassen, mitzuspielen und ihm das Gefühl zu geben, verstanden zu werden.

»Fahren Sie auf keinen Fall hoch, junger Mann«, riet ihm die Frau in einem verschwörerischen Tonfall. »Sie sind überall, diese verdammten Einhörner.« Dann drückte sie Erik die Fliegenklatsche in die Hand und schlurfte Richtung Ausgang.

»Ich werde aufpassen, versprochen!«, rief Erik ihr noch hinterher, bevor sich die Fahrstuhltür schloss und die holzgetäfelte Kabine anruckte.

Eigentlich sollte Erik nun etwas zuversichtlicher sein. Die Begegnung mit der Verwirrten brachte zumindest die Erkenntnis, dass sich noch Patienten im Heim befanden. Auch war sie bestimmt fast neunzig, was die These widerlegte, das Virus habe die älteren Jahrgänge komplett ausgemerzt. Allerdings beunruhigte ihn der Gedanke, dass höchst pflegebedürftige, orientierungslose Menschen hier offenbar unbehelligt ein- und ausgehen konnten. Wo steckte das verdammte Personal, wo die betreuenden Pflegekräfte?

Wenige Sekunden später öffnete sich die Fahrstuhltür mit einem Pling. Vorsichtig schob Erik seinen Kopf aus der Kabine und sah den Gang entlang. Weder Einhörner noch Menschen waren zu sehen. Nur zwei einsame Rollstühle standen quer zueinander direkt vor der Fahrstuhltür, so wie hastig hingewürfelt. Sofort ging er seinen Impuls nach, sie gerade zu rücken. Einen neben den anderen. Ordnung schaffen! Er wollte Ordnung. Erst dann bog er rechts in den endlos erscheinenden Korridor ein, der zur Station seiner Mutter führte.

Außer dem leisen Knirschen seiner Sohlen auf dem Linoleumboden und dem monotonen Summen dezenter Elektrik waren keine Geräusche zu vernehmen. Eine gespenstische Atmosphäre, obwohl der Flur von Tageslicht durchflutet war.

Nach einer gefühlten Ewigkeit erreichte er schließlich die milchige Glastür der Station C. Zu seiner Verwunderung schwangen die schweren Flügel der Tür sofort automatisch auf. Was ihn jedoch noch weitaus mehr überraschte war der Geräuschpegel, der ihm plötzlich entgegenschlug. Menschen konnte er zwar noch immer keine erblicken, ihre Anwesenheit war dennoch nicht zu überhören – ebenso ihr Leid. Mit fürchterlicher Deutlichkeit drang ihr Wimmern und Stöhnen durch die geschlossenen Zimmertüren. Dazu schwamm die gesamte Station in einem unerträglichen säuerlichen Dunst, dem Geruch von Schweiß und Urin.

Eilig schritt er durch den langen Korridor. Dieses schreckliche Gewinsel war kaum zu ertragen. Dann endlich: Zimmer 24!

Leise klopfte er an. Keine Reaktion. Er klopfte etwas lauter, drückte die Türklinke herunter. Verschlossen! Dennoch glaubt er dahinter etwas gehört zu haben. Sofort presste er sein Ohr gegen das Holz. Tatsächlich, da war etwas: ein leises, verzweifeltes Schluchzen. Er klopfte ein weiteres Mal, diesmal mit der ganzen Faust. Zusätzlich rüttelte er an der Klinke. Doch die Tür ließ sich nicht öffnen.

»Kann ich Ihnen vielleicht weiterhelfen?«, ertönte plötzlich eine weibliche Stimme hinter ihm.

Erik fuhr zusammen. Erschrocken dreht er sich um und blickte einer weißgekleideten Pflegerin in die Augen. Eine junge, dunkelhaarige Frau, Mitte zwanzig vielleicht, mit einem attraktiven Gesicht in Cappuccino-Teint.

»Ja, nein... ich bin mir nicht sicher«, stammelt er unbeholfen. »Ich suche Helga Pohlmann. Das muss ihr Zimmer sein.«

»Oh, bedaure, da kommen Sie leider ein paar Monate zu spät«, antwortete die Pflegerin, während sie ihn musterte.

Erik verstand zunächst nicht, was sie damit meinte. Möglicherweise wollte er es auch nicht verstehen. »Zu spät?«

Die junge Frau stieß einen langen Seufzer aus. »Frau Pohlmann ist bereits vor einem halben Jahr von uns gegangen.«

Der Boden unter seinen Füßen verwandelte sich in Treibsand. Er schnappte nach Luft und hatte das Gefühl, als würde er versinken. »Sie ist tot?«

»Ja, leider. Sind Sie ein Verwandter?«

Anstatt zu antworten, lehnte er sich rücklings an den Türrahmen und starrte die junge Pflegerin mit offenem Mund an. In seinem Kopf entstand eine weitere Leere, die ihn schwindelig werden ließ. Seine latente Ahnung war mit einem Satz zur Gewissheit geworden.

Natürlich hatte er damit rechnen müssen. Seine Mutter war schließlich weit über achtzig und zuletzt offenbar nicht in bester Verfassung gewesen. Dennoch traf ihn die Nachricht wie ein Schlag, mitten in die Magengrube. Er hätte sich sofort übergeben können, doch er schluckte den Schock hinunter.

»Alles okay?«, wollte die Pflegerin wissen.

Erik nickte gequält. Dann räusperte er sich und sprach mit gedämpfter Stimme: »Haben Sie meine Mutter gut gekannt?«

»Ihre Mutter?« Erschrecken lag auf ihrem Gesicht. »Sind Sie Erik Pohlmann?«

Erik nickte erneut.

»Dann sind Sie tatsächlich aus dem Koma erwacht.«

»Wie Sie sehen.« Erik war verwundert, dass die junge Frau offenbar gut über ihn informiert war. Sogar seinen Vornamen wusste sie. Dabei hatten sie sich noch nie zuvor gesehen, jedenfalls nicht wissentlich.

»Ja, ich habe Ihre Mutter tatsächlich gut gekannt«, fuhr die Pflegerin fort. »Ich habe mich in den letzten beiden Jahren intensiv um sie gekümmert. Es tut mir leid, dass ich eben so abweisend war, aber ich wusste ja nicht...«

»Schon gut, Sie können schließlich nichts dafür, dass ich hier so reinplatze. Aber an der Rezeption war niemand, keine Menschenseele. Da bin ich einfach hochgefahren.«

»Ja, hier hat sich in den letzten Jahren einiges verändert, nicht gerade zum Vorteil. Besonders schlimm ist es, seitdem die Bewohner keine Besuche mehr empfangen dürfen und wir gezwungen sind, sie einzuschließen.«

»Die Bewohner werden weggeschlossen?«

»Ja, leider. Ihre Mutter hat zum Glück davon nichts mehr mitbekommen. Die Regel besteht erst seit ein paar Wochen. Man will damit verhindern, dass sich die alten Menschen mit dem Virus anstecken.«

»Das klingt nicht gut«, warf Erik ein, wenngleich seine Gedanken um ganz andere Dinge kreisten.

»Nein, das ist es auch nicht. Aber eigentlich darf ich über so etwas gar nicht mit Ihnen sprechen.« Dann deutete sie auf das kleine Messingschild an ihrer Brust. »Sie können mich übrigens gerne Hanna nennen.«

»In Ordnung, also Hanna.«

»Oh, wie ich sehe, haben Sie sich bereits mit Frau Blankenscheidt angefreundet?«

»Frau Blankenscheidt?«

»Ja, unsere Einhorn-Jägerin«, klärte Hanna auf, während sie Erik die Fliegenklatsche abnahm. »Sie schafft es tatsächlich, immer wieder abzuhauen.«

Ein kurzes Lächeln huschte über die beiden Gesichter.

»Ihre Mutter ist auch gelegentlich getürmt«, fuhr Hanna mit leichtem Schmunzeln fort. »Auch in der Nacht als sie starb.«

Erik warf ihr einen gleichsam beunruhigten wie fragenden Blick zu.

»Keine Sorge«, warf Hanna sogleich mit sanfter Stimme ein. »Ich kann Ihnen versichern, dass sie friedlich eingeschlafen ist. Ich selber habe sie damals gefunden.« Sie holte tief Luft und begann ausführlicher zu erzählen. »Genau genommen bin ich sogar fest davon überzeugt, dass sie gehen wollte. In den letzten Monaten hatte sie irgendwie ihre Lebenskraft verloren. Damals in jener Nacht ist sie aus dem Bett aufgestanden, hat sich ein Kleid angezogen und ist ohne Rollstuhl raus auf den Flur gegangen. Da vorne an der Fensterfront, wo man über die Elbe blicken kann, hat sie gesessen. Es war schon früher ihr Lieblingsplatz. ›Hören Sie das?‹, hat sie mich immer gefragt. ›Da ist Musik über den Wassern.‹ Was genau sie damit meinte, ist mir bis heute nicht klar. Jedenfalls strahlte sie übers ganze Gesicht, als ich sie gefunden habe. So friedlich und glücklich, als ob etwas Wundervolles geschehen ist. Dass sie nicht mehr lebte, habe ich erst später gemerkt ...«

Ein schmerzhafter Kloß bildete sich in Eriks Kehle. Er kämpfte mit den Tränen.

»Ich kann mir vorstellen, dass das für Sie nicht einfach zu begreifen ist, aber Ihre Mutter hat ganz sicher nicht gelitten«, versicherte Hanna erneut. »Auch vor ihrem Tod nicht. Selbst von der Pandemie hat sie kaum etwas mitbekommen. Und hier bei uns hat es ihr an nichts gefehlt.«

»Sieht man mal von ihrem abtrünnigen Sohn ab«, warf Erik selbstanklagend ein.

»Ach Herr Pohlmann, seien Sie nicht so streng mit sich«, versuchte Hanna zu trösten. »Vergessen Sie nicht, dass Ihre Mutter hochgradig dement war. Klar, in ihren wachen Momenten hat sie schon mal nach Ihnen gefragt, aber ein paar Minuten später wusste sie davon nichts mehr. Außerdem gab es ja noch...« Mitten im Satz brach sie plötzlich ab, als hätte sie sich bei einem verbotenen Gedanken ertappt. Es war offensichtlich, dass sie innerlich mit etwas rang. Auch ihr Gesichtsausdruck wurde plötzlich ernst. »Es gibt da etwas Wichtiges, über das ich mit Ihnen reden muss ...«

Ein nervöses Kribbeln durchfuhr ihn. Halb ängstlich, halb gespannt sah er Hanna an. Doch gerade als diese zu einer Erklärung ansetzen wollte, öffnete sich die automatische Stationstür und eine schrille Frauenstimme ertönte durch den Flur:

»Hanna! Wo haben Sie bloß die ganze Zeit gesteckt?«

Eine Stimme, an die sich Erik durchaus noch erinnern konnte und die ihm schon früher regelmäßiges Unbehagen bereitet hatte. Auch Hanna zuckte zusammen. Sie schaffte es gerade noch ihm ein »Später« zuzuraunen und sich verschwörerisch einen Finger auf die Lippen zu legen. Dann stand sie auch schon vor ihnen: Brigitte Müller-Rommelsheim, die Leiterin der Seniorenresidenz.

Eine hagere Erscheinung um die fünfzig in formalem grauen Glencheck-Muster-Kostüm und mit schmaler, goldgeränderter Brille. Ihre dunkelbraunen Haare waren zu einem strengen Dutt gesteckt, und über ihren verkniffenen schmalen Lippen zeichnete sich ein leichter Damenbart ab. Insgesamt wirkte sie wie eine strenge Ballettmeisterin, sowohl was ihr Äußeres als auch ihre Attitüde und Haltung anbelangte.

Kein Wunder, dass Erik sie nicht ausstehen konnte. Sie verkörperte alles, was er an Frauen hasste. Hinzu kam, dass sie nicht die geringste Spur von Humor besaß. Vermutlich hatte sie in ihrem gesamten Leben noch nie gelacht. Die verkümmerten Gesichtsmuskeln deuteten zumindest daraufhin. Wenn sich dann doch mal der Anflug eines kalten Lächelns auf ihrem Antlitz zeigte, dann rein aus nihilistischer Verachtung.

»Oh, wir haben Besuch«, bemerkte Frau Müller-Rommelsheim mit gespielter Freundlichkeit, ohne Erik jedoch besondere Beachtung zukommen zu lassen. Weitaus wichtiger schien es ihr zunächst, Hannas vermeintliches Fehlverhalten zu ahnden. »Frau Sattler, Sie wissen doch ganz genau, dass wir niemanden zu den Bewohnern lassen«, wies sie ihre Mitarbeiterin zurecht. »Außerdem ist Ihnen hoffentlich nicht entgangen, dass Frau Blankenscheidt mal wieder verschwunden ist.«

»Entschuldigen Sie, wenn ich mich einmische, Frau Rommelsheim«, meldete sich Erik zu Wort, »aber in meinem Fall trifft Frau Sattler keine Schuld.«

»Müller-Rommelsheim!«, korrigierte ihn die penible Heimleiterin.

»Wie bitte?«

»Mein Name ist MÜLLER-Rommelsheim. Es ist zwar sehr löblich, dass Sie Frau Sattler in Schutz nehmen, dennoch möchte ich Sie bitten…« Sie stockte. Fast hätte sie sich an ihrer Zunge verschluckt. »Grundgütiger, Herr Pohlmann, in dieser fürchterlichen Aufmachung hätte ich Sie beinahe nicht erkannt«, fuhr sie despektierlich fort. Auf ihrer Stirn erschien eine winzige Falte, die von ihrer Nasenwurzel etwa einen halben Finger breit hinaufreichte. Ein für sie fast schon leidenschaftlicher Gefühlsausbruch, der allerdings nur kurz anhielt. Schon im nächsten Moment sollte sie zur gewohnten Contenance zurückfinden. »Frau Sattler wird Sie ja bestimmt schon über das Ableben Ihrer Mutter informiert haben. Ich möchte ebenfalls die Gelegenheit nutzen, Ihnen mein Beileid auszusprechen.«

Ihr Kondolenzsprüchlein klang wie eine leere Floskel. Vermutlich tat ihr ohnehin nur leid, dass ihr eine weitere Einnahmequelle weggebrochen war.

Erik bedankte sich dennoch für ihre Anteilnahme, auch wenn er dabei ebenso wenig Aufrichtigkeit walten ließ wie sie zuvor. »Danke, das ist außerordentlich freundlich von Ihnen, Frau Müller-Rommelsheim. Meine Familie und ich wissen Ihr Mitgefühl zu schätzen.« Sein gekünzelt höfischer Tonfall veranlasste Hanna zu einem unterdrückten Kichern, was ihrer Vorgesetzten zum Glück entging.

»Tja, dann bleibt mir wohl nur, Ihnen alles Gute zu wünschen, Herr Pohlmann.«

»Danke, das wünsche ich Ihnen auch, Frau Müller-Rommelsheim.«

Die Heimleiterin hatte sich bereits von Erik abgewandt, als sie plötzlich innehielt und sich noch einmal umdrehte. »Ach Herr Pohlmann, fast hätte ich es vergessen, aber es gäbe da doch noch eine Kleinigkeit, die ich gerne mit Ihnen unter vier Augen besprechen würde. Ob sie wohl so freundlich wären, mir kurz ins Büro zu folgen?«

»Natürlich«, antwortete Erik und blickte fragend zu Hanna, die jedoch nur bestätigend nickte.

»Und Sie, Frau Sattler, machen sich bitte umgehend auf die Suche nach unserer Ausreißerin.«

»Aber natürlich, Frau Müller-Rommelsheim«, versicherte Hanna unterwürfig, auch wenn ihre Chefin sie vermutlich nicht mehr hörte, da sie bereits im Stechschritt auf die milchige Stationstür zulief.

Erik, von diesem unvermittelten Aufbruch überrascht, hatte Mühe ihr zu folgen. Seine Beine fühlten sich noch immer schwer und wackelig an. Etwa auf halben Weg zum Aufzug zupfte es plötzlich an seinem Hemdsärmel. Hanna! Sie war ihm hinterhergeeilt, um ihm einen zusammengefalteten Zettel in die Hand zu drücken. Ehe Erik etwas sagen konnte, war sie auch schon wieder verschwunden. Im Gehen überpflog er die Zeilen:

Habe um 18:00 Uhr Feierabend. Warten Sie auf der Bank
gegenüber vom Haupteingang auf mich. Wichtig!
H

Erik fragte sich, was es so Dringendes zu besprechen gab. Warum hatte sie es ihm nicht schon eben gesagt? Nun musste er sich noch fast zwei Stunden gedulden und würde sich bis dahin das Hirn zermartern. Normalerweise wäre er ihr hinterhergelaufen, hätte die Sache sofort geklärt. Aber Frau Müller-Rommelsheim wartete bereits an der geöffneten Fahrstuhltür, ungeduldig mit dem rechten Fuß auf- und abwippend.

Vor ihrem Büro im ersten Stock angekommen, bat sie Erik zunächst im Wartebereich Platz zu nehmen. »Ich muss nur rasch ein dringendes Telefonat führen«, entschuldigte sie sich. »Bedienen Sie sich ruhig an der Teebar.« Dann schloss sich hinter ihr die Tür.

Erik ärgerte sich. Wenn er gewusst hätte, dass er noch warten musste, er wäre oben bei Hanna geblieben. Tee wollte er auch keinen – jedenfalls nicht dieses Gesundheitszeug, das dort mannigfaltig auf der kleinen Anrichte zum Aufgießen dargeboten wurde. Allein schon die bescheuerten Namen regten ihn auf: *Kraftbienchen*, *Bauchfein* oder *Huhu-Wach*. Wer dachte sich nur so dämliche Namen aus? Magische Heilsbringer für jegliche Lebenslagen. Eher würde man sie in einschlägigen Biomärkten erwarten als in einem Altersheim. Aber seitdem sich die Einrichtung in der Hand eines milliardenschweren bajuwarischen Tee-Magnaten befand, der damit vermutlich seine Steuern drückte, konnte man sich dort mit den fröhlich klingenden Aufgussgetränken förmlich besaufen.

Erik überlegte, welche Teesorte Frau Müller-Rommelsheim wohl üblicherweise priorisierte. Spontan hätte er auf *Reine Nervensache* oder *Frieden finden* getippt. Beide Varianten würden allerdings ein gewisses Maß an Selbstironie voraussetzen. Eine Eigenschaft, die bei Frauen mit Doppelnamen für gewöhnlich fehlte. Insofern war wohl eher davon auszugehen, dass in den Doppeltür-Oberschränken ihrer biederen Doppelhaushälften-Einbauküche vertrockneter Hagebutten- oder Kamillentee vor sich hindümpelte.

157

Aber so genau wollte er es gar nicht wissen. Der Doppelname allein reichte aus, um seine Ressentiments gegenüber diesem doch sehr speziellen Frauentyp neu zu entfachen.

Für Erik waren sie nichts weiter als Wichtigtuerinnen mit gestörtem Selbstbild – besonders wenn sie nach der Scheidung an ihrem Doppelnamen festhielten. Gut, bei einer geborenen »Hühnerbein« oder »Bratfisch« konnte man das Bemühen um eine namentliche Aufwertung ja noch verstehen. Die Kombination aus Müller und Rommelsheim war jedoch weder euphonisch noch in puncto Aufwertung eine Offenbarung. Auch inhaltlich ergab dieses Doppel keinen Sinn, es sei denn, man erhoffte sich durch das subtil eingefasste »Rommel« eine, wenn auch etwas anrüchige befehlshabende Autorität. Derart niedere Beweggründe würde er aber selbst der unsympathischen Heimleiterin nicht unterstellen wollen. Insofern wird es sich in ihrem Fall tatsächlich um die Wichtigtuer-Variante gehandelt haben, so wie bei den meisten dieser Frauen. Da kannte Erik sich aus. Schließlich war er in seinem Berufsleben einer Menge von ihnen über den Weg gelaufen.

Oh, wie er sie verabscheute, diese blasierten, pseudofeministischen und Rollkoffer ziehenden Bindestrichidentitäten. Bei ihnen kam einfach alles zusammen: Dickköpfigkeit, übertriebenes Geltungsbedürfnis, Männerhass und bewusst eingesetzte Unansehnlichkeit.

»Herr Pohlmann!«, forderte Frau Müller-Rommelsheim ihn mit energischer Stimme zum Eintreten auf. Offenbar hatte sie schon länger an der Tür gestanden. Sowohl ihr Tonfall als auch das nervöse Klacken ihrer Fingernägel auf ihrem Handy ließen eine gewisse Gereiztheit erahnen. Fast wäre Erik ein flapsiges »Entspann dich« rausgerutscht. Er konnte sich aber gerade noch beherrschen.

Was ihn ohnehin vielmehr als ihre Raubeinigkeit beschäftigte, war das Mobiltelefon in ihrer Hand. Ein riesiger Knochen mit Antenne, so wie man es aus den Pioniertagen mobiler Elektronik Anfang der Neunziger kannte. Seinen ungläubigen Blick weiter auf ihr Handy gerichtet, drängte er sich an der mürrischen Heimleiterin vorbei in das stilvoll eingerichtete Büro. Trotz seiner sonstigen Vorbehalte ihr gegenüber musste er anerkennen, dass sie zumindest ein gutes Händchen für Einrichtung besaß.

»Tja, da staunen Sie, Herr Pohlmann«, griff sie sein Interesse für das antiquierte Telefon auf. »Was uns hier inzwischen an Arbeitsgeräten zugemutet wird, ist wirklich eine Katastrophe.«

»Eigentlich wundert mich, dass es die Dinger überhaupt noch gibt«, entgegnete Erik.

»Ja, das schon, aber sie funktionieren so gut wie nie«, grantelte sie kopfschüttelnd. »Nehmen Sie bitte Platz.« Eine leichte Handbewegung wies Erik auf den Stuhl vor ihrem Schreibtisch, während sie sich dahinter in ihren Sessel sinken ließ. »Wissen Sie, ich bin es wirklich leid«, fuhr sie schließlich fort. »Fast vier Jahre Pandemie und glauben Sie, die würden es hinbekommen, das Internet zum Laufen zu bringen oder ein stabiles Funknetz anzubieten? Wenn ich so langsam arbeiten würde wie die, könnte ich den Laden morgen dichtmachen. Aber Sie kennen diese Probleme ja sicher auch von Ihrem Arbeitsplatz.«

»Da muss ich Sie enttäuschen. Bis vor wenigen Tagen lag ich noch im Koma …«

»Ach ja, natürlich. Das hatte ich fast schon wieder vergessen. Dabei habe ich mich in den letzten Jahren regelmäßig im Krankenhaus nach Ihrem Zustand erkundigt.«

»Im Auftrag meiner Mutter, nehme ich an?«, fragte Erik etwas verunsichert. Das bekundete Interesse an seiner Person passte eigentlich nicht zur ihr, was sich bereits im nächsten Moment bestätigen sollte.

»Offen gestanden waren meine Beweggründe eher finanzieller Natur«, erwiderte sie gewohnt nüchtern. »Damit wären wir auch schon beim Punkt.« Sie zog die Schreibtischschublade auf, fischte einen DIN-A4-Umschlag heraus und schob ihn Erik rüber. »Halten Sie mich bitte nicht für taktlos, Herr Pohlmann, aber es sind nun mal schwere Zeiten. Wir müssen schließlich alle irgendwie überleben.«

Erik konnte sich in etwa vorstellen, was sich in dem Kuvert befand. Er öffnete ihn trotzdem, auch weil er sich durch die auffordernden Blicke der geschäftstüchtigen Direktorin dazu genötigt sah. Kurz darauf hielt er eine Rechnung in den Händen, eine gesalzene noch dazu. Beinahe zwölftausend Euro wollte dieses raffgierige Weib von ihm haben.

Erik verdrehte die Augen. Er hatte keine Ahnung, wie er eine derart hohe Summe auftreiben sollte. Läppische fünfzig Euro befanden sich noch in seiner Brieftasche. Das war alles, was er noch besaß. Der Großteil seines Vermögens wird nahezu komplett für seinen Klinikaufenthalt draufgegangen sein oder steckte in der maroden Villa, die ihm ohnehin nicht mehr gehörte. Nicht mal eine EC- oder Kreditkarte besaß er noch. Beides hatte er im Krankenhaus zurückgelassen. Völlig utopisch also, dass er die Rechnung begleichen würde können. Er beschloss daher, die Sache gelassen zu sehen. Solange er nichts besaß, konnte man ihm auch nichts nehmen. Eine Haltung, für die er Menschen früher verachtete hätte.

Schon merkwürdig, dachte Erik. Bis jetzt hatte er sich tatsächlich keinerlei Gedanken über seine Vermögensverhältnisse gemacht. Absolut untypisch für jemanden, dem Reichtum und Statusbewusstsein früher so wichtig gewesen waren. Aber offenbar hatte sich mit der Amnesie sein bisheriger Lebensfokus verschoben. So gab es Dinge, deren Klärung ihm wesentlich dringlicher erschienen als seine finanzielle Situation.

»Es sind nur noch die letzten sechs Monate offen«, erklärte Frau Müller-Rommelsheim und fügte gönnerhaft hinzu: »Auf die Forderungen für die Endreinigung und Möbelentsorgung haben wir in Ihrem Fall verzichtet.«

Der Form halber rang sich Erik ein dankbares Lächeln ab, gleichwohl er innerlich den Kopf schüttelte. Schließlich war es eine bodenlose Unverfrorenheit, ihn ausgerechnet jetzt mit dieser Angelegenheit zu konfrontieren – keine zwanzig Minuten nachdem er vom Tod seiner Mutter erfahren hatte. Aber es passte zu ihr. Auch sollte sie kurz darauf noch nachlegen.

»Wenn Sie Ihren Sohn rechtzeitig mit einer Kontovollmacht ausgestattet hätten, müssten wir uns jetzt nicht über lästige Geldangelegenheiten unterhalten. Aber der arme Kerl konnte seiner Großmutter ja noch nicht mal eine Packung Pralinen besorgen, so klamm wie der war.«

»Mein Sohn war hier?«, fiel Erik der mitteilsamen Heimleiterin aufgeregt ins Wort.

»Oh ja. Bis vor einem Jahr hat er Ihre Mutter regelmäßig besucht. Dann ist er plötzlich irgendwann verschwunden. Nicht mal auf der Beerdigung hat er sich blicken lassen.«

In Eriks Kopf begann es erneut zu rotierten. Worte, Bilder und Überlegungen wirbelten umher und versuchten vergeblich ein gemeinsames Ganzes zu formen.

»Und Sie haben nicht versucht, ihn ausfindig zu machen?«, wollte Erik nach einer kurzen Pause wissen.

»Nein, weshalb auch. Solange die Abbuchungen von Ihrem Konto noch funktionierten, hatte ich keinen Grund dazu. Und in den letzten Monaten habe ich weiß Gott anderes zu tun gehabt. Aber warum fragen Sie?«

»Offen gestanden bin in selber auf der Suche nach ihm. Seit ich aus dem Koma aufgewacht bin, habe ich ihn noch nicht gesehen und mache mir natürlich etwas Sorgen. Ich hatte gehofft, Sie könnten mir vielleicht mit seiner aktuellen Adresse behilflich sein ...«

»Verstehe, aber da kann ich leider nichts für Sie tun. Vielleicht nehmen Sie mal Kontakt mit seiner Mutter auf. Die müsste doch eigentlich wissen, wo er steckt.«

»Ja, danke für Tipp«, antwortete Erik, auch wenn er keine Ahnung hatte, um wen es sich bei der Mutter seines Sohnes überhaupt handelte. Aber Frau Müller-Rommelsheim jetzt auch noch in seine Amnesie einzuweihen, schien ihm wenig zweckmäßig. Außerdem würde es die Sache nur unnötig in die Länge ziehen. Schließlich wollte er hier raus, und zwar so schnell wie möglich.

»Nun, Herr Pohlmann, dann will ich nicht länger Ihre kostbare Zeit stehlen«, riss ihn die Heimleiterin aus seinen Gedanken. »Wir haben ja alles geklärt.«

»Davon gehe ich aus«, bestätigte Erik und setzte mit dem Stuhl zurück. Er wollte sich gerade erheben, als sie noch mal das Wort ergriff:

»Wenn Sie noch eine Sekunde haben ...« Ohne eine Antwort abzuwarten sprang sie auf und rannte aus dem Zimmer.

Genervt stöhnte Erik auf und verschluckte einen Fluch, zumal er befürchten musste, erneut minutenlang warten zu müssen. Gerade als er beschloss, einfach aufzustehen und zu gehen, kehrte sie jedoch zurück. In der linken Hand hielt sie einen Bügel, auf dem ein altmodischer, dunkelblauer Gabardine-Anzug hing, in der rechten ein weißes Hemd, das nagelneu aussah.

»Das müsste Ihnen passen«, sagte sie und drückte ihm beides in die Hand. »Ist von einem ehemaligen Bewohner ...«

Interessiert musterte Erik die Sachen. Sie waren zwar nicht besonders hübsch, regelrecht altbacken sogar, aber zumindest würde er sich damit wieder unters Volk trauen können. Insofern hatte sich der Besuch bei der unsympathischen Heimleiterin letztlich doch gelohnt. Es fiel ihm daher auch nicht allzu schwer, sich ein zivilisiertes »Dankeschön« abzuringen, bevor er sich endgültig verabschiedete und das Zimmer verließ.

»Gern geschehen«, warf sie ihm noch hinterher. »Ich kann Sie ja nicht wie einen Clochard herumlaufen lassen.«

Eine weitere Biestigkeit, die Erik allerdings ignorierte. Zielstrebig steuerte er die nächste Herrentoilette an, um sich umzuziehen.

Keine zehn Minuten später saß er auf der Bank oberhalb des Treppenviertels – dieselbe, auf der er bereits nach dem anstrengenden Aufstieg pausiert hatte. In seiner neuen Garderobe sah er fast ein wenig overdressed aus, wie ein aus der Zeit gefallener Pennäler, der auf sein erstes Date wartete. Nur die durchgelaufenen Sneakers fielen etwas aus dem Rahmen. Angesichts seiner noch immer schmerzenden Füße, ließ sich das jedoch verkraften. Diesen jetzt auch noch neue Schuhe zuzumuten, wäre sicher zu viel des Guten gewesen.

Von weitem hörte er das dünne Läuten einer Kirchturmglocke. Es schlug fünf Uhr. Eine ganze Stunde würde er noch auf Hanna warten müssen. Zeit genug, um seine Gedanken noch etwas über die Elbe schweifen zu lassen. Schwere, traurige Gedanken, denen er sich erst jetzt hingeben konnte. Die ganze Zeit war er gezwungen gewesen, Fassung zu bewahren und seine Emotionen unter Verschluss zu halten. Unter keinen Umständen hatte er seine Trauer mit der unsensiblen Heimleiterin teilen wollen. Jetzt allerdings, wo er allein war, schienen ihn seine Gefühle zu überwältigen.

Der Tod seiner Mutter setzte Erik mehr zu als erwartet. Dabei war es nicht nur ihr Verlust selber, der auf ihm lastete. Fast noch schlimmer war dieses überwältigende Gefühl von Einsamkeit, das ihn plötzlich überkam – berstender, zerreißender, als er es ohnehin schon in sich trug. Mit ihr war der letzte Mensch von dieser Welt gegangen, der ihm noch ansatzweise vertraut gewesen war – der letzte Anker, der seiner entwurzelten Seele ein Gefühl von Heimat gegeben hatte. Nun war auch dieser letzte Halt für immer erloschen.

Dicke Tränen rollten über seine Wangen, während unten auf der Elbe ein riesiges Containerschiff vorbeischipperte und ein lautes Tröten von sich gab. Musik über den Wassern ...

Gefährliches Spiel

Hanna verspätete sich um eine Viertelstunde. Ihr Gesicht war rot, hektisch rot. »Zum Glück sind Sie noch da«, keuchte sie, während sie frische Luft in ihre Lungen sog. »Die Suche nach Frau Blankenscheidt dauerte länger als gedacht.«

»Das ist doch kein Problem«, versuchte Erik sie beruhigen und wischte sich unauffällig die letzten Spuren von Tränen aus dem Gesicht. »Ist die alte Dame wenigstens wieder aufgetaucht?«

»Ja, das schon. Allerdings war sie ziemlich durch den Wind, als wir sie schließlich unter einem Tisch im Essraum gefunden haben.«

»Immerhin ist sie wieder da«, drückte Erik seine Anteilnahme aus. Nicht, dass er sich sonderlich für die Dame interessiert hätte. Er hielt es jedoch für angebracht, Hanna erstmal durchatmen zu lassen und für eine Gesprächsatmosphäre zu sorgen, die nicht von Altlasten überschattet war.

Schweigend saßen sie eine Weile nebeneinander und schauten auf die Elbe. Von der hereinbrechenden Abenddämmerung inzwischen ergraut, schob sie sich geräuschlos stadtauswärts. Die bis eben noch deutlich erkennbaren Silhouetten der Bäume auf der anderen Uferseite wanderten zunehmend ins Dunkel und verwischten mit dem Horizont. Trotz seiner innerlichen Anspannung genoss Erik die abendliche Stimmung. Ebenso die Nähe zur jungen Pflegerin, deren Atemzüge nun deutlich gleichmäßiger wirkten.

»Um ehrlich zu sein, habe ich mich noch aus einem anderen Grund verspätet«, nahm Hanna schließlich das Gespräch wieder auf.

»Wollen Sie mir davon erzählen?«, fragte Erik erwartungsvoll.

»Ich weiß nicht, wie ich es sagen soll.« Verlegen fuhr sie sich durchs Haar. »Ich habe noch telefoniert. Mit jemandem, den Sie gut kennen.«

»Ich wüsste nicht, dass wir gemeinsame Bekannte haben«, entgegnete Erik. »Sorry, aber Sie sprechen in Rätseln.«

Mit einem verkrampften Lächeln blickte Hanna ihm direkt in die Augen. »Ich habe mit Ben telefoniert.«

»Mit meinem Sohn?«, entgegnete Erik erstaunt.

»Ja, genau.«

»Sie kennen ihn?«

»Kennen wäre stark untertrieben«, gluckste Hanna. »Wir sind seit fast anderthalb Jahren verheiratet.«

Jetzt war es Erik, der sichtlich überrascht nach Luft und Worten rang: »Das ist... tja, wie soll ich sagen...«

»Ein Schock!«, vollendete Hanna den Satz.

»So drastisch würde ich es jetzt nicht ausdrücken, aber zumindest eine dicke Überraschung«, stammelte Erik. Dann hob er seinen Kopf. »Das hat natürlich absolut nichts mit Ihnen zu tun. Es ist nur so, dass ich meinen Sohn schon so lange nicht mehr gesehen habe. Ehrlich gesagt wusste ich bis gestern nicht mal, dass er existiert. Seit dem Koma leide ich unter partieller Amnesie. An Ben und auch an viele andere Dinge aus meinem früheren Leben kann ich mich nicht mehr erinnern. Und jetzt auch noch diese Neuigkeit ... «

»Oh, das mit Ihrer Amnesie tut mir leid«, unterbrach Hanna ihn mit entschuldigender Geste. »Ich wollte Sie nicht überfordern, Herr Pohlmann.«

»Dafür müssen Sie sich doch nicht entschuldigen«, entgegnete Erik. »Aber wenn wir schon Verwandte sind, sollten wir sofort mit diesem albernen Gesietze aufhören.«

»Gern, Herr Pohlmann.«

»Erik!«

»Okay, also Erik«, lächelte Hanna verlegen.

Auch Erik lächelte. »Weißt du, was mir echt zu schaffen macht?«, fuhr er nach einer weiteren Gedankenpause fort, während er das zerknitterte Foto seines Sohnes aus dem neuen Sakko kramte. »Es sind diese verdammten Zeitsprünge.«

»Wie süß«, quietschte Hanna beim Betrachten des Bildes. »Er hat sich kaum verändert.«

»Tja, hier wird er so um die 15 gewesen sein, nehme ich an. Und jetzt ist er verheiratet ...«

»Und lebt mit falscher Identität im Untergrund«, fügte Hanna hinzu.

»Er tut was?« Erik stocherte mit einem Finger am linken Ohr herum, als würde er sich verhört haben.

»Noch eine Hiobsbotschaft, ich weiß. Das war es auch für mich damals«, seufzte Hanna. »Ich hatte so gehofft, er würde es mir zuliebe aufgeben und sich nicht ständig der Gefahr aussetzen. Aber er kann einfach nicht akzeptieren, was gerade in der Welt geschieht.«

Nach Hannas knappen Erklärung herrschte erneutes Schweigen – länger und beklemmender als zuvor.

»Und weiß Frau Müller-Rommelsheim davon?«, fragte Erik schließlich.

»Natürlich nicht, weder von Bens geheimen Aktivitäten noch von ihm und mir«, antwortete Hanna. »Keiner hier im Heim weiß etwas. Es war damals eine absolute Blitzhochzeit, total geheim, nur wir zwei.«

»Ihr habt euch hier im Heim kennengelernt?«

»Ja, kurz nachdem ich als Pflegerin anfing. Er hat seine Großmutter fast jede Woche besucht. Da sind wir uns irgendwann nähergekommen.« Hanna hielt einen Augenblick inne, dann fuhr sie mit sichtlicher Überwindung fort. »Mir ist durchaus bewusst, dass ihr beide nicht gerade das beste Verhältnis hattet. Ich will mich da nicht einmischen, aber ich glaube, es wäre wichtig, wenn ihr euch aussprecht. Es beschäftigt ihn sehr.«

»Kannst du mich denn zu ihm bringen?«

»Das ist der Plan«, sagte Hana und verzog angestrengt das Gesicht.

»Er will mich nicht sehen!«, interpretierte Erik ihre Mimik.

»Nein, so ist es nicht«, warf sie rasch ein. »Ich denke, er hat einfach nur Angst.« Hanna hob die Augenbrauen und schaute ihn mit eindringlichem Blick an. »Trotzdem wäre es gut, wenn du deine Erwartungen an ein Treffen nicht allzu hoch hängen würdest. Manchmal ist er ziemlich stur.«

»Schon gut, ich werde es versuchen«, sagte Erik mit gesenkter Stimme, während es in seinem Kopf rotierte. Um Hanna nicht zu kompromittieren, verzichtete Erik jedoch darauf, weitere Einzelheiten zu erfragen. Stattdessen versuchte er, das Gespräch auf eine pragmatischere Ebene zu lenken. Schließlich würde das Treffen mit einem Aufständischen sicher eine gewisse Logistik erfordern.

»Und wie läuft das Ganze jetzt ab? Verbindest du mir gleich die Augen und bittest mich, auf dem Rücksitz einer abgedunkelten Limousine Platz zu nehmen?«

»Nicht ganz«, lachte Hanna. »Ein bisschen James Bond ist es trotzdem«, fuhr sie fort. »Wir müssen auf die andere Seite der Elbe, rüber zum Bubendey-Ufer. Ben und seine Jungs haben sich dort in einer verlassenen Fabrikhalle eingenistet.«

»Klingt aufregend«, entgegnete Erik und erhob sich von der Bank. »Dann lass uns los.«

»Nicht so hastig«, rief Hanna und zog Erik am Ärmel. »Wir können jetzt noch nicht rüber – erst, wenn es vollständig dunkel ist. Vorher wäre eine Überfahrt zu gefährlich. Auf der Elbe wimmelt es von Polizeibooten.«

»Wir fahren mit dem Schiff?«

»Anders ist es nicht möglich. Der alte Elbtunnel ist für Passanten schon lange gesperrt. Ich habe mit Ben besprochen, dass wir um halb zehn unten am Fähranleger abgeholt werden.«

171

»Das sind ja noch fast drei Stunden«, stellte Erik konsterniert fest.

»Stimmt. Aber wenn du magst, können wir noch etwas essen gehen. Ich habe Hunger, und du bestimmt auch. Unten am Ponton gibt es eine kleine Fischbude – eine der wenigen, die noch existieren.«

»Dann musst du mich allerdings einladen, liebe Schwiegertochter. Ich habe so gut wie keinen Cent mehr in der Tasche.«

Hanna lächelte amüsiert. »Na großartig, einen Rebellen als Ehemann und einen bankrotten Schwiegervater. Worauf habe ich mich da eingelassen?«

Hannas Leichtigkeit tat Erik gut. Er spürte, wie die Last der vergangenen Tage allmählich von ihm abfiel. Überhaupt war er von seiner Schwiegertochter höchst angetan. Eine überaus angenehme Erscheinung, die nicht nur eine hohe Einfühlungsgabe, sondern obendrein auch Humor besaß. Ben hatte eine gute Wahl getroffen, so viel stand fest.

Als sie später gegen halb zehn am Fähranleger eintrafen, war von einem Boot nichts zu sehen. Stattdessen nur das breite Band der nächtlichen Elbe, die von einem leicht flimmernden Lichterstreif überspannt wurde.

Bereits zum vierten Mal an diesem Tag ließ Erik seinen Blick über die Elbe schweifen – jedes Mal sah sie anders aus.

»Wie schwarz sie ist«, sagte Hanna und deutete aufs Wasser. »Ich mag sie nicht, wenn es Nacht wird.«

Erik wollte gerade antworten, als er plötzlich ein verschlafenes Tuckern vernahm. Kurz darauf schälte sich ein kleines Fischerboot aus der Dunkelheit, ein Netz aus silbernem Mondlicht im Schlepptau.

»Endlich«, seufzte Hanna erleichtert, während der Kutter anlegte. Heraus sprangen zwei Typen in schwarzen Sankt-Pauli-Kapuzenpullis, die Hanna offenbar gut zu kennen schien. Betont lässig wurde sich mit Ghettofaust begrüßt. Argwöhnisch dagegen betrachteten die beiden Skipper ihren männlichen Fahrgast, der seinerseits zwar freundlich lächelte, im Gegenzug jedoch nicht mehr als ein flüchtiges Kopfnicken erntete.

Sankt Pauli, der Fußballclub – eine der wenigen Erinnerungen, die er im Laufe der letzten Tage zurückgewonnen hatte. So wusste er plötzlich wieder, dass er früher regelmäßig bei den Heimspielen gewesen war. Dabei passte er eigentlich gar nicht in dieses anarchistisch anmutende Totenkopf-Flair. Viel eher hätte man einen Klischee-Banker wie ihn beim deutlich biederen Stadtrivalen, dem HSV, verortet. Aber wie schon Nick Hornby einst treffend formulierte: »Du suchst dir deinen Verein nicht aus, sondern dein Verein sucht dich aus.« Dieser Devise war offenbar auch er gefolgt.

Erik fragte sich, ob am Millerntor wohl noch Fußball gespielt wurde. Zuletzt waren wegen der Pandemie dort nur noch Geisterspiele ausgetragen worden, wie er von Claus erfahren hatte. Doch Fußball ohne Fans? Für Erik kaum vorstellbar. Es war wie Currywust ohne Curry – und als Fernseh-Event vermutlich ähnlich spannend wie eine Halma-Übertragung.

Unweigerlich musste er an die packenden Stadtderbys denken. Zwar konnte er sich an kein einziges Ergebnis mehr erinnern, aber die ausgelassene Stimmung auf den

Rängen war ihm noch immer präsent. Ob die beiden Teams noch in der gleichen Liga spielten? Und wenn ja, wer war der amtierende Stadtmeister? Eine Frage, die ihm plötzlich ungemein wichtig erschien das Verlangen weckte, die sich auftuende Wissenslücke schnellstmöglich zu schließen.

»Brauchst du eine Extraeinladung?«, raunzte ihn einer der Kapuzenträger an.

»Sprechen Sie mit mir?«, gab Erik echauffiert zurück. Der Tonfall des jungen Mannes gefiel ihm ganz und gar nicht.

»Klar rede ich mit dir, oder siehst du außer uns beiden noch jemand anderen auf dem Steg?«, entgegnete sein Gegenüber erneut ruppig. »Jetzt schwing deinen Arsch ins Boot. Wir haben nicht ewig Zeit.«

Erik blickte zu Hanna rüber, die bereits auf einer schmalen Bank am Heck saß und ihn mit winkender Geste aufforderte, es ihr gleich zu tun. Etwas widerwillig sprang er aufs Boot, auch wenn er dem pampigen Halbstarken für sein raues Benehmen gerne noch ein paar Takte erzählt hätte.

Kurz darauf setzte sich das Boot in Bewegung. Mit leise tuckerndem Motor schwenkte der Bug Richtung Elbmitte, bevor sie schließlich hinaus in die Dunkelheit glitten.

»Na also, geht doch«, stellte der Unfreundliche fest, während er wendig in dem schwankenden Gefährt an Erik vorbeiturnte, um zu seinem Kollegen an der Steuerkonsole zu gelangen.

Sobald er außer Hörweite war, wandte Erik sich seiner Schwiegertochter zu: »Ist der immer so liebenswert?«

»Gehört alles zum Revoluzzer-Image«, antwortete sie augenzwinkernd.

Erik musste lachen. »Hauptsache, Ben hat solche Attitüden nicht nötig.«

»Da muss ich dich leider enttäuschen. Dieses Macho-Bestimmer-Ding hat er voll drauf. Ist wohl normal, wenn man so eine Art Guerillaführer ist ...«

Der kleine Kutter hatte inzwischen die Mitte des Flusses erreicht. Erik konnte bereits die schwachbeleuchtete Silhouette der anderen Uferseite erkennen, als plötzlich hektische Betriebsamkeit an Bord ausbrach.

»Los schnell, unter das Ding!«, rief der bislang noch stumme Kapuzenträger aufgeregt und zeigte auf eine gefaltete blaue Kunststoffplane, die neben ihnen auf der Bank lag.

Diesmal deutlich handlungsschneller als zuvor, schnappte sich Erik die Plane und breitete sie auf dem Deck aus. Es bestand kein Zweifel, dass sie sich in Gefahr befanden. Und tatsächlich, während er sich mit Hanna auf den Boden legte, sah er aus den Augenwinkeln ein von Backbord auf sie zusteuerndes Patrouillenboot der Wasserschutzpolizei.

»Jetzt keinen Mucks mehr, bis ich Entwarnung gebe«, mahnte sie der Unfreundliche noch einmal eindringlich, ehe er ihre Körper mit der Plane bedeckte. Schon im nächsten Moment ertönte das Kratzen und Fiepen eines Megaphons.

»Hier spricht die Polizei. Bitte stellen Sie den Motor ab. Wir kommen längsseits.«

Erik spürte, wie Hanna zu zittern begann. Sanft drückte er ihre Hand, um sie zu beruhigen, um sich selber zu beruhigen. Schließlich schlug auch sein Puls so heftig, dass ihm die Brust schmerzte. Er wusste, wenn nicht noch ein Wunder geschah, sie vermutlich jeden Moment auffliegen würden. Nein, er wollte nicht zurück ins Krankenhaus, schon gar nicht ins Gefängnis. Das aber würde ihm blühen, wenn sie ihn jetzt schnappten.

Durch eine kleine Öse in der Plane konnte er beobachten, wie sich das Polizeiboot näherte. Am Bug standen zwei bewaffnete Beamte.

»Kannst du was erkennen?«, flüsterte Hanna ängstlich und drückte seine Hand noch fester.

»Ja, kein Grund zur Panik«, beschwichtigte Erik. »Es handelt sich vermutlich nur um eine Routinekontrolle.« Im nächsten Moment wurde ihm jedoch klar, wie wenig glaubwürdig seine Aussage war.

»Nehmen Sie die Hände hinter den Kopf und bewegen Sie sich nicht von der Stelle!«, ertönte es vom Schiff gegenüber.

Ein Megaphon war diesmal zwar nicht im Einsatz, es klang dennoch bedrohlich nah und gefährlich, zumal Erik die Stimme zunächst nicht identifizieren konnte. Von den Beamten am Bug stammte sie nicht, das konnte er durch die schmale Öse erkennen. In ihrer Mimik zeigte sich keinerlei Regung. Allerdings hatten sie ihre Maschinengewehre inzwischen Richtung Kutter erhoben. Womöglich zielten sie auch auf ihre beiden Schleuser, die sich ebenfalls außerhalb seines Blickfeldes befanden. Eine zutiefst beunruhigende Situation. Auch verlangsamte sich das Geschehen durch den heftigen Adrenalinschub zu einer endlos scheinenden Zeitschleife.

»Ich komme jetzt zu Ihnen an Bord«, sagte die Stimme.

Erik spürte, wie sich das Boot für einen kurzen Moment leicht zur Seite neigte. Dann vernahm er sich nähernde Schritte auf den Holzplanken, die unmittelbar vor ihnen zum Stillstand kamen. Erik stockte der Atem. Bei Hanna verhielt es sich genau entgegengesetzt. Sie atmete so heftig, dass sie jeden Augenblick zu hyperventilieren drohte.

»Sie wissen schon, wie spät es ist?«, begann der unsichtbare Polizist das Verhör.

»Nein, tut mir leid. Wissen Sie's, Herr Wachtmeister?«, antwortete der Unfreundliche kess. Offenbar wollte er lustig sein und der spannungsgeladenen Situation die Brisanz nehmen.

Kein sonderlich geschicktes Vorgehen, wie Erik fand. Man hätte fast meinen können, er wollte ihre Verhaftung absichtlich provozieren. Ähnlich sah es offenbar auch der Ordnungshüter:

»Da will wohl jemand witzig sein. Wir können Sie auch gleich mit aufs Revier nehmen.«

»Verzeihung, aber mein Freund hat es sicher nicht böse gemeint«, versuchte der andere Kapuzenträger zu deeskalieren. »Natürlich wissen wir, wie spät es ist. Wir sind auf Aalfang.«

»Soso, auf Aalfang«, sagte der Beamte wenig überzeugt. »Dann wird Ihnen vermutlich auch bekannt sein, dass Sie für Nachtfahrten auf der Elbe einen Genehmigungsschein brauchen?«

»Aber natürlich, Herr Wachtmeister«, säuselte der Unfreundliche in speichelleckerischem Ton, als wäre er soeben mit Weihwasser kontaminiert worden. »Wir würden doch niemals die Sperrstunde missachten.«

»Dann haben Sie sicher auch nichts dagegen, mir Ihre Zulassungspapiere zu zeigen.«

»Selbstverständlich nicht. Wenn Sie mir gestatten, meine Arme runterzunehmen ...«

»Das lassen Sie schön bleiben. Es reicht, wenn Sie mir sagen, wo ich sie finde.«

Erik wurde heiß. Sein gesamter Körper krampfte sich vor Angst zusammen. Diese Dilettanten, dachte er. Sie hatten bestimmt keine Zulassungspapiere bei sich. Nun würde die ohnehin extrem angespannte Situation völlig aus dem Ruder laufen, möglicherweise sogar mit einem Schusswechsel enden. Vermutlich wäre es das Beste, sich umgehend zu erkennen zu geben. Lieber in den Knast, als auf diesem beschissenen Kahn zu krepieren. Doch wie sollte er es anstellen? Jede kleinste Bewegung unter der Plane hätte unweigerlich ihre sofortige Erschießung zur Folge gehabt. Dasselbe Schicksal würde sie ereilen, wenn er sich mit Worten bemerkbar machen würde.

Ausgerechnet jetzt fing auch noch seine Nase zu jucken an. Großartig! Mitten in diese aufgeheizte Stimmung hinein einen Nieser abzusetzen, käme ebenfalls einem Todesurteil gleich – als würde man ein brennendes Streichholz in eine Feuerwerksfabrik werfen.

Erik erinnerte sich an einen alten Trick aus der Kindheit: Mit der Zunge kräftig über den Gaumen fahren! Damit hatte er die heftigsten Niesattacken unter Kontrolle gebracht. Vielleicht würde es auch diesmal funktionieren.

Noch während er in seiner Mundhöhle herumzüngelte, sollte sich die Lage jedoch auch jenseits der Plane mutmaßlich entspannen.

»Linke Hosentasche hinten, in meinem Portemonnaie«, raunzte der Unfreundliche auf die noch immer im Raum stehende Frage nach den Zulassungspapieren.

»Na also, warum nicht gleich so«, lobte der Polizist zynisch, während er sich offenbar an der angesprochenen Gesäßtasche zu schaffen machte. Dann das Rascheln von Papier, gefolgt von einem Augenblick des Schweigens.

»Scheint in Ordnung zu sein«, murmelte der Beamte nach einer Weile, worauf seine emotionslosen Kollegen auf dem Boot gegenüber ihre Maschinengewehre wieder senkten. »Na dann, nichts für ungut!«, heuchelte er mit geschraubter Freundlichkeit, bevor seine polternden Schritte auf den Holzplanken seinen Rückzug ankündigten.

Um seiner Erleichterung Ausdruck zu verleihen, drückte Erik die Hand seiner Schwiegertochter. Eine Geste des Triumphes, welche sie sofort erwiderte. Die gemeinsam geteilte Freude über ihre Nichtentdeckung währte allerdings nur kurz.

»Und hier unter der Plane lagern vermutlich die Fangnetze?!«

Erik zuckte zusammen. Offenbar befand sich der Polizist noch immer auf dem Boot.

»Exakt«, bestätigte der Unfreundliche die Annahme des Gesetzeshüters. »Wollen Sie die Netze sehen? Sind ein paar echte Schmuckstücke dabei. Ich zeige sie Ihnen gerne ...«

Hatte er jetzt völlig den Verstand verloren? Sie einem derartigen Risiko auszusetzen, war nicht nur grob fahrlässig, sondern auch extrem gefährlich. Natürlich begriff Erik sofort, was der Kapuzenträger beabsichtigte: durch eine offensive Nichts-zu-verbergen-Strategie von jeglichem Verdacht ablenken.

»Wenn Sie gestatten, werde ich lieber selber nachschauen«, sagte der Beamte unbeirrt.

Sie waren geliefert, sie alle zusammen. Dass es in allerletzter Sekunde doch noch anders kam, darf mit Fug und Recht als großes Wunder bezeichnet werden.

Erik konnte die Hand des Polizisten bereits auf der Plane spüren, wie sie nach einer Öffnung suchend an seinem Bein entlangfuhr. Dann vernahm er plötzlich ein sich näherndes Motorengeräusch. Es wurde lauter und lauter, schwoll zu einem ohrenbetäubenden Knattern an, bis es langsam wieder verebbte. Ganz offenbar stammte es von einem Schnellboot, das in hoher Geschwindigkeit an ihnen vorbeigerast war. Dafür sprach auch der heftige Wellengang, der kurz darauf einsetzte und den alten Fischkutter mächtig ins Schwanken brachte.

Offenbar gab es für die Polizisten nun erstmal Wichtigeres, als das Aufspüren vermeintlicher Schmugglerware. Schlagartig setzte auf dem Boot gegenüber hektische Betriebsamkeit ein.

Die noch bis eben strammstehenden Beamten hatten inzwischen ihre angestammten Posten verlassen und liefen nun wie aufgescheuchte Hühner auf dem Bootsdeck umher. Dazu lautes Stimmengewirr und das grelle Licht eines aufflammenden Suchscheinwerfers, welcher kreisend über das dunkle Elbwasser wanderte.

Auch der eifrige Chefermittler hatte sich unterdessen wieder nach drüben begeben. Seine laute, alles durchdringende Stimme war deutlich herauszuhören. »Sofort die Motoren an und volle Fahrt voraus!«, rief er im barschen Befehlston seinen Kollegen zu, worauf sich das Polizeiboot in Bewegung setzte und schließlich mit aufheulendem Martinshorn von dannen brauste.

»Das war knapp«, stellte der Unfreundliche fest.

»Das kannst du laut sagen«, bestätigte sein Kumpel. »Nächstes Mal solltest du mir das Reden überlassen.«

Eine Ansicht, die Erik durchaus teilte. Es hätte nicht viel gefehlt und sie wären allesamt im Gefängnis gelandet. Normalerweise Grund genug, sich den Unfreundlichen nochmal vorzuknöpfen und ihn für sein fahrlässiges Verhalten zur Rechenschaft zu ziehen. Erik sah jedoch davon ab. Zum einen wäre ja doch keine Einsicht zu erwarten und zum anderen fühlte er sich nach der ganzen Aufregung viel zu erschöpft, um sich auf einen fruchtlosen Streit einzulassen. Außerdem gab es noch etwas anderes, das dringend einer Klärung bedurfte. Etwas, das ihn bereits zu Beginn ihrer Überfahrt beschäftigte und sich nun – nach der unfreiwilligen Zwangspause – mit aller Vehemenz zurückmeldete.

Sie hatten gerade erst am Pier des Bubendey-Ufers festgemacht, als Erik seinen Kopf unter der Plane hervorschob und sich mit flehendem Blick an die beiden Schleuser wandte: »Könnt ihr mir sagen, wer der amtierende Hamburger Stadtmeister ist?«

Statt jedoch eine Antwort zu erhalten, sah er in zwei fassungslose Gesichter. Offenbar hielten sie ihn für übergeschnappt. Und auch Hanna, die kurz nach ihm unter der Plane hervorkroch, schaute irritiert.

»Du redest von Fußball, oder?«, vergewisserte sich der Unfreundliche und schlug dabei einen Tonfall an, den man gemeinhin im Umgang mit Zwangsverwahrten verwendete.

»Natürlich Fußball, was denn sonst?«, unterstrich Erik die Ernsthaftigkeit seines Anliegens, was offenbar Wirkung zeigte.

Mit ihrem angedeuteten, synchronen Nicken signalisierten die Kapuzenträger, dass sie seine Frage zumindest inhaltlich verstanden hatten. Anstatt jedoch darauf zu antworten, verfielen sie in sichtbare Nachdenklichkeit und runzelten die Stirn.

Erik war verwundert, dass seine Frage ein solches Kopfzerbrechen verursachte. So schwer war sie doch wirklich nicht zu beantworten – zumindest nicht für Fußballkenner. Und dass es sich bei ihnen um solche handelte, dafür sprachen zumindest die Devotionalien, mit denen sie ihre leicht gedrungenen Oberkörper verhüllten. Oder trugen sie den Totenkopf eventuell nur aus Prestigegründen? Von diesen sogenannten Pseudofans hatte es schon immer eine Menge gegeben, auch zu Eriks aktiven Pauli-Zeiten.

Umso erstaunlicher, dass es nicht etwa einer der Jungs, sondern Hanna war, die schließlich Licht ins fußballerische Dunkel brachte: »USC Paloma!«, brach es unverblümt aus ihr heraus, was die beiden Kapuzenträger umgehend mit erleichtertem Kopfnicken bestätigten.

Eine für Erik gleichsam überraschende wie ernüchternde Offenbarung. »Paloma«, wiederholte er seufzend. Dieses Virus schien wirklich vor nichts zurückzuschrecken. Selbst den Fußball hatte es zur Bedeutungslosigkeit verkommen lassen. Ein weiterer Beweis dafür, wie sehr die Welt aus den Fugen geraten war.

Im Untergrund

Ein Schwarm Nachtvögel rauschte im Tiefflug über sie hinweg. Erik blickte auf, sah aber nur Dunkelheit. Dasselbe nächtliche Schwarz, das sie bereits den ganzen Weg begleitet hatte. Kein Mond, keine Sterne, selbst Wolken waren nicht zu sehen. Er hätte nie geglaubt, dass es in einer Großstadt wie Hamburg Orte gab, die so dunkel sein konnten. Ohne Taschenlampe wären sie aufgeschmissen gewesen, hätten auf dem unwegsamen, mit Schutt und Geröll übersäten Gelände nicht einen Fuß vor den anderen setzen können. So aber verhinderte das huschende Licht der Taschenlampe, dass man zu Fall kam.

Schritt für Schritt tasteten sie sich im Gänsemarsch durch die Dunkelheit. Die beiden Kapuzenträger voneweg, Hanna in der Mitte, während Erik die Nachhut bildete. Anders wäre es auf dem schmalen Weg nicht möglich gewesen. Eigentlich war es auch kein richtiger Weg, eher ein kaum erkennbarer Trampelpfad – morastig, steinig und von Unkraut überwuchert. Endlos schlängelte er sich dahin.

Mehr als eine halbe Stunde liefen sie nun schon durch diesen verwaisten Teil des Hafens. Vorbei an klobigen, teilweise durchgerosteten Containerwänden, verlassenen Baracken und Klinkersteinmauern, bei denen es sich offenbar um die Überreste alter Lagerhallen handelte. Seine Hoffnung, dass es nach der nervenaufreibenden Überfahrt etwas gemächlicher und weniger anstrengend zugehen würde, sollte sich nicht erfüllen. Stattdessen stemmte er sich gegen den unsichtbaren Dämon, der ihn nach dem kräftezehrenden Tag zu Boden drücken wollte. Doch auch wenn seine Beine zunehmend schwerer wurden und das Atmen sich anfühlte, als würde ein unsichtbares Gewicht auf seiner Brust liegen, er hielt durch – noch jedenfalls.

Vielleicht war es ja sein paranoider Instinkt, der seine Ausdauer begründete. Schon unmittelbar nachdem sie an Land gegangen waren, beschlich ihn das beklemmende Gefühl, verfolgt zu werden. Zunächst hatte er noch versucht, dieses Gefühl zu ignorieren, es auf seine Müdigkeit zu schieben. Nachdem er jedoch zum dritten Mal ein Rascheln hinter sich gehört hatte, bestand für ihn kein Zweifel mehr, dass sie von irgendetwas belauert wurden. Etwas, das unsichtbar war, aber sehr wohl existierte.

Immer wieder hielt er inne und sah sich nervös um. Doch da war nichts – nur Dunkelheit und seine wirren Gedanken, die unaufhaltsam durch die Stille drangen.

Seinen Begleitern schien es ähnlich zu gehen, auch wenn es keiner von ihnen aussprach. Aber genau dieses beharrliche Schweigen war es, was sie letztlich entlarvte.

Insofern versuchte Erik erst gar nicht, diese Lautlosigkeit zu durchbrechen. Sie würden schon wissen, wann es angebracht war, die Klappe zu halten, zumal sie im Abschütteln vermeintlicher Verfolger deutlich mehr Erfahrung hatten als er.

Doch auch wenn er sich der kommunikativen Enthaltsamkeit seiner Vorderleute anpasste, änderte es nichts daran, dass er sich zutiefst unwohl in seiner Haut fühlte. Ein Umstand, der allerdings nicht seinem Verfolgungswahn allein geschuldet war. Auch der Gedanke an das bevorstehende Treffen mit seinem Sohn bereitete ihm Unbehagen. Einerseits konnte er es kaum erwarten, doch ein nicht unerheblicher Teil in ihm fürchtete sich auch vor dieser Begegnung. Wie würde Ben reagieren, wenn sie sich plötzlich gegenüberstanden? Wie würde er selbst reagieren?

Es gab so viel Ungeklärtes, so viele offene Fragen. Vermutlich würden sie wie ein tiefer Spalt zwischen ihnen klaffen. Um eine Brücke zu schlagen, brauchte es daher zufriedenstellende Antworten. Das wiederum setzte voraus, dass sich sein löchriger Kopf erinnerte, was genau zwischen ihnen vorgefallen war. Ansonsten dürfte es schwer werden, zu einem unbelasteten Umgang zurückzufinden. Ein Zustand, den es offenbar einmal gab. Darauf deuteten zumindest die fröhlichen Gesichter auf dem Foto hin, das er bei sich trug.

Die Frage war jedoch nicht nur, ob eine Versöhnung hypothetisch möglich wäre, sondern auch, ob Ben diese überhaupt wollte. Denn bei allem, was Erik ihm vermeintlich angetan hatte, mehr als sich dafür zu entschuldigen, konnte er nicht. Ansonsten aber war er zur Passivität gezwungen und musste darauf hoffen, dass Ben die ihm entgegengestreckte Hand nicht ignorieren würde.

Auf keinen Fall aber wollte sich Erik bei ihrem ersten Wiedersehen in belanglosem Geschwafel oder fadenscheinigen Ausflüchten verlieren. Aber was sollte man jemandem sagen, der zwar augenscheinlich in enger verwandtschaftlicher Beziehung zu einem stand, von dem man ansonsten aber nur wusste, dass er Widerstandskämpfer und verheiratet war. Es hätte genauso gut ein völlig Fremder sein können. Und dennoch setzte Erik all seine Hoffnung in ihn – darauf, dass seine Erinnerungen zurückkehren würden, sobald er ihm gegenüberstand. Schließlich war die direkte Konfrontation mit Menschen oder Gegenständen aus der Vergangenheit eine bewährte Therapiemethode bei Patienten mit Amnesie. Das wusste er von seiner Psychologin Miriam Holtkamp.

Ursprünglich war geplant gewesen, dieses Verfahren auch bei Erik anzuwenden, was allerdings schlichtweg daran scheiterte, dass es niemanden gab, der für ein entsprechendes Experiment zur Verfügung gestanden hätte. Und erinnerungsträchtige Gegenstände waren bekanntlich ebenfalls keine vorhanden, zumindest nicht im Krankenhaus.

Mit Ben aber würde er auf jemanden treffen, der zweifellos eine bedeutende, wenn nicht sogar die bedeutendste Rolle in seinem früheren Leben gespielt haben dürfte. Wer, wenn nicht er, wäre daher besser geeignet, das väterliche Erinnerungsvermögen wachzurütteln. Gewiss, ähnliche Hoffnungen hatte Erik auch schon bei seiner Villa gehegt, aber der eigene Sohn dürfte in seinem Gedächtnis weitaus tiefere Spuren hinterlassen haben als ein lebloses Gebilde aus Stein und Mörtel.

Mitten in seine Überlegungen hinein blitzte plötzlich vor ihnen dreimal kurz das Licht einer Taschenlampe auf. Während Erik sich sofort in höchster Alarmbereitschaft befand, schienen seine Wegbegleiter das sonderbare Lichtspiel eher gelassen aufzunehmen. Sie wirkten sogar regelrecht erleichtert, worauf auch ihr kollektives Aufatmen schließen ließ. Klar, dass Erik zunächst irritiert war. Als der Unfreundliche jedoch kurz darauf ebenfalls drei Lichtblitze absetzte, begriff er allmählich, dass es sich dabei offenbar um ein verabredetes Zeichen handelte.

Und tatsächlich, im nächsten Moment sollte sich die Silhouette einer männlichen Gestalt aus der Dunkelheit schälen. Erik überkam ein flaues Gefühl. Seine Vorahnung, dass es sich um seinen Sohn handeln würde, sollte ihn nicht trügen. Das Licht der Taschenlampe fing zwar nur seine Konturen ein, aber es handelte sich eindeutig um einem schlanken jungen Mann – einer mit schulterlangem Haar und einem nach oben ragenden Hipster-Zopf. Als dieser Hanna dann auch noch liebevoll umarmte, war die Sache klar.

Das mulmige Gefühl in seinem Bauch wurde stärker. Fast schien es, als bohrte sich eine riesige Hand in seinen Körper. Auch war sich Erik plötzlich nicht mehr sicher, ob es richtig war, Ben derart zu überfallen. Ganz ohne Vorwarnung und ohne ihm die geringste Chance zu geben, seine Bedenken zu äußern. Zwar war es Hanna, die das Treffen letztlich in die Wege geleitet hatte, aber Erik wäre durchaus in der Lage gewesen, sich noch ein paar Tage zu geduld en, zumal es zweifellos würdigere Orte für ein Wiedersehen gab als diese düstere, trostlose Kulisse.

Entsprechend kühl fiel auch Bens Begrüßung aus. »Du bist also tatsächlich aufgewacht«, bemerkte er trocken, während er Erik mit der Taschenlampe ins Gesicht leuchtete. Ansonsten kein weiteres Wort, keine Umarmung, kein Schulterklopfen, nicht mal ein formelles Händeschütteln. Deutlicher hätte er seine Abneigung nicht zum Ausdruck bringen können. Auch wandte er sich sogleich wieder von Erik ab, um sich an die Spitze des Trosses zu begeben. »Na dann mal los, Leute«, befahl er flüsternd und richtete seine Taschenlampe nach unten auf den Pfad, während er sich in Bewegung setzte.

Erik war bedient, regelrecht fassungslos. Dass sie bei ihrem Wiedersehen keine Wangenküsse austauschen würden, davon war auszugehen. Aber mit einer derart harschen Abfuhr hatte er nicht gerechnet. Auch spürte er, wie eine ohnmächtige Wut in ihm aufstieg. Ganz egal, ob er sein Sohn war und welche Verletzungen dieser mit sich herumtrug, das rechtfertigte noch lange nicht ein derart respektloses Verhalten. Seine Hoffnung auf eine schnelle Versöhnung hatte sich jedenfalls zerschlagen. So war es immer mit seinen Hoffnungen, seit er aus dem Koma erwacht war. Sie zerbröselten allesamt wie schlecht angemischter Mörtel.

Am liebsten hätte sich Erik auf der Stelle umgedreht und aus dem Staub gemacht. Aber diese Blöße durfte er sich nicht geben. Wenigstens einmal wollte er seinem Sohn in die Augen geschaut haben. Denn auch das war ihm während der kurzen Begegnung verwehrt geblieben. Mal davon abgesehen, wohin hätte er auch gehen sollen? Zurück in die Villa? Ins Krankenhaus? Wohl kaum. Wenn überhaupt, dann zu Kaja, aber dazu musste er zunächst herausfinden, wo sie sich aufhielt. Ohnehin waren diese Gedanken wenig zielführend. Er würde ja doch nicht ohne fremde Hilfe zurück ans andere Elbufer gelangen. Außerdem war sein Akku nach dem anstrengenden Tag derart leer, dass er sich nicht vorstellen konnte, noch weiter stundenlang in der Gegend herumzulaufen. Etwas mürrisch und mit etwas Abstand folgte er Ben und den anderen in die Finsternis.

Sie waren noch nicht weit gegangen, als Ben seine Taschenlampe plötzlich auf eine verwitterte, von Pflanzen überwucherte Backsteinmauer richtete. Darin eingelassen ein großes, rostiges Gittertor, das mit Eisenkette und Vorhängeschloss gesichert war. »Büsing-Werft« prangte darüber in verblichenen Lettern. Fast schien es, als würden sie im Licht der Taschenlampe grünlich fluoreszieren, was offenbar daran lag, dass die Inschrift teilweise mit Moos bedeckt war. In der Nähe des Tores, ein eilig in den Boden gerammtes Schild mit der Aufschrift: »Privatgelände – Betreten für Unbefugte verboten!«

Ben schien sich von der Drohung jedoch nicht abschrecken zu lassen. Blitzschnell hatte er Schloss und Kette vom Tor entfernt, wobei er sorgfältig darauf achtete, dass das Metall nicht zu laut klirrte. Erik war beeindruckt, wie routiniert sein Sohn dabei zu Werke ging. Erst mit etwas Verzögerung wurde ihm klar, dass die zusätzliche Schutzvorrichtung ausschließlich Tarnungszwecken dienen sollte, sie vermutlich sogar von Ben und seinen Leuten selber angebracht worden war. So kamen beim Öffnen weder Schlüssel noch das obligatorische Brecheisen zum Einsatz. Dabei hätte es so viel Absicherung gar nicht bedurft. Das massive Eisengitter wirkte auch so kaum überwindbar. Ben musste sich schon mit seinem ganzen Gewicht dagegenstemmen, um die Torflügel wenigstens ein Stück weit nach vorn zu schieben.

Als die Öffnung breit genug war, forderte er die anderen auf, nacheinander an ihm vorbei durchzuschlüpfen. Hanna, der er inzwischen die Taschenlampe übergeben hatte, machte den Anfang – auch damit sie den anderen leuchten konnte. Das gab Erik Gelegenheit, Ben ins Gesicht zu blicken, was ihn sogleich zusammenzucken ließ.

Die flammenden braunen Augen, das entschlossen aus der Stirn zurückgestrichene dunkle Haar und das markante Kinn – ja, er kannte das Gesicht. Allerdings war es nicht das, welches er sich in seinen verklärten Gedanken erhofft hatte und ihm seine verschütteten Erinnerungen zurückbrachte. Ja, er kannte es, dennoch fehlte ihm zunächst eine Inspiration, wo er das ihm vage vertraute Gesicht einordnen sollte. Er wusste nur, dass es ihn an jemanden erinnerte, dem er in letzter Zeit begegnet war – nach seinem Erwachen aus dem Koma.

Erik ärgerte sich, dass ihn nun auch noch sein Kurzzeitgedächtnis im Stich zu lassen schien. In seinem Kopf war es schon dunkel genug. Er brauchte jetzt nicht auch noch Alzheimer. Ohnehin fühlte er sich die meiste Zeit wie ein durchs Weltall treibender Astronaut – Lichtjahre von der Erde entfernt. Es gab kein Oben und kein Unten, nur ein ständiges Rotieren, in welchem sich Fiktion und Wirklichkeit zu einem zähen Brei aus vagen Vermutungen vermischten. Lediglich die Erlebnisse der jüngeren Vergangenheit vermittelten etwas Bodenhaftung, gaben ihm eine Art Orientierung. Sollten sich allerdings auch diese als Augenwischerei herausstellen, dann blieb ihm gar nichts mehr. In diesem Fall wäre er endgültig zu einer inhaltslosen Hülle verkommen, einem leeren Kokon.

Wie im Zeitraffer rasten die vergangenen Tage durch seinen Kopf. Zu seiner Beruhigung ließ sich das meiste davon problemlos rekonstruieren: seine Flucht aus dem Krankenhaus, die abenteuerlichen Erlebnisse in der Sperrzone, seine erste Nacht in Freiheit und die alte Villa. Warum, zum Teufel, konnte er sich dann nicht erinnern, wo er seinem Sohn begegnet war?

»Komm schon, schlüpf durch«, ächzte Ben, der seinen Rücken noch immer gegen das schwere Eingangstor presste.

Erik folgte der Aufforderung, wobei er Schwierigkeiten hatte, seinen ungelenken Körper durch die schmale Öffnung zu hieven. Für die letzten Zentimeter bedurfte er daher eines nachhelfenden Stoßes seines Sohnes.

»Nicht so grob«, zischte Erik genervt, was Ben jedoch nicht zu interessieren schien. Nachdem dieser sich ebenfalls durch die Toröffnung gezwängt hatte, galt die volle Konzentration der Wiederanbringung von Vorhängeschloss und Eisenkette. Eine echte Friemelarbeit, die einiges an Gefluche nach sich zog.

Erik nutzte den Moment, um sich umzusehen. Die großen leeren Gebäude und längs zur Elbe liegenden Trockendocks wirkten wie reglose Schattengestalten. Dahinter in der Ferne, auf der anderen Uferseite, leuchteten die rötlichen Lichter der Sankt Pauli Landungsbrücken. Was für ein erhabener Anblick, dachte Erik, auch wenn er diesen nur kurz genießen konnte, da Ben bereits zum Weitergehen drängte.

Nachdem sie mehrere Schutthaufen umrundet hatten, tauchten sie in eine alte Werfthalle ein, deren Eingang von einem riesigen Berg aus Paletten und verbeulten Fässern verdeckt wurde. Wirklich erstaunlich, dass es in der Peripherie Hamburgs derart verwaiste Orte gab. Orte, die offenbar niemanden mehr zu interessieren schienen und die man einfach vor sich hin verrotten ließ. Gewiss, für Ben und seine Männer war es das ideale Versteck, aber unter städteplanerischen Gesichtspunkten konnte man darüber nur den Kopf schütteln.

Hier jedenfalls standen die Räder schon lange still. Alles wirkte total vermodert, als wäre die Halle seit Ewigkeiten nicht mehr betreten worden. Ungehindert strömte das einfallende Mondlicht durch die zerborstenen Fenster und den teilweise abgedeckten Dachstuhl in die Halle, welche schutzlos wie ein geöffneter Brustkorb vor ihnen lag und sich ihrer Verwahrlosung schämte.

Bis zum Boden reichten die silbernen Strahlen des kosmischen Erdbegleiters. Dort hinterließen sie nicht nur vertikale Lichtschneisen, sondern brachten auch Jahrzehnte alten Staub zum Vorschein, der bei jedem ihrer Schritte tanzend durch die Luft wirbelte. Zudem war der Boden mit Glasscherben übersät, was es erforderlich machte, sich sehr behutsam durch die Halle zu bewegen. Dennoch knirscht es immer wieder bedrohlich unter ihren Sohlen.

Schließlich erreichten sie das hintere Ende des Gebäudes, wo eine verrottete Motorjacht schief zwischen verrosteten Metallträgern aufgebockt war. Man sah ihr an, dass sie früher einmal prunkvoll gewesen sein musste – eine von jenen Luxuskuttern, in denen die Vergnügungssüchtigen aus Nienstedten an schönen Sommertagen zwischen den Elbufern hin- und her geschippert waren. Vermutlich hatte auch Erik einst zu diesem erhabenen Kreis gehört. Es lag zumindest nahe, dass er sich als Investmentbanker gelegentlich mit entsprechenden Freizeit-Events hatte korrumpieren lassen.

»Da staunst du, was?«, lachte Ben zynisch. »Alles ganz schön runter hier. Für einen Krawattenfuzzi wie dich muss das ein ziemlicher Schock sein.«

»Ich habe in den letzten Tagen schon Schlimmeres gesehen«, antwortete Erik gelassen. »Dass ihr nicht im Hotel Vier Jahreszeiten residieren würdet, war mir schon klar.«

Ben schenkte ihm ein süffisantes Lächeln, was Erik durchaus als kleinen Fortschritt wertete. Überhaupt wirkte sein Sohn inzwischen etwas gelöster als bei ihrer unterkühlten Begrüßung. Zwar ließen seine Worte auch weiterhin jede Herzlichkeit vermissen, insgesamt aber hatte Erik den Eindruck, dass die Vorzeichen für eine Annäherung gar nicht so schlecht standen. Immerhin suchte sein Sohn zumindest das Gespräch mit ihm.

»Nein, ein Luxushotel ist es ganz bestimmt nicht«, nahm Ben das Gespräch wieder auf, während er Erik durch eine schmale Eisentür ins Freie schob. »Aber etwas mehr Komfort als diese kalte, stinkige Halle kann ich dir dann doch bieten.« Er deutete mit seiner Taschenlampe

auf ein weiteres Gebäude, das sich direkt hinter der Werfthalle in nächtlich-trübem Dunkelgrau erstreckte.

Erik vermutete, dass es sich bei dem zweigeschossigen
Klinkerbau um das frühere Verwaltungsgebäude handelte. Zwar war auch dieses frei von jeglicher Eleganz,
aber im Vergleich zur alten Werfthalle verfügte es zumindest über ein intaktes Dach und unversehrte Fenster.

Kein übles Versteck, zumal es von nirgendwo einzuse-
hen war: Links floss mit etwas Abstand und von dichten
Weiden geschützt die Elbe – rechts, hinter der Gebäude-
rückfront, erhob sich eine bestimmt zehn Meter hohe Backsteinmauer. Insofern blieb tatsächlich nur der Weg durch
die Halle, um sich dem Gebäude zu nähern. Dazu musste
man jedoch wissen, dass es überhaupt existierte. Hätte Ben
ihn nicht vorher darauf aufmerksam gemacht, wäre es ihm
vermutlich nicht mal aufgefallen.

Deutlich interessanter waren die Verrottungsprozesse,
die sich vor dem Gebäude im Mondlicht offenbarten: Meterhoch stand dort das Gras; ein mindestens zwanzig Jahre
alter LKW samt Anhänger verrostete; ausrangierte Kisten
und zerschlissene Seile dümpelten vor sich hin und aus einem ausgeschlachteten Ford Taunus quoll Unrat. Ein Ort,
wo sich allenfalls Ratten wohlfühlten und man sich nicht
länger als nötig aufhielt.

Es war tatsächlich der perfekte Unterschlupf – nicht nur
das Schattengebäude, sondern das gesamte Werftgelände.
Niemand würde auf die Idee kommen, dass sich hier noch
Menschen tummelten. Insofern hafteten allenfalls den
deutlich wahrnehmbaren Urin- und Fäkalgerüchen etwas
Verräterisches an. Aber irgendwo musste man schließlich
seine Notdurft verrichten.

Ben richtete seine Taschenlampe erneut auf das Gebäude und feuerte drei kurze Lichtsignale ab. Die Antwort folgte prompt: ebenfalls dreimaliges Blitzen aus einem der Fenster, nur diesmal in grün. Im selben Moment öffnete sich die Eingangstür und ein hagerer Mann um die vierzig trat hinaus. Er sah aus wie ein Guerilla-Kämpfer zu Zeiten der Franco-Diktatur: Baskenmütze, weißes Hemd, dichter Bart, Zigarillo im Mundwinkel. Dazu baumelte mit einer unglaublichen Lässigkeit ein Maschinengewehr um seine Schulter.

»Ist er das?«, wollte er von Ben wissen und deutete auf Erik.

»Ja, das ist er.«

»So schlimm sieht er doch gar nicht aus, jedenfalls nicht wie ein Fünf-Sterne-Kapitalist.«

Erik war erneut fassungslos. Wie sehr musste Ben ihn hassen, wenn er sich vor anderen so despektierlich über ihn geäußert hatte. Dennoch ließ er sich seine Enttäuschung nicht anmerken, sondern gab sich schlagfertig. »Wieviel Sterne habe ich denn eurer Meinung nach verdient? Zwei? Vier?«

»Sieh an, mein alter Herr will lustig sein«, entgegnete Ben zynisch.

»Willst du etwa behaupten, dass ich humorlos bin?«, fragte Erik gereizt.

»Korrekt, aber das ist ja fast noch eine deiner harmlosesten Eigenschaften«, antwortete Ben höhnisch, von schlechtem Gewissen noch immer keine Spur.

»Der Möchtegern-Robin Hood aus Finkenwerder muss es ja wissen.«

Noch bevor Ben zum erneuten Gegenschlag ausholen konnte, mischte sich Hanna ein: »Schluss jetzt. Ihr habt euch so lange nicht gesehen und haut euch gleich die Köpfe ein.«

»An mir soll's nicht liegen, aber ein wenig mehr Respekt wäre durchaus angebracht«, sagte Erik, ohne seinem Sohn weitere Beachtung zu schenken.

»Schade, dass dich das Koma offenbar so gar nicht verändert hat«, ließ dieser seinen Vater wissen, um sich sogleich Hanna zuzuwenden: »Ich habe dir ja gesagt, dass es nichts bringt.«

»Ihr gebt jetzt sofort Ruhe, beide!«, befahl diese streng. »Wenn ihr euch die Fresse polieren wollt, könnt ihr das gerne tun, nur bitte ohne Publikum. Ich habe jedenfalls keine Lust, mir noch länger eure albernen Streitereien anzuhören. Als hättet ihr euch nach der langen Zeit nichts Wichtigeres zu sagen ...«

Während Hanna im Haus verschwand, blieben die beiden Männer sprachlos zurück. Keine Frage, die kurze Brandrede hatte Eindruck hinterlassen. Erstaunlich, wie machtgebietend und autoritär Hanna sein konnte. Ihre Stimme klang so scharf, so schneidend, dass Erik für einen Augenblick dachte, Frau Müller-Rommelsheim hätte von ihr Besitz ergriffen. Wie wenig souverän wirkte dagegen die Sprechweise ihres Gatten, vermutlich aber auch seine eigene. Eine Mischung aus Renitenz und Gereiztheit, wie man sie bisweilen von aufgebrachten Halbstarken kannte – ähnlich jener, die sich gestern an der Krugkoppelbrücke das Scharmützel mit der Polizei geliefert hatten ...

Mitten in seinen Gedanken stockte er plötzlich. Fast apathisch sah er Ben nach, wie dieser sich langsam auf das

Haus zubewegte. Natürlich, die Krugkoppelbrücke! Es gab keinen Zweifel. Der sich dort auf so beeindruckende Weise gegen die Staatsgewalt auflehnende junge Mann, das war Ben gewesen. Der vorwurfsvolle Ton in seiner Stimme, das rebellisch anmutende, flaumige Jonny-Depp-Bärtchen, die zornigen Stirnfalten – alles Attribute mit hohem Wiedererkennungswert. Umso erstaunlicher, dass er nicht schon früher darauf gekommen war.

Gewiss, lieber wäre es ihm gewesen, wenn sich anstatt der Gegenwart Bilder ihrer Vergangenheit in seinem Kopf gezeigt hätten. Bilder aus dem Familienalbum: gemeinsames Strandburgen bauen an der Ostsee, Herumalbern im Garten, Radtouren durchs Alte Land. Bilder, in denen sich Ben eindeutig als sein Sohn zu erkennen geben würde. Aber offenbar waren ihm derart erhellende Momente noch immer nicht vergönnt. Immerhin aber wusste er jetzt, dass sein Kurzzeitgedächtnis noch funktionierte, wenngleich es auch ein wenig stotterte.

Natürlich drängte sich die Frage auf, warum sich Ben einen Tag nach seiner Inhaftierung schon wieder auf freiem Fuß befand. Mit einem schweren Panzerwagen hatten man ihn und seine Freunde abtransportiert – vermutlich nicht, um sie an der nächsten Straßenecke wieder aussteigen zu lassen. Sie mussten unterwegs geflohen oder befreit worden sein. Anders war das nicht zu erklären.

Gern würde er Ben dazu befragen. Allerdings war dies wohl kaum der richtige Augenblick. Erik würde sich daher noch etwas gedulden müssen. Dennoch behielt er sich vor, das Thema bei nächster Gelegenheit noch einmal aufzugreifen.

Jetzt aber sehnte er sich erstmal nach etwas Ruhe. Noch einmal richtete er seinen Blick auf den Mond: eine fast kreisrunde, silbern gleißende Scheibe. Dann verschwand auch er im Haus.

Unter Anklage

Erik stand am offenen Fenster und blies Rauchkreise in die Nacht. Er hatte bestimmt eine Ewigkeit nicht mehr geraucht, jetzt aber half ihm das Nikotin, sein erregtes Gemüt zu beruhigen. Immerhin zum Kippen schnorren taugte der unfreundliche Kapuzenträger.

Zuvor hatte sich Erik zum wiederholten Male bemüht, mit seinem Sohn ins Gespräch zu kommen. Konsequent blockte dieser allerdings jeden Aussöhnungsversuch ab. Ein höchst pubertäres Verhalten, das offenbar auch bei seiner zahlreich anwesenden Entourage für Verwunderung sorgte.

Auch später, als alle noch in ritualisierter Geselligkeit zusammensaßen, war an Ben kein Rankommen. Er blieb verschlossen wie eine Auster, trat kommunikativ höchstens in Erscheinung, um sich tuschelnd mit Hanna auszutauschen. Dennoch konnte man den Schmerz förmlich spüren, der auf seiner Seele lastete. Ein Schmerz, der wie eine unsichtbare Mauer zwischen ihnen stand. Doch was auch immer es war, womit er sich herumquälte, er wollte es nicht preisgeben, jedenfalls nicht seinem Vater. Warum er ihn dann allerdings eingeladen hatte, blieb Erik schleierhaft. Er hätte Hanna doch auch einfach sagen können, dass er keinen Kontakt mehr zu ihm haben wollte. Stattdessen saß er in seinem selbst erschaffenen Käfig und spielte den Beleidigten.

Immerhin hatte Erik ein eigenes Zimmer bekommen. Es war zwar winzig und nur mit einer schmalen Schaumstoffmatratze ausgestattet, aber nach dem kräftezehrenden Tag bot es ihm zumindest einen Ort des Rückzugs.

Dabei war es nicht allein sein erschöpfter Körper, der dringend eine Pause benötigte. Auch die Leute hier gingen ihm auf die Nerven. Eine Horde gewaltbereiter Halbstarker, die sich verschwörerisch »Rote Hand« nannten. Zwar hatten sie sich vermeintlich der richtigen Sache verschrieben – die Auflehnung gegen ein totalitäres Regime war per se ja nichts Schlechtes – mit ihren verbohrten Ideologien und Verschwörungsmythen konnte Erik jedoch wenig anfangen. Von daher hatte er sich bereits früh in sein nächtliches Domizil verabschiedet.

Erik nahm einen weiteren Zug seiner Zigarette und lauschte dem zarten Prasseln der Regentropfen. Beides zeigte offenbar Wirkung. Er merkte, wie er tatsächlich ruhiger wurde und der letzte Rest Anspannung aus seinem Körper wich. Ja, es tat gut, alleine zu sein und nichts als Stille einzuatmen. Eine Stille, die nur ab und zu von den entfernten Geräuschen umtriebiger Kranmaschinen unterbrochen wurde. Ein vertrautes Geräusch, genauso wie das sich ebenfalls dumpf durch die Nacht grabende Verladedonnern. Beides erinnerte ihn an seine Studienzeit.

Damals lebte er mit zwei durchgeknallten Informatikstudenten in einer Wohngemeinschaft am Fischmarkt. Es waren genau jene Geräusche, die ihn behutsam in den Schlaf gewiegt hatten und am nächsten Morgen erwachen ließen. Eine wilde Zeit, an die er sich erstaunlicherweise nahezu lückenlos erinnern konnte. Dabei war gerade diese Lebensepoche von heftigsten Exzessen geprägt.

Beispielsweise wusste er noch genau, wie sich die Raufasertapete hinter seinem Bett anfühlte, an der er sich puhlend vor dem Einschlafen verging. Auch an den abgestandenen Geruch des Treppenhauses konnte er sich erinnern. Diese typischen Ausdünstungen ungepflegter Nerds, deren Odeur nicht nur die eigene Wohnung, sondern das gesamte Haus in Beschlag nahm.

Mit ähnlich unangenehmen Gerüchen wurde er auch jetzt konfrontiert. Der Gestank der Matratze, auf die er sich zum Schlafen gelegt hatte, war kaum auszuhalten. Dabei hatte er sich schon sein Sakko unter den Kopf gelegt. Doch gegen das Gemisch aus Muff, Alkohol und kaltem Rauch war einfach kein Ankommen. Gleichwohl wusste er, dass es keine Alternative gab. Ähnlich wie schon in der letzten Nacht grub er daher Mund und Nase tief in seine Hände, was zumindest geringfügig zu einer olfaktorischen Verbesserung führte. Bald darauf sollte er tatsächlich wegdämmern. Sein Schlaf währte jedoch nur kurz.

»Bist du noch wach?«, hörte er eine flüsternde Stimme fragen, während helle Blitze vor seinen Augen explodierten. Sie stammten von einer Taschenlampe, die auf sein Gesicht gerichtet war. Noch leicht benebelt richtete er sich auf. Vor ihm zeichnete sich die Silhouette seines Sohnes ab.

»Ich wollte nur schauen, ob alles okay bei dir ist«, sagte Ben und setzte sich im Schneidersitz ans Ende der Matratze.

»Nett von dir«, antwortete Erik mit etwas Verzögerung, während er die auf ihn gerichtete Taschenlampe nach unten drückte. »Du brauchst dir um mich keine Sorgen machen.«

»Dann ist ja gut.« Einen Moment lang herrschte Schweigen. Ben wirkte unruhig, als würde er mit etwas ringen. Dann fuhr er fort: »Es tut mir leid, wenn ich vorhin etwas schroff zu dir war.«

»Schon okay«, gab sich Erik nachsichtig. »Ist für uns beide keine einfache Situation.«

»Nein, wirklich nicht«, seufzte Ben. »Plötzlich tauchst du einfach wieder auf. Das muss ich erstmal verkraften.«

»Kann ich verstehen.«

»Außerdem habe ich zwei verdammt harte Tage hinter mir«, schob Ben erklärend hinterher.

»Die Sache an der Krugkoppelbrücke?«

»Woher weißt du das?«, fragte Ben erstaunt. »Von Hanna?«

»Nein, ich war selber zufällig vor Ort und habe deinen Disput mit der Polizei aus der Ferne mitverfolgen können.«

»Du warst dort?«

»Ja, rein zufällig. Ich bin gerade aus dem Krankenhaus abgehauen und war auf dem Weg nach Uhlenhorst. Da habe ich dich und deine Freunde an der Brücke gesehen. Zu diesem Zeitpunkt wusste ich allerdings noch nicht, dass du es warst.«

»Unglaublich diese Bullen, oder?«, fiel Ben ihm erregt ins Wort. »Die glauben inzwischen, sich alles rausnehmen zu können. Aber dass ausgerechnet du dich einer solchen Gefahr aussetzt, hätte ich dir gar nicht zugetraut.«

»Du traust mir offenbar manches nicht zu«, erwiderte Erik kopfschüttelnd. »Aber du hast ja recht. Freiwillig hätte ich mich dort bestimmt nicht aufgehalten. Doch was sollte ich machen? Es wimmelte ja nur so von Polizisten.« Dann erzählte er von seiner Flucht aus dem Krankenhaus und den widrigen Umständen, die ihn an die Alster verschlagen hatten. Auch von seinen dramatischen Erlebnissen im Sperrgebiet, der alten Villa und seiner Begegnung mit Claus berichtete er Ben.

Im Gegenzug schilderte dieser, wie es ihm nach seiner Inhaftierung ergangen war. Stundenlang hatte man ihn auf dem Polizeipräsidium verhört, ihn dabei schwer in die Mangel genommen. Am Ende aber mussten sie ihn noch am selben Abend freilassen, da sie nichts Konkretes gegen ihn in der Hand gehabt hatten. Lediglich ein Bußgeld wegen Beamtenbeleidigung und Verletzung der Ausgangssperre wurde ihm aufgebrummt. Eine Strafe, die ihn herzlich wenig interessierte, da sein Ausweis ohnehin gefälscht war, wie er mit einem Anflug von düsterer Genugtuung in der Stimme erzählte.

Erik war enttäuscht. Eigentlich hätte er eine spektakulärere Geschichte erwartet. Immerhin hatte er jetzt Gewissheit, dass Ben tatsächlich der junge Mann von der Brücke war. Sein Kurzzeitgedächtnis funktionierte also noch, was durchaus für Erleichterung bei ihm sorgte.

Eine solche spürte er auch in Bezug auf seinen Sohn. Nach dem holprigen Start schien auch dieser jetzt offenbar um Frieden und Verständigung bemüht. Sein nächtliches Auftauchen, die Entschuldigung, aber auch die Art und Weise, wie er plötzlich mit ihm sprach, wiesen zumindest darauf hin.

»Die letzten Wochen waren sicher nicht einfach für dich«, gab sich Ben mitfühlend.

»Nein, das waren sie tatsächlich nicht«, seufzte Erik. »Wenn nur diese Gedächtnislücken nicht wären …«

»Muss hart sein, nicht zu wissen, wer man ist oder wo man herkommt.«

»Es ist zum Glück ja nicht alles weg«, erklärte Erik. »An manches kann ich mich noch sehr genau erinnern: an meine Kindheit, die Studienzeit und sogar an den Job in der Bank. Das meiste davon taucht allerdings recht unsortiert in meinem Kopf auf, was eine chronologische Einordnung natürlich schwierig macht. Manches ist auch komplett aus meinem Gedächtnis verschwunden.«

»Zum Beispiel, dass du einen Sohn hast.«

»Ja, leider.«

»Und du erinnerst dich wirklich kein bisschen mehr an mich?«

»Nein, tut mir leid«, seufzte Erik und hob entschuldigend die Schultern.

»Und an meine Mutter?«

Erik erschrak. Bislang waren seine Gedanken nur auf Ben fokussiert gewesen. Dass dieser natürlich auch eine Mutter hatte, war ihm offenbar entfallen. »Nein, auch an sie kann ich mich nicht erinnern.«

»Dann wirst du vermutlich auch vergessen haben, dass sie nicht mehr lebt.«

»Oh, das tut mir leid. Woran ist sie denn gestorben?«

»Letztlich an gebrochenem Herzen«, seufzte Ben. »Hat sich totgesoffen – auch wegen dir«, fügte er in latent vorwurfsvollen Tonfall hinzu, sodass es mit der friedlichen Stimmung erstmal wieder vorbei war.

»Wie darf ich das verstehen?«, fragte Erik irritiert. Auch seine Stimme klang nun merklich schärfer.

»So wie ich es sage.«

»Was redest du da für einen Unsinn?«, zischte Erik empört. »Ich habe deine Mutter ganz bestimmt nicht getötet.«

»Wie willst du das wissen, wenn du dich an nichts mehr erinnerst?«, sagte Ben

Erik war sprachlos. Wie konnte sein Sohn ihm eine solche Ungeheuerlichkeit unterstellen? Gleichwohl stand dieser Vorwurf jetzt erstmal zwischen ihnen und würde sich bestimmt auch nicht so ohne weiteres vom Tisch fegen lassen. Schließlich handelte es sich dabei keineswegs um eine Bagatelle, die man so einfach als postpubertäres Nachtreten hätte abtun können.

»Mag ja sein, dass du sauer auf mich bist, bestimmt sogar aus gutem Grund«, machte sich Erik nach einer Pause entrüsteten Stillschweigens Luft. »Aber mir zu unterstellen, ich hätte deine Mutter auf dem Gewissen ...«

»Du trägst zumindest eine Mitschuld daran«, verteidigte Ben seinen Standpunkt. »Sie hätte bestimmt nie das

Saufen angefangen, wenn du dich damals nicht aus dem Staub gemacht hättest. Noch nicht mal Kohle hast du die ersten Jahre für uns gezahlt.«

»Das ist tragisch«, gab Erik sein Bedauern zum Ausdruck, ohne dabei jedoch tiefgreifende Emotionen zu verspüren. Wie sollte er auch? Nach seinem heutigen Verständnis war er Bens Mutter niemals begegnet. Sein Mitgefühl galt somit ausschließlich seinem Sohn, der ihren Tod ganz offensichtlich nicht verwunden hatte. Dennoch fragte er sich, inwieweit er aufgrund der ihm angelasteten Abtrünnigkeit tatsächlich eine gewisse Schuld an ihrem Tod trug. Andererseits hatte er in Bezug auf das Thema Eigenverantwortung durchaus eine gefestigte Meinung, die offenbar auch durch seine Amnesie nicht ins Wanken geraten war. Er konnte daher nicht umhin, Ben diese umgehend kundzutun.

»Mein lieber Sohn«, begann er seine Rede in fast väterlich-autoritärem Tonfall, »dir wird sicher nicht entgangen sein, dass am Scheitern einer Beziehung immer zwei beteiligt sind. Und was ihren Tod betrifft, so schmerzlich es auch klingt, trägt jeder Mensch selbst die Verantwortung für sein Handeln.«

»Ja, wenn man dazu in der Lage ist«, unterbrach Ben ihn ungehalten. »Aber sie war einfach zu schwach, um in dieser Welt zu bestehen.«

»Und diese Schwäche willst du mir jetzt in die Schuhe schieben? Meinst du nicht, sie hatte diese Veranlagung schon vorher in sich?«

»Vermutlich, aber gerade dann hättest du sie auffangen müssen. Sie war noch nicht mal zwanzig, als du dich verpisst hast. Dabei hast du genau gewusst, wie sie drauf war.

Ihr habt euch schließlich lange genug gekannt. Sie dagegen hat dich immer verteidigt, wollte dich heil für mich lassen. Und das, obwohl ich bis zu meinem fünften Lebensjahr noch nicht mal wusste, wie du aussiehst. Während sie sich abgeschuftet hat, konntest du studieren, deine Karriere vorantreiben und machen, was du wolltest. Klar, irgendwann sind deine monatlichen Schecks gekommen, aber da hing sie bereits an der Flasche.«

Fassungslos schüttelte Erik den Kopf. »Du hältst mich offenbar für ein völlig skrupelloses Arschloch.«

»Zumindest was sie betraf«, antwortete Ben selbstgefällig. »Und jetzt auch noch zu behaupten, sie wäre an ihrem Tod selber schuld ...«

»Das habe ich so nicht gesagt. Aber bitte, wenn es dir damit besser geht. Dir sollte jedoch klar sein, dass ich deine Mutter wohl kaum dazu gezwungen habe, ihr Leben auf diese Weise zu beenden.«

»Ach ja, richtig. Sie hat das alles ja so gewollt – mit zwanzig schwanger werden, alleinerziehende Mutter sein, in der Fabrik arbeiten«, raunzte Ben zynisch. »Und letztlich wollte sie bestimmt auch mit Anfang vierzig in die Kiste springen.«

Ben redete sich nun immer mehr in Rage, feuerte seine Worte wie Geschosse ab, ohne Atem zu holen. Dabei verschränkte er seine Arme vor der Brust und schob den Oberkörper vor und zurück, als würde er sich nur mit Mühe beherrschen können, nicht handgreiflich zu werden.

»Vielleicht sollten wir bei der Gelegenheit auch dein Leben genauer betrachten«, fuhr er fort. »Da würde sich natürlich sofort die Frage aufdrängen, was man wohl verbrochen haben muss, um für zwei Jahre ins Koma geschossen zu werden und sich obendrauf noch eine kräftige Schippe Gehirnschrumpfe aufzuladen? Schließlich ist doch jeder für sein Schicksal selbst verantwortlich.«

»Sei nicht albern«, erwiderte Erik gereizt.

»Albern? Nur weil ich versuche, deine Theorie auf den Punkt zu bringen?«

»Ist gut, Ben. Ich habe begriffen, was du mir sagen willst.«

»Ich denke zwar nicht, aber von mir aus können wir gerne das Thema wechseln.«

Erik zog es vor, erstmal gar nichts mehr zu sagen und abzuwarten, bis Ben sich wieder etwas beruhigt hatte. In dieser aufgeladenen Atmosphäre machte eine Unterhaltung wenig Sinn. Mal davon abgesehen, dass er keine Lust mehr hatte, sich mit Schmähungen und Vorhaltungen überschütten zu lassen. Schließlich war er ans andere Elbufer gereist, um sich mit Ben auszusöhnen. Ein Vorhaben, das erstmal in weite Ferne gerückt war.

Immerhin wusste er jetzt, woher der Zorn seines Sohnes rührte und tappte nicht länger im Dunkeln. Und auch wenn Bens Anschuldigungen nur schwer zu ertragen waren, gaben sie Erik doch zumindest einen Anhaltspunkt. Es war kein blindes Kämpfen mehr gegen Nebel und unsichtbare Dämonen, die gegen jedes rationale Argument immun waren. Bens Schmerz war nun greifbar und benennbar – ein erster Schritt, der Erik vorsichtige Hoffnung gab. Nun musste er nur noch einen Weg finden, der Ben half, seine Wut aus der Abwehrhaltung zu lösen und in einen konstruktiven Dialog zu überführen.

Heute würde ihm dieses Vorhaben allerdings nicht mehr gelingen. Zum einen hatte Ben bereits seinen Aufbruch angekündigt – stand er doch seit geraumer Zeit fußtippelnd im Türrahmen – zum anderen war Erik selber inzwischen so müde, dass er kaum noch die Augen offenhalten, geschweige denn einen vernünftigen Satz hervorbringen konnte. Er würde seine weiteren Aussöhnungsbestrebungen somit auf den nächsten Tag verschieben müssen – vorausgesetzt natürlich, Ben setzte ihn bis dahin nicht vor die Tür. Bei dem enormen Wutpotenzial, das in ihm schwelte, musste Erik mit allem rechnen.

Immerhin schafften sie es noch, sich vernünftig voneinander zu verabschieden, sodass der Abend kein völlig desaströses Ende nahm. Es war zwar nur ein schlichtes »Gute Nacht«, das sie sich entgegenraunten, aber es war zumindest ein kurzer Moment des Friedens. Ein leiser Anfang, auch wenn noch ein weiter Weg vor ihnen lag.

Katharsis

Es war bereits Mittag, als Erik aufwachte. Sämtliche Knochen taten ihm weh und er fröstelte. Erstaunlich, dass er in der unbequemen Lage überhaupt so lange hatte schlafen können, aber offenbar bestand nach den beiden anstrengenden Tagen akuter Nachholbedarf.

Was würde er jetzt für eine heiße Dusche geben. Ein reiner Wunschgedanke. Schließlich gab es im alten Werftgebäude noch nicht mal eine funktionierende Toilette. Um seine Notdurft zu verrichten, musste man jedes Mal hinaus ins Freie treten, was wahrlich kein Vergnügen war. Auch jetzt drängte es ihn mit seiner randvollen Blase nach draußen.

Im Eiltempo sprintete er die Treppen hinunter. Buchstäblich im letzten Moment schaffte er es aus der Tür, wo er sich sogleich an einem kümmerlichen Rhododendronbusch entleerte.

Erst jetzt fiel ihm auf, dass er auf dem Weg nach draußen niemandem begegnet war. Auch Stimmen oder Laute hatte er keine vernommen. Dabei war das Haus gestern Nacht noch gerammelt voll mit Menschen gewesen.

Sein Eindruck sollte sich bestätigen. Es war tatsächlich niemand da, der ganze Pulk ausgeflogen. Merkwürdig. Wo waren sie nur alle hin? Eine geheime Aktion? Eine abrupte Flucht aus Angst vor Entdeckung? Ob Ben allerdings wirklich so skrupellos gewesen wäre, sich mit der gesamten Bagage aus dem Staub zu machen, ohne ihn vorher nicht zumindest informiert zu haben, wagte er dann doch zu bezweifeln. Gewiss, komplett ausschließen konnte er es nicht, schon gar nicht nach ihrem nächtlichen Streit. Aber vermutlich hätte Ben ihn eher vor die Tür gesetzt, als klammheimlich zu verschwinden. Außerdem hätte Hanna ein solches Vorgehen niemals gebilligt. Was also war der Grund für ihr plötzliches Verschwinden?

Mitten in sein Grübeln hinein, vernahm er plötzlich ein Geräusch. Es war wie ein sich steigerndes Surren, gleichsam vertraut wie unwirklich, und es lotste ihn direkt in die Küche. Zu seiner Verwunderung stammte das Surren von einem Handy, das dort vibrierend auf dem Esstisch lag und offenbar darauf wartete, dass jemand die Annahmetaste drückte.

»Erik, bist du wach?«, fragte eine weibliche Stimme am Ende der Leitung.

»Ja, bin ich«, antwortete er mit etwas Verzögerung. »Mit wem spreche ich?«

»Hier ist Hanna.«

»Hanna! Tut mir leid, ich habe dich nicht gleich erkannt.«

»Kein Problem, ich wollte dir auch nur kurz sagen, dass du bis heute Nachmittag auf dich allein gestellt bist. Die

Jungs verteilen Flugblätter und ich muss die nächsten Tage arbeiten.«

»Gut zu wissen. Ich habe mich schon gewundert.«

»Ja, ist bestimmt etwas gruselig ganz allein in dieser Abbruchhütte. Bevor ich es vergesse: Da ist Kaffee für dich in der Thermoskanne. Frühstück habe ich dir auch hingestellt.«

Sein Blick wanderte forschend über den Tisch. Die Thermoskanne erspähte er sofort. Allerdings war ihm schleierhaft, was genau sie mit Frühstück meinte. Vor ihm stand ansonsten nur noch eine abgeranzte Schüssel, die mit einer roten Pampe gefüllt war. Er war sich nicht mal sicher, ob es sich dabei überhaupt um etwas Essbares handelte.

»Ich weiß, Serbischer Bohneneintopf aus der Dose ist nicht jedermanns Sache, schon gar nicht zum Frühstück«, entschuldigte sich Hanna. »Aber es macht zumindest satt.«

»Besser als nichts«, seufzte Erik, während er sich mit der freien Hand einen Kaffee einschenkte. »Hat dir Ben von unserem Gespräch erzählt?«

»Ja, er war heute Morgen ziemlich bedrückt. Aber ich bin sicher, dass ihr beiden das hinbekommt. Ben ist in Gefühlsdingen manchmal etwas unbeholfen.«

Erik wollte sie noch fragen, wie er taktisch weiter vorgehen sollte, als am anderen Ende der Leitung plötzlich Hektik ausbrach.

»Ich muss jetzt auflegen. Die blöde Rommelsheim sitzt mir schon wieder im Nacken. Ich soll dir aber unbedingt noch ausrichten, dass du bitte nicht das Haus verlässt. Um das Gelände schwirren tagsüber häufig Polizisten herum.«

Ein bestätigendes »Okay« war alles, was Erik noch antworten konnte. Dann klickte es in der Leitung und es wurde still.

Angewidert tauchte Erik den Löffel in die Schüssel und zwang sich einen Happen hinein. Zu seiner Verwunderung schmeckte die rote Pampe besser als erwartet, der Kaffee dafür umso widerlicher.

Er dachte darüber nach, was er mit dem restlichen Tag anstellen sollte. Seit seiner Flucht aus dem Krankenhaus hatte er zum ersten Mal wieder Zeit für sich. Zeit, die er möglichst sinnvoll nutzen wollte. Ihm fiel ein, dass er bereits seit Tagen das von Frau Holtkamp verordnete Gedächtnistraining vernachlässigt hatte. Es waren einfache Übungen für zwischendurch – solche, die man auch allein durchführen konnte, nach Auffassung der Psychologin aber enorm wichtig waren, um seinen verschütteten Erinnerungen auf die Sprünge zu helfen.

Die meisten Übungen waren darauf ausgelegt, chronologische Abfolgen bestimmter Lebensereignisse zu rekonstruieren. Am besten eigneten sich daher rotierende Begebenheiten, die sich über einen längeren Zeitraum erstreckten. Das konnte Privates sein wie Freundschaften, Reisen oder Geburtstage, aber auch Dinge, die sich in der Schule, im Studium oder Beruf ereignet hatten. Im Grunde genommen war es auch egal, um welche Lebensbereiche es sich handelte. Hauptsache, sie ließen eine gewisse Kontinuität erkennen.

Für heute hatte er sich die Liste seiner Verflossenen vorgenommen. Eine vergleichsweise einfache, vielleicht auch etwas schlüpfrige Übung, mit der er in der Vergangenheit aber durchaus kleinere Erfolge erzielt hatte. Außerdem ließ sie sich beliebig variieren und um verschiedene Schwierigkeitsstufen erweitern. An guten Tagen wurde dann schon mal mit amourösen Abenteuern, Schwärmereien oder One-Night-Stands aufgestockt. Für heute beließ er es aber bei der Standardvariante. Diese beschränkte sich auf die wirklich wichtigen Frauen in seinem Leben.

Den Anfang machte wie immer Susann Frenzock, der fleischgewordene Traum seiner Grundschulzeit. Noch immer machte sein Herz einen Satz, wenn er an die zahnspangenverhedderten Küsse dachte, die sie heimlich hinter der Kirchenmauer ausgetauscht hatten. Ersetzt wurde sie von Claudia Peters, die auf dem Gymnasium in seine Parallelklasse ging. Eine passionierte Ponyreiterin mit enormen Brüsten, für die er so manchen Nachmittag am Weidezaun verbrachte. Ehrfurchtsvolle Bewunderung sollten auch Christiane Kruse, Claudia Fendel und Petra Eimansberger erfahren. Sie alle trugen ihn trotz unansehnlicher Gesichtsakne durch die Adoleszenz.

Bei Peggy Müller, der drallen Blondine aus Zwickau und einzigen Brieffreundin, an die er sich erinnern konnte, geriet er jedoch ins Stocken – nicht etwa, weil sein Gedächtnis streikte, sondern ihn abermals ein dringendes Bedürfnis vor die Tür zwang. Schuld waren die serbischen Bohnen, die offenbar eine enorme Durchschlagskraft besaßen.

Anders als bei seinem ersten Gang, entfernte er sich diesmal etwas weiter vom Haus. Auf gar keinen Fall wollte er seinen Hintern dieser Jauchegrube aussetzen, die sich um das alte Werftgebäude gebildet hatte. Alleine der Gestank hätte ihn blockiert. Allerdings musste er einige

Schritte gehen, bis er einen Platz gefunden hatte, der seinen Vorstellungen entsprach.

Nachdem er sich erleichtert hatte, schlenderte er noch ein wenig über das Werftgelände, um sich die Beine zu vertreten. Auch wenn ihn Hanna eindringlich davor gewarnt hatte, fühlte er sich sicher. Was sollte schon passieren? Weit und breit war keine Menschenseele zu sehen.

Fasziniert schaute er sich auf der verrotteten Anlage um. Bei Tageslicht wirkte alles noch viel eindrucksvoller. Auch das ehemalige Trockendock besichtigte er. Kaum vorstellbar, dass hier einmal Schiffe gebaut worden waren.

Sinnierend ließ er sich auf einem alten Anlegepoller nieder und blickte über die Elbe. Es war schon fast kitschig, dass genau in diesem Augenblick die Wolkendecke aufriss und die Sonne zum Vorschein kam. Sofort verging sich diese spielerisch an der Wasseroberfläche, die sie millionenfach funkeln ließ.

Erik tat es gut, sein Gesicht für ein paar Minuten in die wärmenden Strahlen zu halten, seine Augen zu schließen und einfach nur zu entspannen. Ein herrlich unanstrengender Moment, der jedoch ein jähes Ende erfuhr, als er plötzlich durch wilde Schimpflaute hochgeschreckt wurde. Es war Ben, der mit hochrotem Kopf und fuchtelnden Armen auf ihn zugelaufen kam.

»Weg, sofort weg da!«, rief er von weitem, ohne dass Erik jedoch begriff, was damit gemeint war. Schließlich saß er nur friedlich auf seinem Poller und genoss die Frühlingssonne.

»Dieser ewige Starrsinn«, schimpfte Ben völlig außer Atem, als er am Poller ankam. Dann stemmte er seine Hände auf die Oberschenkel und schnaufte einige Male tief durch, bevor er in der Lage war, wieder etwas zu sagen: »Man muss schon ziemlich dämlich sein, sich mitten am helllichten Tag direkt an die Elbe zu setzen«, fuhr Ben seinen zornigen Vortrag fort. »Da draußen wimmelt es nur so von Polizeibooten. Hat dir Hanna denn nicht gesagt, dass du im Haus bleiben sollst?«

»Doch hat sie«, antwortete Erik kleinlaut.

»Aber das scheint den feinen Herrn Bankdirektor offenbar nicht zu interessieren«, pöbelte Ben weiter, während er seinen Vater hinter eine nahegelegene Böschung schob. »Dir ist schon klar, dass du uns mit solchen Aktionen in Gefahr bringst.«

»Dann stell mir keine verdammten Bohnen zum Frühstück hin«, gab sich jetzt auch Erik bockig. »Ich kann natürlich auch in die Bude scheißen, wenn's dir lieber ist …«

»Rede keinen Unsinn. Du dürftest inzwischen wissen, wo wir unsere Geschäfte verrichten.«

»Nun beruhig dich wieder. Ist ja nichts passiert.«

»Hätte aber«, sagte Ben mürrisch und ließ sich neben dem Dickicht auf einer wildbewachsenen Grasfläche nieder. Dort verharrte er einen Augenblick, bevor er sich wieder Erik zuwandte: »Na gut, Schwamm drüber. Aber versprich mir, dass du Ausflüge dieser Art künftig unterlässt.«

Erik nickte einsichtig. Auch war er erleichtert, dass Ben die Sache nicht weiter aufbauschte. Aber offenbar schien er an einer erneuten Eskalation wenig Interesse zu haben. Ein durchaus vielversprechendes Signal, wie Erik fand. Insofern nutzte er die Gelegenheit, um vorsichtig an ihr gestriges Gespräch anzuknüpfen: »Findest du nicht auch, dass wir nochmal über uns sprechen sollten?«

»Was gibt's da zu besprechen?«, antwortete Ben gereizt, auch wenn er sich spürbar Mühe gab, nicht wieder komplett die Beherrschung zu verlieren. »Ist doch alles gesagt. Meine Sichtweise hat sich über Nacht nicht geändert.«

»Ich denke nicht, dass bereits alles gesagt ist«, entgegnete Erik. »Eigentlich haben wir bislang nur über deine Mutter gesprochen. Wie du selber deine Kindheit empfunden hast, weiß ich noch immer nicht.«

»Meine Kindheit?« Bens Ton wurde wieder schärfer. »Wie soll sie schon gewesen sein, wenn man eine Trinkerin als Mutter hat und einen durch Abwesenheit glänzenden Vater? Beschissen natürlich!«

»Das ist traurig zu hören«, sagte Erik betroffen und hielt einen Moment inne, bevor er fortfuhr. »Und wir beide hatten es niemals nett zusammen, nicht auch schöne Zeiten?«

»Doch, die gab es«, räumte Ben ein. »Nachdem du irgendwann in Erscheinung getreten bist, hast du dich tatsächlich gelegentlich an den Wochenenden um mich gekümmert. Da haben wir viel lustiges Zeug veranstaltet: Kino, auf'n Dom, zu Pauli – die typischen Events eben, die Väter mit Söhnen so machen, wenn sie das schlechte Gewissen plagt. Trotzdem hatte ich immer das Gefühl, in deinem Leben zu stören.«

»Kein gutes Gefühl«, warf Erik ein. »Und später, als du älter warst?«

»Meistens hast du mich an den Wochenenden bei Oma geparkt. Als du dann den großen Job bei der Bank angenommen hast, war's aber erstmal völlig vorbei. Hin und wieder mal ein Geschenk zu Weihnachten oder zum Geburtstag – das war alles.«

»Anschließend hatten wir keinen Kontakt mehr?«

»Oh doch«, antwortete Ben. »Als Mama später für ein paar Monate in der Klinik auf Entzug war, habe ich sogar bei dir gewohnt. Da war ich aber schon sechzehn.«

»Dann war wohl doch nicht alles so beschissen mit uns.«

»Von wegen. Das war eine absolute Katastrophe. Ständig hattest du irgendwas an mir auszusetzen. Irgendwann habe ich mir gesagt: Besser gar keinen Vater als so einen und bin abgehauen.«

»Hatte das mit deinen Musikerplänen zu tun?«

»Nein, das war viel später. Aber woher weißt du das?«

»Hat mir Claus erzählt, der Typ aus der Villa.«

»Ja, da hast du es wirklich auf die Spitze getrieben. Bist völlig ausgeflippt und hast mir gedroht, falls ich das durchziehen würde mit der Musik, sei ich für dich gestorben und würde keinen Cent mehr sehen. Seitdem war dann Funkstille.«

»Langsam wird mir klar, warum du sauer auf mich bist«, räumte Erik ein.

»Sauer?«, wiederholte Ben aufgebracht. »Mehr fällt dir nicht dazu ein?«

»Du willst von mir eine Entschuldigung hören? Klar, die kannst du gerne haben. Ich glaube jedoch nicht, dass sich dadurch irgendwas Ungeschehen machen lässt.«

»Da hast du Recht. Und das Schlimme an der Sache ist, dass du dich jetzt auch noch hinter deiner Amnesie verstecken kannst.«

»Glaubst du denn wirklich, ich habe das alles extra gemacht – ein beschissener Vater sein, meine ich?«

»Keine Ahnung. Fakt ist aber, dass du es warst!«

»Womit wir wieder beim Thema Schuldzuweisungen sind«, bemerkte Erik und seufzte.

Auch Ben schien die erneute Zuspitzung des Gespräches nicht zu gefallen. Dennoch blieb er stur, geradezu bockig: »Kommst du jetzt wieder mit der Leier, dass ich für meine verkorkste Kindheit selbst die Verantwortung trage?«, fragte er missmutig, während er sich vom Rasen erhob und sich eine Zigarette anzündete. Nur ein paar hektische Züge rauchte er, dann warf er den Glimmstängel ins Schilf und verharrte regungslos und stumm im gräulich-verrauchten Nebel.

Erik hätte auch gern geraucht, traute sich allerdings nicht, Ben in seinem jetzigen Erregungszustand nach einer Kippe zu fragen. Es war offensichtlich, dass er seine Distanzzone wieder deutlich vergrößert hatte. Dennoch drängte es Erik, die abermals verlorengegangene Nähe schnellstmöglich wiederherzustellen, sodass er sich bei seinem nächsten Klärungsversuch nun deutlich reumütiger zeigte:

»Ben, ich würde es wirklich gern wieder gut machen, aber ich kann es nun mal nicht«, sagte er leise, ohne dass bei seinem Sohn jedoch eine Regung zu bemerken war. »Glaub mir, ich weiß genau, was eine beschissene Kindheit bedeutet und was sie anrichten kann. Letztlich aber bleibt doch die Frage, wieviel Macht wir unserer Vergangenheit gestatten wollen und ob wir wirklich zulassen, dass sie unser gesamtes restliches Leben bestimmt. «

»Du scheinst inzwischen ein richtiger Psycho-Heini geworden zu sein«, ließ Ben nach einer gefühlten Ewigkeit wieder von sich hören.

»Quatsch, aber ich habe mich in den letzten Wochen viel mit mir selbst beschäftigt. Außerdem finde ich, dass man sich durchaus irgendwann die Frage stellen kann, ob man hauptberuflich wirklich als das Opfer seiner Eltern durch die Gegend laufen möchte – erst recht als Erwachsener.«

»Das ist keine Frage des Wollens.«

»Denkst du das wirklich?«

»Natürlich.«

»Und deswegen darfst du für den Rest deines Lebens auch das gescholtene Arschlochkind spielen. Seht her: ich bin ein Arschloch geworden, weil mein Vater auch eins war. Klar, kann man so machen und ist ja auch schön einfach. Arme Hanna, kann ich da nur sagen.«

»Lass Hanna aus dem Spiel!«, wies ihn Ben zurecht, mit einer Stimme, so schneidend wie ein Florett. »Außerdem habe ich keinen Bock mehr, mir noch länger dieses Psychogequatsche anzuhören.«

»Schon gut, musst du auch nicht, aber du könntest ja mal darüber nachdenken, ob es wirklich so toll ist, sich mit Mitte zwanzig immer noch hinter seiner beschissenen Kindheit zu verstecken.«

»Und du könntest darüber nachdenken, warum du so unfähig als Vater gewesen bist«, gab Ben ihm pampig zurück.

»Du wirst mir zwar nicht glauben, aber das habe ich in den vergangenen Tagen tatsächlich getan. Und bestimmt hast du sogar recht. Ich war vermutlich wirklich kein besonders guter Vater, hab sicher alles falsch gemacht, was man nur falsch machen kann. Aber das hat mein Vater auch, wie dir deine Großmutter vermutlich erzählt haben wird. Der Saukerl hat sich kurz nach meiner Geburt aus dem Staub gemacht. Und trotzdem habe ich ihm verziehen, was für mich eine regelrechte Befreiung war.«

»Und wie alt warst du, als du diesen glorreichen Schritt vollzogen hast?« Bens Stimme triefte erneut vor Zynismus.

»Das kann ich dir leider nicht genau sagen«, entgegnete Erik. »Ich weiß nur, dass ich mich auch lange schwergetan habe, mich freizuschwimmen. Bis dahin trug mein Vater die Alleinschuld an meinem verkorksten Dasein. Irgendwann war der Leidensdruck aber so groß, dass ich gar nicht mehr anders konnte. Ich wollte endlich frei sein – nicht nur von ihm, sondern generell.«

»Für jemanden, der angeblich unter Amnesie leidet, scheint dein Kopf noch erstaunlich gut zu funktionieren«, stellte Ben skeptisch fest.

»Teilamnesie«, korrigierte ihn Erik. »Ja, ich wünschte, dass ich mich mehr an dich als an den alten Kotzbrocken erinnern würde. Aber um das Ganze zu Ende zu bringen: Ich möchte nicht, dass bei dir der Eindruck entsteht, mir wäre deine Kindheit egal. Auch wollte ich mich keinesfalls aus der väterlichen Verantwortung stehlen. Eine beschissene Kindheit ist etwas Furchtbares, daran gibt es auch überhaupt nichts zu beschönigen. Vor allem, weil man seinen Eltern so hoffnungslos ausgeliefert ist.«

Erik hielt einen Moment inne, holte tief Luft und ließ dem Schmerz und der Ehrlichkeit so viel Raum wie selten zuvor. Dann fuhr er fort. »Dennoch sollte man sich immer wieder vor Augen führen, dass unsere Eltern im Erwachsenenleben de facto keine Macht mehr über uns haben, auch wenn uns der Verstand häufig etwas anderes vorgaukelt. Daher bleibe ich bei meiner Aussage: Du allein entscheidest, ob du weiterhin das Opfer sein möchtest oder einen klaren Schnitt hinter die Vergangenheit ziehst.«

An Bens Schweigen erkannte er, dass es in seinem Kopf arbeitete. Auch Erik dachte noch einmal über das eben Gesagte nach. Vielleicht war sein Vortrag ja doch ein wenig zu dogmatisch geraten, zu altklug, als dass er seinen Sohn damit zu einer neuen Sichtweise hätte anregen können. Die Tatsache aber, dass dieser weder sofort opponierte noch in seinen gewohnten Sarkasmus verfiel, deutete darauf hin, dass Ben das Thema diesmal tatsächlich rationaler anging und sich nicht erneut von verletzten Gefühlen leiten ließ. Auch seine anschließende Frage bestätigte diesen Eindruck – war sie doch ungewohnt sachlich, fast schon analytisch. Vor allem traf sie Erik völlig unerwartet.

»Wenn du einen Schlussstrich unter deine Vergangenheit gezogen hast, wie du behauptest, warum suchst du dann so verzweifelt nach ihr?«

Erik schluckte. Fürwahr, eine berechtigte Frage, die eine deutliche Diskrepanz zwischen seinen Worten und seinem Handeln aufdeckte. Ja, warum forschte er eigentlich so akribisch nach seinen Wurzeln, wenn er doch ständig proklamierte, wie überaus wichtig es sei, den Fokus auf die Gegenwart zu richten, dieser sogar attestierte, eine Art Glücksgarant zu sein, insbesondere wenn es um die Frage der eigenen Ausrichtung ging? Er könnte es doch auch bleiben lassen und sich einfach daran erfreuen, dass die Amnesie ihm das Privileg einräumte, seinen Altlasten zumindest in Teilen zu entfliehen. Er tat es aber nicht, sondern suchte unaufhörlich weiter. Dabei waren die Erkenntnisse, die er bislang zutage förderte, äußerst dürftig, mitunter sogar höchst ernüchternd.

Was also war es, das seinen Blick immer wieder in die Vergangenheit schweifen ließ, ihn zu einem umtriebigen Suchenden machte und somit davon abhielt, das Hier und Jetzt zu akzeptieren? Eine Frage, auf die er keine eindeutige Antwort parat hatte. Folgerichtig war das, was er Ben schließlich entgegnete, auch eher spekulativ, fast schon floskelhaft:

»Vielleicht bilde ich mir ja ein, dadurch etwas mehr Orientierung zu erhalten und Zusammenhänge besser zu verstehen.«

»Ist schon klar, Dad. Klingt total überzeugend«, legte Ben den Finger noch tiefer in die Wunde.

Dass er ihn plötzlich Dad nannte, ließ ein Lächeln über Eriks Gesicht huschen, änderte aber nichts an seiner Verunsicherung. Dabei war es nicht so sehr die von Ben entlarvte Widersprüchlichkeit, die sein Inneres in Wanken brachte. Vielmehr beschäftigte ihn die damit einhergehende Feststellung, seine eigenen Ideale verraten zu haben und nichts davon, was er so vollmundig an Weisheiten offenbarte, auch zu leben. Er war nichts weiter als ein schwafelnder Prediger, der sich abgedroschener Kalendersprüche bediente, um die eigene Leere zu überspielen.

Ben lag somit völlig richtig. Seine Gedanken kreisten unaufhörlich um die Vergangenheit. Genau genommen taten sie es, seitdem er aus dem Koma erwacht war. Dabei katapultierte ihn die Amnesie objektiv betrachtet tatsächlich immer wieder in die Gegenwart, und das mit voller

Härte, jeden Tag aufs Neue. Eine Gegenwart, die er jedoch partout nicht akzeptieren wollte. Im Grunde genommen war er sogar regelrecht auf der Flucht vor ihr, zumal sie ihm in den wenigen Momenten, in denen er sich auf sie einließ, panische Angst einflößte. Eine Angst, die offenbar so augenscheinlich war, dass auch Ben sie bemerkte. Somit lohnte es auch nicht, sich weiter hinter halbgaren Aussagen zu verschanzen.

»Offenbar hast du tatsächlich einen wunden Punkt bei mir getroffen«, gab Erik zu.

»Dann sind wir ja schon zwei«, stellte Ben fest, was bei Erik abermals ein Lächeln auslöste.

»Ich weiß nicht, wie ich es erklären soll«, fuhr Erik fort, »aber nicht zu wissen, wer man eigentlich ist, lässt einen emotional mitunter an seine Grenze stoßen.«

»Kann ich mir vorstellen«, erwiderte Ben verständnisvoll.

»Es fühlt sich an, als wäre ich in eine Welt hineingestoßen worden, die ich einfach nicht mehr beherrsche. Irgendwann fängt man wohl zwangsläufig an, nach etwas Greifbarem zu suchen, irgendeinem Anhaltspunkt, einer Spur, die einem dabei hilft, das, was man glaubt einmal gewesen zu sein, aus der Dunkelheit zu holen ...«

»Ist doch klar, dass man in einer solchen Situation nach jedem Strohhalm greift«, warf Ben ein. »Ich würde es vermutlich genauso machen.«

»Vielleicht würdest du das. Das Fatale in meinem Fall ist allerdings, dass fast alles von dem, was ich gerade zutage fördere, mir nicht besonders gefällt. Ich bin mir inzwischen nicht mal mehr sicher, ob ich meine Vergangenheit überhaupt zurückhaben möchte: den langweiligen Job bei der Bank, das versnobte Leben in Uhlenhorst und all der ganze andere oberflächliche Mist. Du siehst, ich stecke ziemlich in der Zwickmühle.«

»Wieso Zwickmühle?«, entgegnete Ben. »Ich finde es gerade höchst löblich, was du von dir gibst. Mir jedenfalls fällt es jetzt deutlich leichter, dich zumindest in Ansätzen nett zu finden.«

»Schön, dass ich meine Sympathiewerte steigern konnte«, ging Erik auf die verbale Handreichung ein. »Aber ohne Vergangenheit – was bleibt da noch von einem übrig?«

»Vielleicht ja das, was du unter deinem Bankanzug gewesen bist«, erwiderte Ben mit getragener Stimme. »Außerdem trifft deine Behauptung nicht ganz zu. Mir würde jedenfalls sofort etwas einfallen, was du aus deinem früheren Leben bestimmt gern zurückhaben würdest.«

»Da bin ich aber gespannt.«

»Erinnerst du dich noch an eine gewisse Kaja?«

Erik fuhr zusammen, als hätte ihn ein Starkstromschlag getroffen. »Du kennst sie?«, brach es aufgeregt aus ihm heraus.

»Kennen wäre übertrieben«, entgegnete Ben. »Aber ich bin ihr ein paar Mal begegnet, als ich dich im Krankenhaus besucht habe.«

»Und?«

»Und was?«

»Hast du mit ihr gesprochen?«.

»Natürlich habe ich das. Wäre ja wohl auch ziemlich unhöflich von mir, die Geliebte meines Vaters einfach zu ignorieren. Aber jetzt beruhig dich erstmal. Du machst mich ganz kribbelig.«

Erik dachte nicht daran, sich zu beruhigen. Er wollte jetzt alles ganz genau wissen. »Worüber habt ihr denn geredet?«, drängte er weiter.

»Muss ich dir jetzt wirklich jedes Detail erzählen?«

»Nicht jedes, aber ich weiß so gut wie gar nichts über sie – außer, dass wir uns mal ziemlich nahe standen…«

»Ihr habt euch nicht nur nahegestanden, sondern euch offenbar sehr geliebt. Das sagte sie jedenfalls. Sie wollte mit ihren beiden Töchtern sogar zu dir ziehen.«

»Ich weiß, das hat mir Claus auch erzählt. Trotzdem ist sie bei ihrem Mann geblieben.«

»Ja, weil du Idiot sie kurz vor dem geplanten Einzug mit einer Kollegin betrogen hast.«

Erik wand sich innerlich vor Verlegenheit. Einmal mehr bestätigte sich, dass er in seinem früheren Leben offenbar kein besonders liebenswerter Mensch gewesen war.

»Von ihrem Kerl hat sie sich dennoch scheiden lassen«, fuhr Ben fort. »Auch hat sich dich anfangs häufig im Krankenhaus besucht und unzählige Stunden an deinem Bett verbracht. Erst als die Ärzte uns mitteilten, du würdest vermutlich nicht mehr aufwachen, hat sie allmählich Abstand genommen. Das war auch dringend nötig, da sie ansonsten wohl daran zerbrochen wäre.«

»Verständlich«, pflichtete Erik ihm bei. »Und jetzt? Wie geht es ihr? Wo lebt sie?«

»Keine Ahnung. Ich habe seitdem nichts mehr von ihr gehört. Ich nehme aber an, dass sie noch immer in ihrem Kaff an der Nordsee wohnt.«

»An der Nordsee?«

»Ja, irgendwo in der Nähe von Sankt Peter-Ording.«

»Und du hast keine genaue Adresse, keine Telefonnummer?«

»Sie hatte mir beides aufgeschrieben. Nur habe ich den Zettel leider verloren.« Ben hob entschuldigend die Hände.

»Oh nein, aber sie wird doch vermutlich im Netz zu finden sein.«

»Durchaus möglich, aber zum einen funktioniert das Internet kaum noch und zum anderen bräuchte man dafür schon ihren Nachnamen.«

»Den du natürlich nicht kennst.«

»Bingo. Ehrlicherweise habe ich sie auch nie danach gefragt.«

»Na toll, dann kann ich meine Hoffnung auf ein Wiedersehen wohl begraben«, seufzte Erik enttäuscht.

»Nicht unbedingt«, warf Ben ein. »Soweit ich mich erinnere, ist sie Grundschullehrerin gewesen. Allzu viele Grundschulen wird es in Sankt Peter-Ording vermutlich nicht geben und Lehrerinnen mit dem Vornamen Kaja auch nicht. Das wäre später vielleicht mal ein Suchansatz.«

»Später?«

»Wenn der ganze Pandemie-Irrsinn vorbei ist, meine ich.«

»Ich habe keine Zeit, so lange zu warten«, erwiderte Erik. »Ich will sofort nach ihr suchen.«

»Vergiss es«, sagte Ben eindringlich. »Du würdest es niemals bis dorthin schaffen. Hamburg ist komplett abgeriegelt und auch in Schleswig-Holstein gibt es unzählige Sperrzonen, die von den staatlichen Milizen überwacht werden. Das wäre ein absolutes Himmelfahrtskommando.« Dann stockte er und rieb nachdenklich seine Lippen aufeinander, bevor er fortfuhr. »Es sei denn, jemand würde dich aus Hamburg schleusen und hinbringen – jemand, der sich mit so etwas auskennt.«

»Jemand wie du.«

»Ja, vermutlich würde ich das sogar können, auch wenn es verdammt gefährlich wäre.«

»Würdest du das für mich tun?«, flehte Erik.

»Ich habe dafür keine Zeit. Man braucht mich hier. Aber vermutlich würdest du es auch ohne mich versuchen …«

»Ich wäre dir ewig dankbar.«

»Ist ja gut, aber ein wenig wirst du dich noch gedulden müssen. Am Wochenende konferieren die Ministerpräsidenten in Hamburg. Da haben wir natürlich diverse Aktionen geplant. In den nächsten Tagen wollte ich dich sowieso woanders unterbringen. Es ist hier zu gefährlich für dich.«

»Ein paar Tage werde ich wohl noch warten können. Aber wo wolltest du mich denn unterbringen?«

»Es gibt ein leerstehendes Haus in der Nähe des Flughafens, direkt an der Stadtgrenze. Wir nutzen es gelegentlich als Unterschlupf. Da hättest du deine Ruhe und könntest ein wenig zu Kräften kommen. Außerdem wäre es ein perfekter Ausgangspunkt für unseren Trip an die Nordsee.«

Erik nickte zufrieden. Überhaupt hatte er das Gefühl, dass die Dinge inzwischen nicht so schlecht für ihn liefen. Mal abgesehen von seinem noch immer schleppend arbeitenden Gedächtnis, hatte sich binnen der letzten halben

Stunde eine Menge ins Positive gedreht. Die Aussicht, vielleicht schon bald auf Kaja zu treffen, aber auch auf ein paar Tage Erholung, ließen ihn durchaus wieder etwas hoffnungsvoller in die Zukunft blicken.

Auch mit Ben lief es nun deutlich besser. Zum ersten Mal seit ihrem Wiedersehen schien es, als würden sie sich tatsächlich annähern. Es war zwar noch zu früh, um in grenzenlosen Optimismus zu verfallen, aber ein Hoffnungsschimmer war es allemal. Eine Frage aber geisterte dennoch in seinem Kopf herum:

»Wenn ich wirklich ein so verdammt beschissener Vater war, wie du sagst, warum hast du mich dann eigentlich im Krankenhaus besucht?«

»Weil mich die Oberschwester auf deiner Station eindringlich darum gebeten hat«, antwortete Ben nach kurzer Überlegung, während sie gemächlichen Schrittes zurück zum Haus trotteten.

»Klingt einleuchtend«, bestätigte Erik mit einem süffisanten Grinsen im Gesicht. »Wäre ja auch wirklich vermessen zu denken, du würdest vielleicht doch ein gewisses Interesse für mich hegen.«

»Ja, das wäre es wohl«, gab Ben augenzwinkernd zurück. »Wenn ich ehrlich bin, wollte ich auch nur mal schauen, wie es um meinen Erbpflichtteil bestellt ist.«

»Da muss ich dich leider enttäuschen, mein Sohn. Ich bin inzwischen blank wie eine Kirchenmaus.«

»Das habe ich dann auch feststellen müssen, leider zu spät. Da steckte ich bereits voll in der Helfersyndrom-Falle. Außerdem war da ja noch dieser Wahnsinnige, der dich umbringen wollte. Was blieb mir also anderes übrig,

als mich um dich zu kümmern – zumindest bis ich unter-
tauchen musste.«

»Was für eine selbstlose Geste«, stellte Erik fest. »Es
geht doch nichts über eine intakte Familie.«

»Übertreib es nicht, Dad.«

»Schon gut. Aber ich danke dir trotzdem für alles, und
das meine ich diesmal ganz ehrlich. Ich bin wirklich froh,
dass es dich gibt.« Dann streckte er Ben eine Ghettofaust
zur Versöhnung entgegen, die dieser erwiderte. »Auf einen Neuanfang«, sagte er mit verschwörerischem Lächeln.

»Auf einen Neuanfang!«, entgegnete Ben und schob
seinen Vater ins Haus.

Wetterleuchten

Erik war aufgeregt. Die ganze Woche hatte er auf diesen Tag hingefiebert. Morgen nun würde es endlich losgehen, sein Trip an die Nordsee und die damit verbundene Suche nach Kaja. Aber ob er sie wirklich finden würde? Und selbst wenn, was würde ihn erwarten? Sie hatte sich schließlich ganz bewusst dafür entschieden, den Kontakt zu ihm abzubrechen. Verständlich, wenn man so enttäuscht worden war wie sie. Er brauchte daher schon gute Argumente, um sie erneut für sich zu gewinnen. Ein Selbstläufer würde es jedenfalls nicht werden, das stand schon jetzt fest.

Überhaupt musste er erstmal in ihre Nähe gelangen. Ein absolutes »Himmelfahrtskommando«, wie Ben es bezeichnet hatte. Gleich fünf Sperrzonen würden sie bis zur Nordsee durchqueren müssen. Wie das funktionieren sollte, war ihm schleierhaft. Und doch hatte er keine andere Wahl. Er musste sie finden. Das war ihm nach seinem

Traum klargeworden. Außerdem würde Ben als erfahrener Untergrundkämpfer schon wissen, was zu tun war. Bestimmt hatte er längst einen raffinierten Plan ausgeheckt. In diesem Punkt vertraute er ihm voll und ganz.

Dennoch war es gut, dass er sich vor der Reise noch ein paar Tage sammeln konnte. Die Flucht und sein fortwährendes Gehetze durch die fremde neue Welt hatten ihn mehr zugesetzt, als er sich zunächst eingestehen wollte. Insofern spielte ihm die Zwangspause durchaus in die Karten. Sein verausgabter Körper sehnte sich nach Ruhe und Erholung. Gleiches galt für seinen Kopf. Die nicht abreißende Bilderflut, das unbegreifliche Wirrwarr aus Eindrücken, Gefühlen und Begebenheiten – all das benötigte dringend einer Aufarbeitung und Sortierung. Das kleine weiße Einfamilienhaus im Hamburger Stadtteil Niendorf bot dafür den idealen Rahmen.

Ein vermögender Sympathisant hatte es der Roten Hand zur Verfügung gestellt. Es diente der Gruppe vor allem als Basislager für Aktionen, die außerhalb Hamburgs geplant waren. Direkt an der Grenze zu Schleswig-Holstein, zwischen Flughafen und Autobahn gelegen, konnten sie von hier aus schnell und unbehelligt aus der Stadt gelangen. Auch schien Niendorf weitaus weniger im Fokus der staatlichen Überwachung zu stehen als andere Stadtteile. Ein Umstand, der vermutlich darin begründet lag, dass hier schon immer überwiegend Senioren und junge Familien beheimatet gewesen waren. Bevölkerungsgruppen, deren Widerstandspotenzial man naturgemäß als nicht besonders hoch einstufen würde. Somit gab es kaum einen besseren Ort, um unterzutauchen – vorausgesetzt natürlich, man verhielt sich unauffällig und mimte den braven Vorstädter.

Allzu häufig verließ er das Haus ohnehin nicht. Und wenn, dann nur, um einzukaufen oder die nähere Umgebung zu erkunden. Meistens zog es ihn dabei in das ehemalige Naherholungsgebiet am Rande des Hamburger Flughafens, der inzwischen fast ausschließlich für Militärzwecke genutzt wurde.

Früher war er von dort in die Ferien gestartet. Vom einstigen Reiseflair war jedoch nicht viel übriggeblieben. Hinter dem mit Stacheldraht und Panzersperren gesicherten Zaun erstreckte sich die Wildnis einer von hohen Gräsern überwachsenen Brachfläche, die stellenweise von den grauen Bändern der Nord-Süd-Rollbahn durchbrochen wurde. Dennoch kam er in den letzten Tagen häufig her. Er mochte Orte, wo man den Blick bis zum Horizont schweifen lassen konnte. Außerdem gab es auch diesseits der Umzäunung viel Grün. Besonders die idyllische Parkanlage an der Tarpenbek, ein Bächlein, das sich entlang des Flughafens von Niendorf über Groß Borstel bis nach Eppendorf schlängelte, hatte es ihm angetan.

Aber auch am direkt danebenliegenden und von einem dichten Baumgürtel umsäumten Rahwegteich verweilte er gern. Mit seinen kleinen Inseln und dem weitläufigen Badestrand am Nordufer ließ der renaturierte Baggersee fast vergessen, dass man sich im Hamburger Stadtgebiet befand. Ein herrlicher Ort, um durchzuatmen und seinen Gedanken nachzuhängen. Seine Erinnerungslücken ließen sich zwar noch immer nicht schließen, doch die Ruhe, das

Zurückfahren, das Besinnen – all das tat ihm nach den anstrengenden Tagen ungemein gut.

Auch war er überrascht von dem bis dahin für ihn so fremden Stadtteil. Auf der Hamburger Landkarte hatte Niendorf für ihn stets als blinder Fleck gegolten. Ein bigotter Vorort, in welchem es von Kleingeistern und Biedermännern nur so wimmelte. Noch böser formuliert: es war einer dieser Stadtteile, wo die Bars endeten und die Reihenhäuser begannen, wo eine Atmosphäre der moralischen Achtsamkeit und gegenseitiger Überwachung herrschte und jeder Anflug von Nonkonformität einfach weggeharkt wurde wie das Laub ihrer geklonten Vorgärten. Hier residierte der bürgerliche Mittelstand, ehrbar und angesehen, jedoch zutiefst langweilig.

Nun aber musste er seine vorgefasste Meinung korrigieren, sich eingestehen, dass Niendorf nicht ganz so sterbenslangweilig und vorausschaubar war, wie er es vermutet hätte. Ein Hauch vergangener Bürgerlichkeit wehte zwar noch immer durch die Straßen, aber die Folgen der Pandemie waren auch hier deutlich zu erkennen. Es schien fast so, als hätte sich ein verwegener Dreitagebart über die spießige Vorstadtidylle gelegt. Pralle Stiefmütterchen-Beete, bürstenkurz getrimmte Vorgärten oder Salzteigschilder an den Haustüren suchte man hier inzwischen vergebens. Stattdessen sorgte der zügellose Wildwuchs dafür, dass die lieblos zusammengewürfelten Einfamilienhäuser eine gewisse Leichtigkeit erfuhren. Eine Kulisse wie aus einem postapokalyptischen Endzeitfilm, allerdings im verklärt-romantischen Sinne.

Auch das kleine weiße Fertighaus, in welchem Erik vorübergehend residierte, hatte seine besten Tage bereits hinter sich. Eigentlich war es noch gar nicht so alt, vielleicht zehn oder fünfzehn Jahre. Doch trotz der abgeblätterten Farbe ab und tiefen Risse, die das Mauerwerk der Außenfassade durchzogen, bot das Haus alles, was er während seines einwöchigen Aufenthaltes benötigte: Strom, Wasser, einen funktionierenden Kühlschrank und ein bequemes Bett. Sogar ein vollausgestattetes Badezimmer gab es, wodurch es sich doch deutlich von seinen letzten Absteigen unterschied. Zudem war das Haus äußerst geräumig und verfügte über solides Mobiliar, was vermuten ließ, dass die einstigen Bewohner es ziemlich eilig hatten, von hier fortzukommen. »Gonzales« prangte es noch auf dem goldenen Türschild. Vermutlich eine spanische Einwandererfamilie, die im Zuge der Pandemie davongespült worden war. Ein weiteres von unzähligen menschlichen Schicksalen, die sich in dieser Stadt ereignet hatten, während er ahnungslos im Koma gelegen hatte.

Das Gefühl, etwas Bedeutsames vorzuhaben, begleitete ihn bereits seit dem Aufstehen. Dabei musste er sich noch über vierundzwanzig Stunden gedulden. Immerhin war es ihm bis gestern sogar gelungen, das Thema Kaja aus seinem Kopf zu verdrängen und sich mit Spaziergängen oder Gedächtnistraining abzulenken. Jetzt aber, unmittelbar vor seiner Abreise, spürte er eine starke innere Unruhe in sich aufkommen. Sein Körper pumpte immer mehr Adrenalin in den Blutkreislauf. Dazu dieser leicht süßliche Geschmack im Mund, den er immer hatte, wenn er aufgeregt war. Ein regelrechter Rauschzustand, als befände er sich auf der Jagd, was in gewisser Weise ja auch zutraf, nur eben etwas zu früh.

Seit Stunden lief er nun schon wie ein eingesperrter Zirkuslöwe durch das Haus, versuchte sich vergeblich die Nervosität aus dem Körper zu schütteln. Inzwischen war es bereits früher Nachmittag. Vielleicht sollte er sich etwas die Beine vertreten, seine gewohnte Runde zum Flughafen machen – einfach nur, um etwas zu tun zu haben. Etwas, das ihn schneller in die Nähe des morgigen Tages brachte. Er gehorchte seiner Intuition, obwohl sich mittlerweile dicke Regentropfen auf den Fensterscheiben zeigten.

Hastig schlüpfte er in seine Turnschuhe, streifte sich die Jacke über und eilte hinaus auf die Straße. Erst jetzt bemerkte er, wie stark es wirklich regnete. Ob er vielleicht einen Schirm mitnehmen sollte? Doch er entschied sich dagegen. »Frauenkram«, grummelte er so laut, dass eine vorbeieilende Passantin abbremste und ihn verdutzt ansah.

Wie peinlich, dachte er. Dabei hatte er sich fest vorgenommen, nicht aufzufallen. Jetzt tat er genau das: Auffallen! Einfach mal die Schnauze halten und nass werden, maßregelte er sich selbst, während er den Kragen seiner Jacke hochschlug und sich in Bewegung setzte.

Bestimmt ein halbes Dutzend Mal war er die gut anderthalb Kilometer zum Flughafen in den letzten Tagen schon gegangen. Mittlerweile würde er die Strecke sogar mit verbundenen Augen schaffen: Links die Straße hinunter, vorbei an den verwilderten Vorgärten und gesichtslosen Fertighäusern, einmal kurz rechts, dann links über die Tar-

penbek, am stets verwaisten Übungsplatz der Hunde-
schule vorbei und schon stand man direkt vor dem Flug-
hafenzaun.

Früher hatte man von dort bestimmt eine hervorragende Sicht auf startende und landende Maschinen gehabt. Inzwischen brauchte man jedoch viel Glück, um ein
abhebendes Flugzeug zu erspähen. Meist standen die riesigen Militärfrachtmaschinen unverrichteter Dinge an den
ehemaligen Passagiergates, wo sie auf ihre seltenen Eins-
ätze warteten. Nur nachts nahm Erik gelegentlich das
sanfte Donnern startender Flugzeugtriebwerke wahr. Ein
beruhigendes, fast schon tröstliches Geräusch. Eines, das
ihm in seiner Einsamkeit den Eindruck von Lebendigkeit
vermittelte.

Vage Erinnerungen an seine frühe Kindheit keimten
auf. Offenbar hatten nächtliche Geräuschkulissen schon
immer eine beruhigende Wirkung auf ihn gehabt. Die monotone, vertraute Stimme seiner Mutter im Nebenzimmer,
wenn sie abends telefonierte, der laufende Fernseher und
seine geliebten Hörspielkassetten – all das waren für ihn
wirksame Narkotika im Kampf gegen vergrübelt-schlaf-
lose Nächte gewesen. Es verwundert daher kaum, dass er
bei der Wahl seiner späteren Wohnstätten – zumindest an
die er sich noch erinnern konnte – vor allem zentrale Lagen
bevorzugt hatte.

Insofern war die Villa im feinen, jedoch recht beschaulichen Stadtteil Uhlenhorst eher untypisch für ihn gewesen. Mochte der Himmel wissen, warum sie sich in seinem
Besitz befand. Offenbar war ihr Erwerb in eine jener Pha-
sen gefallen, die seinem löchrigen Gedächtnis derzeit

fehlte. Allerdings hatten sowohl Claus als auch Ben angedeutet, dass die Anschaffung der Villa offenbar aus der
durch Kaja und ihren Kindern entfachten Sehnsucht nach
einem geordneten Familienleben resultierte. Wirklich
überzeugt war Erik von dieser These jedoch nicht. Als Familie ließ es sich durchaus auch in einer lebendigeren Gegend residieren. Seine derzeitige Bleibe am Flughafen
hätte ihm da schon eher entsprochen, zumindest als hier
noch im Fünfminutentakt gestartet und gelandet wurde.

Er schien tatsächlich Glück zu haben. Direkt gegenüber
auf dem Rollfeld, in der Nähe der früheren Passagierter-
minals, wurde gerade ein riesiges Frachtflugzeug der Bun-
deswehr beladen. Drumherum herrschte emsiges Treiben:
blinkende Fahrzeuge, Gabelstapler und wuselnde Menschen in Uniformen. Allzu lange würde es wohl nicht
mehr dauern, bis der Flieger in den wolkenverhangenen
Himmel emporstieg.

Schräg gegen den Zaun gelehnt verfolgte er die weiteren Abfertigungsvorgänge. Was genau dort verladen
wurde, konnte er aus der Entfernung nicht erkennen. Er
schätzte aber, dass es sich dabei um Waffen und anderes
militärisches Gerät handelte. Darauf wiesen auch die läng-
lichen Kisten hin, die in die Frachtluke gehievt wurden.
Ein gleichsam faszinierender wie beunruhigender Gedanke, dem weitere Spekulationen folgten. Insbesondere
fragte er sich, für welchen Zweck das vermeintliche
Kriegsgerät bestimmt war. Auslandseinsätze kamen wohl
kaum in Betracht. Soweit er von Claus wusste, waren kon-
ventionelle Kriege im Zuge der Pandemie fast vollständig
zum Erliegen gekommen. Man hatte schon genug damit

zu tun, die chaotischen Zustände im eigenen Land zu bewältigen. Sich jetzt auch noch einen Krieg aufzuhalsen, machte wenig Sinn.

Davon abgesehen wird es den meisten Staaten für kriegerische Auseinandersetzungen an Personal gefehlt haben. Die Pandemie hatte immerhin zwei Drittel der Weltbevölkerung ausgelöscht. Kaum vorstellbar, dass ausgerechnet Soldaten davon verschont geblieben waren. Folglich ging Erik davon aus, dass die vermeintlichen Waffen wohl eher im Kampf gegen Aufständische und Rebellenmilizen eingesetzt würden. Eine Vorstellung, die weiteres Unbehagen in ihm auslöste.

Sorgenvoll wanderten seine Gedanken zu seinem Sohn. Obwohl er ihn erst ein paar Tage kannte – jedenfalls wissentlich – hegte Erik inzwischen tatsächlich väterliche Gefühle für ihn. Es waren instinktive Gefühle, die auch ohne Erinnerungen funktionierten, als ob ein unsichtbares Band sie vor langer Zeit untrennbar aneinander gekettet hatte.

Ja, er sorgte sich um seinen Sohn, mehr als ihm das bisher bewusst gewesen war. Eine Sorge, die vermutlich jeder Vater, jede Mutter kannte, deren Kinder sich auf gefährlicher Mission befanden. Ben war schließlich ein ausgesprochener Hitzkopf, der unbeirrt und kompromisslos für seine Überzeugungen kämpfte. Vermutlich würde er sogar sein Leben geben und den Märtyrertod sterben, solange es der »guten Sache« diente. Eine schreckliche Vorstellung, zumal sie doch gerade erst wieder zueinandergefunden hatten.

Tatsächlich war er an Bens fundamentaler Weltanschauung vermutlich nicht ganz schuldlos gewesen. Wenn er ihm als Kind mehr Beachtung, vor allem aber Liebe geschenkt hätte, er würde womöglich jetzt Bienen züchten und seine Ressentiments gegen das Establishment allenfalls in Form selbstverfasster Protestsongs zum Ausdruck bringen. So aber konnte er nur hoffen, dass die Sache glimpflich ausgehen würde und man Ben nicht eines Tages von Kugeln durchsiebt aus einem Seitenarm der Elbe fischte.

Nachdem er fast eine halbe Stunde am Zaun ausgeharrt hatte, wurde es plötzlich laut auf dem Rollfeld. Offenbar war die Maschine inzwischen startklar und alle Vorbereitungen abgeschlossen. Die aufheulenden Triebwerke kündigten unüberhörbar an, dass es jeden Moment losgehen würde. Und tatsächlich: behäbig setzte sich das Flugzeug in Bewegung und rollte mit eingeschalteten Scheinwerfern zum Anfang der Startbahn. Sich dort in Position gebracht, blieb die Maschine erstmal wieder stehen und wartete auf die Startfreigabe.

Erik erinnerte sich an das erwartungsvolle Kribbeln im Bauch, welches sich unmittelbar vor dem Abflug einstellte. Er war gern geflogen, das wusste er noch. Doch seine Erinnerungen beschränkten sich auf die reinen Abläufe des Fliegens. Weder konnte er Reiseziele oder Urlaubserlebnisse damit verbinden, noch erinnerte er sich an die Menschen, die ihn begleitet hatten. Nur das Gefühl des Fliegens war ihm noch präsent.

Besonders liebte er den Start, wenn man von der Beschleunigung in den Sitz gedrückt wurde, das Flugzeug unvermittelt vom Boden abhob und Bäume, Straßen, Häuser in Sekundenschnelle auf Spielzeuggröße schrumpften.

Die meisten Menschen nahmen Fliegen als etwas Alltägliches hin, über das man sich keine Gedanken machte. Erik aber erschien es immer noch wie ein Wunder, dass eine so riesige Metallröhre, voll mit Menschen oder schwerer Fracht, in den Himmel abheben konnte.

Auch jetzt leuchteten seine Augen wie die eines Kindes, als die schwere Maschine mit ohrenbetäubender Lautstärke an ihm vorbei donnerte, kurz darauf die Nase hob und schließlich mühsam in den verregneten Hamburger Himmel emporstieg. Ein fantastischer Anblick, der noch zusätzlich an Wirkung gewann, als just in diesem Augenblick ein gleißender Sonnenstrahl durch die Wolken brach und sich wie ein glänzendes Schwert auf das Flugzeug legte, als wollte es dieses geradewegs durch den Spalt ziehen.

Doch damit nicht genug. Auch an anderen Stellen riss der Himmel nun auf. Durch die Wolkenlücken flackerte rötlich die bereits langsam einsetzende Abenddämmerung, während es davor, von einem Horizont zum anderen, violett schimmerte. Dazwischen grellgelbe Lichtblitze, die das bis eben noch dichte Wolkenfeld vollständig zu zerhacken drohten. Ein beispielloses Lichtspiel, wie es Erik selten erlebt hatte. Und als bräuchte es noch ein würdiges Finale, kam genau dort, wo zwei verdunstende Kondensstreifen an das Flugzeug erinnerten, ein riesiger Regenbogen zum Vorschein.

Vergessen war die todbringende Fracht, ebenso seine väterlichen Sorgen. Stattdessen fühlte er nur tiefe Dankbarkeit, an diesem Nachmittag Zeuge dieses unvergleichlichen Himmelsschauspiels gewesen zu sein. Beseelt stieß

er noch zwei tiefe Seufzer aus, bevor er sich vom Zaun los-
löste, um den Rückweg anzutreten.

Für heute war sein Hunger nach Unterhaltung gestillt,
eine Steigerung nicht mehr möglich. Allenfalls hätte ihm
der Allmächtige durch die aufgerissene Wolkendecke
noch ein paar seiner verschütteten Erinnerungen zukommen lassen können. Allerdings sollte man das Glück auch
nicht herausfordern.

Schritte im Dunkeln

Wie immer auf seiner täglichen Flughafenrunde ging Erik nicht denselben Weg zurück, sondern nahm die Abkürzung durch die kleine Parkanlage an der Tarpenbek. Das war auch nötig, da es bereits zu dämmern begonnen hatte und er unbedingt vor Einbruch der Dunkelheit im Haus sein musste. Die nächtliche Ausgangssperre galt auch in Hamburg-Niendorf. Wer sich ohne triftigen Grund nach 18:00 Uhr im Freien aufhielt, handelte sich mächtig Ärger ein.

Die Polizei war jedoch nicht das einzige Problem. Nach Sonnenuntergang tummelten sich zudem eine Menge unheimlicher Gestalten in den Straßen herum – solche, die das Tageslicht scheuten und beileibe nicht nur Gutes im Schilde führten. Mehrfach musste er Ben versprechen, das Haus abends unter keinen Umständen zu verlassen. Unabhängig davon hätte er ohnehin keine Ambitionen gehabt, sich draußen die Nächte um die Ohren zu schlagen, war dankbar über jede Mütze Schlaf, die er ergattern konnte.

Auch jetzt freute er sich auf sein Bett. Schnellen Schrittes stapfte er über den morastigen Parkboden, der durch den starken Regen völlig aufgeweicht war. Ansonsten aber zeigte sich die kleine Grünanlage von ihrer besten Seite. Die Abendsonne hatte sich inzwischen durch die noch vorhandenen Wolken gekämpft und ließ die Wassertropfen auf Bäumen und Pflanzen wie Edelsteine funkeln. Alles war in sanft-rosa Licht getaucht, als wollte sich der Park stellvertretend für den regnerischen Tag entschuldigen. Dazu dieser wunderbare Geruch nach feuchter Erde.

»Nie riecht der Wald besser wie nach Regen«, hatte seine Mutter einmal gesagt, womit sie zweifellos recht hatte. Am liebsten hätte er diesen unvergleichlichen Duft konserviert und mitgenommen. Denn wenn es etwas gab, was man an seinem vorübergehenden Domizil hätte beanstanden können, dann war es der modrige, abgestandene Geruch. Selbst durch intensives Lüften ließ er sich nicht beseitigen, was vermutlich daran lag, dass das Haus seit Monaten leer stand.

Von seiner Umgebung angetan ließ er sich entgegen seiner ursprünglichen Absicht am Rahwegteich auf einer Bank nieder. Über dem Wasser hingen dichte Nebelschwaden, so leicht und luftig, dass ein Windhauch sie vertreiben konnte. Er schloss die Augen, legte seinen Kopf zurück, um die letzten Sonnenstrahlen zu genießen. Ein herrlich entspannter Moment. Gerade richtig für den Abschluss eines über weite Strecken grauen Tages.

Als er die Augen wieder öffnete war es dunkel um ihn herum. Eine Dunkelheit, die nur noch schwache Unterschiede zwischen schwarz und etwas weniger schwarz aufwies, auch wenn die feinen Konturen von Büschen und Bäumen noch gerade zu erkennen waren.

Erik erschrak. Er war tatsächlich eingeschlafen, ohne es zu merken. Sofort breitete sich ein mulmiges Gefühl in ihm aus. Er musste an die üblen Burschen denken, die hier nachts vermeintlich herumhingen. Regungslos lauschte er in die Finsternis hinein. Nichts. Lediglich ein schwacher Wind flüsterte in den Blättern der Bäume, was ihm Erleichterung verschaffte. Gleichwohl wusste er, dass die Angst nur pausierte und beim kleinsten verdächtigen Geräusch wieder ausbrechen würde.

Vorsichtig erhob er sich von der Bank und schlich Richtung Parkausgang. Dabei achtete er auf jeden seiner Schritte – bloß nicht stolpern oder durch verräterische Laute auf sich aufmerksam machen. Wenn er doch schon auf der Straße wäre. Dort gab es wenigstens Laternen, die einem den Weg leuchteten. Hier aber war es so dunkel, dass er kaum die Hand vor Augen sehen konnte, geschweige denn den Pfad unter seinen Füßen. Nur das leise Knirschen seiner Schritte zeigte ihm an, dass er sich offenbar noch drauf befand.

Nach einer Weile konnte er durch die Baumlücken erste Häuser erkennen, was ihn aufatmen ließ. Umso mehr sich der Park allerdings lichtete, desto unsicherer wurde er. Waren es bis eben noch auflauernde Meuchelmörder, die sein Unbehagen begründeten, galt seine Sorge nun den nächtlichen Polizeikontrollen. Und als hätte er es geahnt, sah er unmittelbar nach Verlassen des Parks Blaulicht auf sich zukommen. Kein Zweifel, ein Streifenwagen! Geistesgegenwärtig sprang er zur Seite und duckte sich hinter einem Müllcontainer. Panik überkam ihn, schnürte seine Kehle zu. Er wusste, wenn sie ihn entdeckten, wäre es vorbei mit seinen Reiseplänen. Dann würde er niemals zu Kaja kommen. Vor seinem geistigen Auge sah er sich bereits im Gefängnis oder noch schlimmer, unter Professorin Allgoevers rigider Führung zurück ans Krankenhausbett gefesselt. Zum Glück aber fuhr der Streifenwagen vorbei.

»Verdammt, das war knapp!« Noch etwas wacklig auf den Beinen kroch er aus seinem Versteck und klopfte sich den Dreck von der Hose. Gab es denn keinen Tag ohne Sorgen und Angst? In diesem Fall war er jedoch selber schuld. Er hätte einfach nur an dieser dämlichen Parkbank vorbeigehen müssen. Dann würde er jetzt selig schlafend in seinem Bett liegen, anstatt ängstlich und vor Kälte bibbernd durch die Gegend zu schleichen.

Auch lag der gefährlichste Teil der Strecke noch vor ihm. Zwar waren es nur wenige hundert Meter bis zum Haus – nur eine Straße, die er durchlaufen musste. Dennoch erschien ihm der Weg inzwischen weiter denn je. Die dort vor den Häusern hochgezogenen Hecken und Zäune boten nur wenig Unterschlupfmöglichkeiten. Solche waren jedoch zwingend notwendig, wie sich gerade gezeigt hatte. Sein Heimweg könnte somit zu einem regelrechten Spießrutenlauf werden. Keinesfalls wollte er riskieren, der Polizei erneut in die Arme zu laufen.

Aber ihm blieb keine Wahl, er musste nach Hause. Schließlich war es inzwischen empfindlich kalt geworden und er steckte noch immer in seinen vom Regen durchnässten Klamotten. Insofern schob er seine Bedenken beiseite und machte sich auf den Weg.

Ausgestorben und dunkel lag die Straße vor ihm. Rechts und links erhoben sich die Fronten der Einfamilienhäuser wie schlafende Wesen. Hinter keinem der Fenster brannte Licht. Nur davor warfen vereinzelte Laternen in unregelmäßigen Abständen Leuchtkleckse auf den nassen Asphalt – winzige Eilande inmitten eines Meeres aus undurchdringlicher Finsternis.

Doch was war das? Keine fünfzig Meter hatte Erik zurückgelegt, als er plötzlich ein Geräusch hinter sich vernahm. Sofort zerbrach sein neuerlicher Mut wie ein berstender Spiegel. Er blieb stehen und blickte sich ängstlich um, ohne jedoch etwas Auffälliges zu entdecken. Dieselbe monotone, kalte Dunkelheit wie überall. Auch sein angestrengtes Lauschen brachte keine Erkenntnisse, das Geräusch wiederholte sich nicht.

Durchaus denkbar, dass ihm seine Sinne mal wieder einen Streich spielten. Das zumindest versuchte er sich einzureden, bevor er seinen Weg fortsetzte. Das ungute Gefühl, verfolgt zu werden, blieb jedoch, was ihn unwillkürlich seine Schritte beschleunigen ließ.

Viele Male war er die Straße in den letzten Tagen entlanggegangen. Nie hatte er sich dabei unbehaglich gefühlt, weshalb es ihm überhaupt nicht gefiel, dass genau das jetzt der Fall war. Inständig mahnte er sich, Ruhe zu bewahren. Das Geräusch konnte schließlich alles Mögliche gewesen sein: eine herumstreunende Katze, ein vom Wind über den Boden getriebener Ast oder... Schritte! Da waren sie wieder.

Erik zuckte zusammen. Ja, es waren eindeutig fremde Sohlen, die hallend hinter ihm über den Beton schabten und sich in einem anschwellenden, finsteren Stakkato mit dem Klappern seiner eigenen vermischten. Sie schienen zwar noch weit entfernt – unverkennbar jedoch ihre unheilvolle Absicht. Diese Schritte waren nicht zufällig, sondern exakt auf seine abgestimmt: vorsichtig und schwer.

Noch unheimlicher allerdings, dass sie augenblicklich verstummten, wenn er stehen blieb und sich umdrehte, wobei er jedes Mal ins Leere blickte. Also ging er weiter, immer geradeaus. Ebenso wie sein Verfolger, dessen Schritte nach jeder Pause sogleich wieder einsetzten.

Das Gefühl erneuter Panik erfasste ihn und er begann unkontrolliert zu atmen. Erik überlegte, wann der richtige Zeitpunkt wäre, um loszurennen, entschied sich dann aber, sein Tempo zunächst beizubehalten. Auch seinen Impuls, sich ein weiteres Mal umzudrehen, verdrängte er. Vermutlich würde er ja doch nichts erkennen können. Lieber wollte er seinen Ohren vertrauen. Diese glichen inzwischen Antennen, die im Weltall nach Außerirdischen suchten.

Seine Strategie währte jedoch nur kurz, da die Schritte seines Verfolgers plötzlich schneller wurden und sich rasch näherten, genauer gesagt rannten sie direkt auf ihn zu. Das Adrenalin schoss ihm in die Adern und er wusste, dass es jetzt nur noch zwei Möglichkeiten gab: kämpfen oder weglaufen. Für letzteres war es bereits zu spät. Instinktiv schnappte er sich daher einen am Straßenrand liegenden Ast und wirbelte mit lautem Schrei herum, um den vermeintlichen Angreifer mit einem gezielten Hieb in seine Schranken zu weisen. Mit Erfolg! Krachend platzierte er den schweren Trieb direkt auf der Brust des Fremden, sodass dieser unter der Wucht des Schlages stöhnend zu Boden ging.

Erstaunt über die eigene Courage beugte sich Erik über den ausgeknockten Körper, um ihn zu mustern. Zugleich überfiel ihn ein leichter Anflug von Triumphgefühl, das auf einer Fläche solider, wenn auch nachlassender Angst tanzte. Sein kurzfristiges Stimmungshoch sollte jedoch umgehend weichen, als er realisierte, wen er da gerade niedergestreckt hatte.

Erschrocken wich Erik zurück, während ihm sogleich ein kalter Schauer über den Rücken lief. Er konnte es nicht fassen, schaute noch ein zweites und sogar ein drittes Mal hin. Das Ergebnis war jedoch stets dasselbe. Der lange schwarze Kapuzenmantel, die leicht untersetzte Figur, die Sturmmaske über dem Gesicht und das ausgefahrene Klappmesser, welches ihm beim Fallen aus der Hand geglitten war – all das ließ keinen Zweifel aufkommen: Die Person zu seinen Füßen, es war niemand Geringeres als der unheimliche Dämon aus seinem Traum mit Kaja. Jene dunkle Gestalt, die plötzlich mitten in der Nacht vor dem Bett aufgetaucht war und seine Liebste in eine unsichtbare Zwischenwelt gezerrt hatte. Nur dass sie diesmal keinem Traum entsprang, sondern höchst real vor ihm auf den Boden lag. So real wie das wilde Hämmern in seiner Brust und der kalte Schweiß, welcher seine Stirn hinunterlief.

Aber wer war der ominöse Fremde wirklich? Kajas eifersüchtiger Ex-Mann oder gar ein von ihm beauftragter Killer? Jetzt wäre die Gelegenheit, es herauszufinden. Doch gerade als Erik ihm die Maske vom Gesicht ziehen wollte, schlug das Phantom plötzlich seine Augen auf und packte ihn mit seinen kräftigen Händen am Hals. Mit äußerster Brutalität versuchte er Erik zu sich nach unten zu ziehen. Dennoch schaffte es dieser, sich im letzten Moment aus der Umklammerung zu befreien. Die gewonnene Distanz nutzte er zudem für einen beherzten Tritt in die Magengrube seines Kontrahenten, um sich einen Fluchtvorteil zu verschaffen. Dann sprintete er in die Dunkelheit.

Trotz seiner Erschöpfung trugen ihn seine müden Beine bis fast ans Ende der Straße, geradewegs auf das Haus zu. Erst als dessen weiße Fassade zu erkennen war, gönnte er sich eine kurze Pause. Allerdings weniger, um durchzuatmen, sondern um zu lauschen. Erfreulicherweise waren keine Schritte mehr zu vernehmen. Dennoch wusste er, dass er sich davon nicht täuschen lassen durfte, es nur eine Frage der Zeit war, bis der Fremde sich erholt hatte und wieder die Verfolgung aufnehmen würde.

Um die Straße hinter sich im Auge zu behalten, ging er die nächsten Meter rückwärts. Dabei keimte in ihm die Frage auf, ob er im Haus wirklich sicher sein würde. Schließlich war davon auszugehen, dass der Messermann genau wusste, wo sich Erik die vergangenen Tage aufgehalten hatte. Folgerichtig würde er dort bestimmt zuerst nach ihm suchen, vermutlich auch nicht davor zurückschrecken, sich gewaltsam Zutritt ins Innere zu verschaffen. Sein ursprünglicher Plan, sich bis zu Bens Eintreffen im Haus zu verschanzen, barg somit ein hohes Risiko, zumal das Haus an allen vier Seiten mit großzügigen Fenstern ausgestattet war. Besser, er würde einfach vorbeilaufen und sich ein anderes Versteck suchen. Nur wo?

Vertieft in seine Gedanken und sich noch immer rückwärts bewegend, spürte er plötzlich wie er mit seinem Gesäß auf harten Widerstand stieß. Eine am Straßenrand abgestellte Mülltonne. Zu spät, um noch zu reagieren. Krachend und mit einem lautstarken Schrei ging er zu Boden. Ein stechender Schmerz fuhr ihm in die Rippen.

Schlimmer noch als seine körperlichen Beschwerden wog jedoch die Tatsache, dass durch den verursachten Lärm auch sein Verfolger wieder auf ihn aufmerksam geworden war. Erneut schallten dessen Schritte laut und bedrohlich durch die Straße. Auch kamen sie schnell wieder näher.

Ohne nachzudenken robbte er über den Boden, um kurz darauf unter einem am Straßenrand abgestellten Autowrack Schutz zu finden. Sogleich stieg der Gestank von Rost und Benzin in seine Nase, während seine Wange auf dem rauen Asphalt lag. Er versuchte leise zu atmen, biss die Zähne zusammen, um entlarvende Geräusche zu vermeiden.

Die Schritte kamen näher, immer näher, bis sie schließlich direkt vor dem Auto verstummten. Erik stockte der Atem. Einen Moment war es totenstill, als hätte die Luft jedes Geräusch verschluckt. Dann ein unterdrücktes Fluchen, welches schließlich in einem drohenden Appell mündete:

»Pohlmann, ich weiß, dass du dich hier irgendwo versteckst. Aber ich kann warten. Ja, ich kann warten …«

Es war das erste Mal, dass Erik seine Stimme hörte. Eine tiefe, unheimliche Stimme, die ihm jedoch völlig fremd war. Dann folgte wieder Stille – eine, die sich länger und länger zog. Irgendwann fragte er sich, ob sich der Fremde womöglich davongeschlichen hatte. Doch er war noch da. Erik konnte seine Nähe spüren.

Er erinnerte sich an Atemtechniken, die ihm seine Psychologin gezeigt hatte, um seine Panikattacken unter Kontrolle zu bekommen: *Tief ein- und ausatmen, einatmen, ausatmen* ...

Dann endlich, nach ewig bangen Minuten des Ausharrens, ein resignierendes, zurückziehendes Schlurfen. Erik zählte bis hundert. Dann kroch er langsam unter dem Wagen hervor, ängstlich dabei in alle Richtungen spähend. Aber der ominöse Fremde war tatsächlich verschwunden.

Schnellen Schrittes überquerte er die Straße, um zum Haus zu gelangen. Er wollte sich wenigstens noch mit einem Messer oder ähnlichem bewaffnen, bevor er sich ein neues Versteck suchte. Den asphaltierten Weg, der zur Haustür führte, mied er dabei. Bloß nicht den Bewegungsmelder aktivieren.

Stattdessen stieg er über den Zaun des verwaisten Nachbargrundstücks, von wo er Zugang in den hinteren Garten hatte. Die Terrasse bereits hinter sich gelassen, drückte er sich eng an die weiße Hauswand und schlich leicht gebückt den Weg zur Eingangstür entlang. Bevor er diese jedoch öffnete, begab er sich noch einmal zur vorderen Hausecke, um einen Blick auf die Straße zu werfen. Niemand weit und breit!

Vorsichtig schlich er zur Haustür zurück. Doch in dem Moment, als er sie aufschließen wollte, sah er im Augenwinkel plötzlich etwas Helles aufblitzen. Etwas, das pfeilschnell von links auf ihn zugerast kam. Ein fürchterlich brennender Schmerz in seiner rechten Schulter folgte. Instinktiv wirbelte er herum und blickte in die hasserfüllten Augen eines Mannes. Diesmal trug er keine Maske. Das schwache Laternenlicht der Straßenlampe gab nun auch den Rest seines Gesichtes preis: Ein brutales, durch Narben entstelltes Gesicht, das Erik noch nie zuvor gesehen hatte. Er wollte reagieren. Doch zu spät. Tatenlos musste er mit ansehen, wie sich das Messer des Angreifers ein weiteres Mal in seinen Körper bohrte. Diesmal in die Brust. Zusammen mit einem blutigen Schwall Speichel brachte er noch ein stöhnendes »Warum?« über die Lippen. Dann wurde ihm schlagartig schwarz vor Augen und er sank zu Boden …

Déjà-Vu

»Können Sie mich hören, Herr Pohlmann?«, riss ihn eine vertraute Frauenstimme aus dem Schlaf und geradewegs in ein fruchtbares Déjà-vu. Der sterile Krankenhausgeruch, die berstenden Kopfschmerzen, die Stimme der Oberärztin – nein, auf keinen Fall antworten oder die Augen öffnen. Es bestand die Hoffnung, dass es sich lediglich um einen Traum handelte und er nur wieder einschlafen musste, um sich der Szenerie zu entziehen. Aber er schaffte es nicht. Irgendjemand fummelte bereits an seinem Augenlid herum und leuchtete grell mit einer Lampe hinein.

»Willkommen zurück«, ertönte eine zweite ihm bekannte Stimme, diesmal eine männliche. »Ich drücke jetzt Ihre rechte Hand. Wenn Sie mich hören können …«

»Ja doch, ich bin nicht taub«, gab Erik unwirsch zurück, während er ruckartig die Augen öffnete und dem Arzt die Hand entzog.

Zu seinem großen Entsetzen musste er feststellen, dass er sich tatsächlich wieder im Krankenhaus befand – auf derselben Station, im selben Zimmer, umgeben von denselben Gesichtern. Sie alle blickten ihn gleichsam mitfühlend wie erwartungsvoll an, was seine Verunsicherung noch steigerte.

Entgegen seiner ersten Vermutung, der erneute Krankhausaufenthalt könnte einem heimtückischen Traum entsprungen sein, fragte er sich nun, ob es sich nicht genau andersherum verhielt, das vermeintlich Erlebte der vergangenen Wochen vielleicht nichts weiter war als Fantasterei. Eine Illusion seines benebelten Kopfes, der sich noch immer in der postkomatösen Aufwachphase befand. In Anbetracht seines wankelmütigen Zustandes konnte er nichts ausschließen – auch nicht, einem möglichen Hirngespinst aufgesessen gewesen zu sein. Ein zutiefst verstörender, geradezu beängstigender Gedanke.

»Eigentlich sollten wir Ihnen böse sein«, richtete die Professorin erneut das Wort an ihn. In ihrer Stimme lag fast so etwas wie Mütterlichkeit, wenngleich ein vorwurfsvoll vibrierender Unterton nicht zu überhören war. »Sich einfach so ohne Vorwarnung aus dem Staub zu machen …«

Erik atmete erleichtert auf. Immerhin wusste er jetzt, dass sein Verstand noch funktionierte, er offenbar nicht geträumt hatte. Auch ließen sich die Geschehnisse der letzten Tage in allen Einzelheiten abrufen: die Flucht aus dem Krankenhaus, seine anschließende Odyssee durch Hamburg, der Tod seiner Mutter, die Versöhnung mit Ben und schließlich seine mysteriöse Traumbegegnung mit Kaja. Dennoch stand die Frage im Raum, was um alles in der

Welt ihn erneut hierher verschlagen hatte. Ein kurzer Griff an seinen lädierten, stark bandagierten Oberkörper sollte ihm jedoch schnell Klarheit verschaffen.

Natürlich, die Messerattacke! Das letzte, woran er sich erinnern konnte, bevor er das Bewusstsein verloren hatte. Deswegen auch der Verband und die brennenden Schmerzen. Bei jeder kleinsten Bewegung machten sie sich bemerkbar. Das erklärte allerdings nicht, warum man ihn ausgerechnet ins Eppendorfer Krankenhaus zurückgebracht hatte, auf eine Station, die sich ausschließlich mit neurologischen Härtefällen beschäftigte. Er musste davon ausgehen, dass er durch den Anschlag erneut ins Koma gefallen war. Wahrlich keine schöne Vorstellung, wenngleich es sogar noch schlimmer für ihn hätte ausgehen können. Das bestätigte auch Doktor Hilbert, dem der besorgte Blick seines Patienten nicht entgangen war.

»Nur ein paar Zentimeter haben gefehlt und sie hätten sich unten in der Tiefkühlabteilung wiedergefunden«, formulierte es der Mediziner salopp. Eine Aussage, die jedoch keineswegs zur Beruhigung beitrug. Noch immer wusste Erik nicht, wie lange er sich im Koma befunden hatte und ob erneut mit Folgeschäden zu rechnen war.

Ein tiefer Seufzer drang aus seiner Seele. Warum mussten sich die Dinge nur so unschön wiederholen? Immerhin sahen die Professorin und ihre Entourage noch genauso aus, wie er sie in Erinnerung hatte. Allzu lange wird er diesmal somit nicht bewusstlos gewesen sein. Auch die Schmerzen in Brust und Schulter wiesen auf eine gewisse Aktualität hin. Dennoch wollte er sich unverzüglich Gewissheit verschaffen.

»Wie lange?«, fragte er den Arzt, der inzwischen auf der Bettkante saß.

»Wie lange was?«

»Wie lange war ich weg?«

»Wenn Sie wissen wollen, ob Sie erneut im Koma lagen, kann ich Sie beruhigen, Herr Pohlmann«, antwortete Hilbert. »Durch die Messerstiche haben Sie allerdings kurzfristig Ihr Bewusstsein und auch eine Menge Blut verloren. In diesem Zustand wurden Sie vor zwei Tagen bei uns eingeliefert.«

»Zum Glück zeigte das Röntgenbild keine schwerwiegenden inneren Verletzungen«, fügte die Professorin hinzu. »Die Chirurgen konnten sich daher ganz auf die Versorgung Ihrer Wunden konzentrieren. Ein paar dicke Nähte und fertig. In ein, zwei Wochen sollte das Ganze ausgestanden sein.«

»Ein, zwei Wochen?«, stöhnte Erik genervt in Richtung der Professorin, was dieser hektische Flecken im Gesicht bescherte.

»Herr Pohlmann, wie mein Kollege Ihnen bereits sagte, können Sie froh sein, dass Sie überhaupt noch am Leben sind.«

»Aber mir fehlt leider die Zeit, mich wieder ins Krankenhaus zu legen«, entgegnete Erik. »Ich habe draußen wichtige Dinge zu erledigen.«

»Das wird leider warten müssen. Mit Ihrer Verletzung würden Sie ohnehin nicht weit kommen. Außerdem…« Mitten im Satz stockte sie plötzlich, als wäre ihr beinahe etwas rausgerutscht, was nicht für seine Ohren bestimmt war. Schnell lenkte sie daher ab und verfiel sogleich in einen verdächtigen Erklärton. »Herr Pohlmann, Sie sollten

Ihrem Körper jetzt dringend etwas Ruhe gönnen. Ganz unabhängig von Ihren Verletzungen werden die letzten beiden letzten Wochen nicht gerade förderlich für Ihre Gesundheit gewesen sein. Vergessen Sie bitte nicht, dass Sie sich noch immer im Stadium der Rekonvaleszenz befinden. Ihr Körper, aber auch Ihr Gehirn benötigen noch Zeit, um sich zu rekalibrieren, wie wir das in der Fachsprache nennen. Wir werden Sie daher in den nächsten Tagen noch einmal gründlich untersuchen und dann schauen, in welchem Gesamtzustand Sie sich befinden.«

»Ich brauche keine Kalibrierung, schon gar keine weiteren Tests«, fiel ihr Erik erneut unwirsch ins Wort. »Auch kann ich mich durchaus gut um mich selber kümmern.«

»Nun regen Sie sich doch nicht gleich wieder auf, Herr Pohlmann«, sprang Hilbert seiner Chefin zur Seite. »Was Frau Allgoever Ihnen zu erklären versucht…«

»Ich weiß, was die Professorin mir mitteilen möchte, danke. Trotzdem lasse ich mich nicht wie ein unmündiges Kind behandeln. Wenn ich das Gefühl habe, gehen zu müssen, dann gehe ich auch. Basta!« Mühsam versuchte sich Erik aufzurichten, sank jedoch mit einem lauten Ächzen sofort wieder zurück. Ein berstender, ziehender Schmerz fuhr durch seinen rechten Oberkörper.

»Nicht so hastig«, mahnte ihn Schwester Beatrice, während sowohl die Professorin als auch ihr Kollege genervt ihre Augen verdrehten.

»Da sehen Sie, wohin Ihr Starrsinn führt«, raunzte ihn die Professorin an. »Wenn Sie wollen, dass die Nähte wieder aufreißen, machen Sie nur weiter so.«

Stöhnend fasste sich Erik an den dicken Verband, der seinen kompletten Oberkörper bedeckte.

»Warten Sie, ich helfe Ihnen.« Mit einem routinierten Handgriff fuhr Schwester Beatrice das Kopfteil hoch und legte Erik ein zusätzliches Kissen in den Nacken. »Besser so?«

»Ja, viel besser«, bedankte er sich und wandte sich wieder den beiden Ärzten zu. »Falls es Sie beruhigt; ich habe nicht vor, das Krankenhaus bereits heute zu verlassen.«

»Das beruhigt uns ungemein«, entgegnete Hilbert trocken. »Weiter als bis auf den Krankenhausflur würden Sie es eh nicht schaffen. Dafür würde schon der Wachhund vor der Tür sorgen.«

»Stefan!«, zischte die Professorin ihren Kollegen an.

»Irgendwann muss er es ja doch erfahren, Bettina.«

»Ja sicher, aber vielleicht nicht sofort nach dem Aufwachen.«

»Von welchem Wachhund sprechen Sie?«, grätschte Erik irritiert dazwischen.

»Also gut, Sie würden ja doch keine Ruhe geben«, lenkte die Professorin ein. »Die Polizei hat jemanden vor der Tür postiert. Er soll aufpassen, dass Sie keine erneuten Dummheiten machen.«

Ungläubig blickte Erik zwischen der Professorin und Hilbert hin und her.

»Sorry, das ist nicht unsere Idee gewesen«, rechtfertigte sich der Arzt.

»Nein, ganz sicher nicht«, bestätigte die Professorin. »Die Polizei im Haus zu haben, bereitet uns auch kein gutes Gefühl.«

Es folgte eine längere Sprechpause. Erik war anzumerken, dass es mächtig in ihm arbeitete. Erst nach einer Weile fand er seine Worte wieder. »Und warum lässt mich die Polizei überwachen?«

»Tut mir leid, so genau wissen wir das auch nicht«, antwortete Hilbert. »Aber ich kann mir vorstellen, dass so ein Messerangriff durchaus Fragen aufwirft. Vielleicht beruhigt es Sie ja zu wissen, dass der Täter noch in derselben Nacht gefasst wurde.«

»Der Messermann?«, fragte Erik aufgeregt.

»Ja, es war derselbe, der es schon einmal auf Sie abgesehen hatte, kurz nachdem Sie bei uns eingeliefert wurden.«

»Und das ist sicher?«

»Hundertprozentig«, meldet sich Beatrice zu Wort. »Sie haben mir sein Bild gezeigt. Schließlich war ich damals die Einzige hier, die ihn gesehen hat. Ein ganz finsterer Typ.«

»Und hat sich die Polizei zufällig auch über das Motiv geäußert?«, wollte Erik wissen.

»Nein, natürlich nicht«, berichtete die Professorin. »Aber eigentlich sollten Sie es doch am besten wissen? Völlig grundlos wird er wohl kaum auf Sie eingestochen haben.«

»Wird das jetzt ein Verhör?«, fragte Erik gereizt. »Wenn Ihre Frage darauf abzielt, ob ich den Typen gekannt habe, dann muss ich Sie leider enttäuschen.«

»Tut mir leid, ich wollte Ihnen nicht zu nahe treten. Aber Sie müssen zugeben, dass dieser Gedanke nicht ganz abwegig ist.«

»Nein, abwegig ist er nicht«, entgegnete Erik, bevor er sich erneut in Schweigen hüllte. Nicht, dass er ihre Meinung geteilt hätte, aber es würde ja doch nichts bringen, die sture Ärztin von irgendetwas zu überzeugen. Vermutlich steckten sie ohnehin alle unter einer Decke; das Krankenhauspersonal und die Polizei. Es hätte nur noch gefehlt, dass man ihn in Ketten legte.

Seine Reisepläne konnte er jedenfalls erstmal begraben, ebenso sein Wiedersehen mit Kaja. Auch würde er sich darauf einstellen müssen, dass sie ihn für längere Zeit hierbehielten. Einmal war er zwar aus dem Krankenhaus entkommen, ein zweites Mal würde ihm das sicher nicht gelingen – vor allem nicht, solange der Aufpasser vor seiner Tür hockte.

Insofern bestand die einzige Hoffnung darin, dass es sich beim Attentäter tatsächlich um Kajas Ex-Mann handeln würde. So könnte dessen Inhaftierung durchaus eine neue Ausgangslage schaffen. Zwangsläufig würde Kaja erfahren, dass er noch lebte, er wieder aus dem Koma erwacht war. Ein womöglich entscheidender Impuls, um eine zarte, bislang ungeahnte Neugier in ihr zu entfachen. Eine Neugier, die sie vielleicht sogar zu ihm ins Krankenhaus treiben würde. Zugegeben, es war nur eine vage Hoffnung, aber im Moment die einzige, an welche er sich klammern konnte. Das zweifellos anstehende Gespräch mit der Polizei würde diesbezüglich vielleicht etwas Klarheit bringen.

Die Hände hinter seinem Kopf verschränkt, starrte er mit müden Augen an die Zimmerdecke. Fast wäre er eingeschlafen, zumal auch das weißbekittelte Empfangskomitee seit geraumer Zeit keine Wortbeiträge mehr sendete. Gleichwohl standen sie noch immer erwartungsvoll an seinem Bett, offenbar darauf hoffend, er würde vielleicht doch noch etwas Spannendes von sich geben. Diesen Gefallen tat er ihnen jedoch nicht, was die Professorin schließlich veranlasste, den kollektiven Rückzug anzukündigen.

»Wir lassen Herrn Pohlmann jetzt besser allein«, wandte sie sich ihren Kollegen zu, während sie ihm wohlwollend das Bein tätschelte. »Ein kleiner Mittagsschlaf wird ihm bestimmt guttun.« Dann schanzte sie Erik noch ein verschmitztes, selbstgefälliges Augenzwinkern zu, bevor sie samt ihrer Entourage das Zimmer verließ.

Endlich, dachte Erik und stieß einen langen Seufzer aus. Sein Blick fiel auf einen Schwarm Vögel, der an seinem Fenster vorbeiflog und hinter dem gegenüberliegenden Gebäude verschwand. Glühend beneidete er sie um ihre Freiheit. Sie konnten fliegen, wohin auch immer sie wollten. Bald darauf schlief er ein.

Erneut war es die Stimme der Professorin, die ihn am späten Nachmittag aus dem Schlaf riss. Auch diesmal war sie nicht allein. Statt der üblichen Eskorte waren es jedoch zwei ihm völlig fremde Männer, die sie im Schlepptau hatte – keiner von ihnen in weiß gekleidet.

»Da bin ich wieder, Herr Pohlmann«, säuselte sie überschwänglich. Der joviale Anbiederungston, mit dem sie offenbar versuchte, die vorherige Unterhaltung vergessen zu machen, beeindruckte Erik nicht im Geringsten. Ohnehin war sein Fokus mehr auf ihre beiden Begleiter gerichtet. Unauffällige, glattrasierte, leicht untersetzte Männer in schwarzen Lederjacken. Ihre ernsten Visagen verhießen nichts Gutes.

»Guten Tag, Herr Pohlmann«, begrüßte ihn einer der beiden, während er und sein Kollege synchron ihre Polizeimarken zückten und sie Erik vor die Nase hielten. »Ich bin Kriminalhauptkommissar Zastrow und das ist mein Assistent Herr Mann.« Letzterer deutete ein minimales, gezwungenes Nicken an.

»Bitte setzen Sie sich doch«, bat Frau Allgoever die Beamten und wies auf zwei Stühle, die rechts und links neben dem Bett standen.

»Sehr freundlich, danke sehr«, erwiderte der Kommissar, während er und sein Kollege der Aufforderung nachkamen.

»Bevor ich Sie mit Herrn Pohlmann allein lasse, eine kleine Bitte: Er ist noch sehr schwach. Es wäre daher nett, wenn sie ihn nicht überfordern würden.«

»Keine Sorge«, antwortete der Kommissar. »Nur ein paar Fragen. In spätestens fünfzehn Minuten sind wir wieder weg.«

»Dann bin ich beruhigt«, antwortete sie und trottete von dannen.

Für einen Moment herrschte angespannte Stille im Raum, die schließlich vom Hauptkommissar durchbrochen wurde. »Herr Pohlmann, Sie werden sich vermutlich denken können, warum wir hier sind?«

Erik nickte. »Mehr oder weniger.«

»Das heißt was?«, fragte Zastrow, dessen Augen hinter seiner Brille froschartig hervortraten.

Erik starrte ans Fußende des Bettes, um keinen Blickkontakt zu riskieren. »Nun, ich nehme an, dass Sie mich zu den Ereignissen in der Tatnacht befragen wollen. Allerdings…« Erik machte eine kurze Pause, als würde er nach den richtigen Worten suchen, um sich seinen beiden Zuhörern zu erklären. »Da ist etwas, das mich stutzig macht.«

»So, was denn?«

»Naja, dieser ganze Aufriss hier: der Polizist vor meiner Tür und das schnelle Verhör jetzt«, fuhr Erik fort. »Kann es sein, dass Ihr Interesse an meiner Person noch einen anderen Grund hat? Soviel ich weiß, sitzt der Täter doch bereits in Haft.«

»Respekt, Herr Pohlmann!«, lobte Zastrow. »Mit Ihrer Annahme liegen Sie absolut richtig. Der Überfall auf Sie interessiert uns tatsächlich nur am Rande. Aber der Reihe nach …« Der Kommissar wandte sich nickend seinem Assistenten zu, der diese Geste offenbar verstand und sogleich ein Foto aus seiner Jackentasche kramte.

»Ist er das?«, wollte Zastrow von Erik wissen.

Angestrengt legte dieser seine Stirn in Falten, während er das Foto betrachtete. Eine wirklich unangenehme Visage, die ihm da entgegenblickte: von tiefen Furchen und Falten verunstaltet, regelrecht kaputt malocht. Und ja, das Gesicht wies tatsächlich große Ähnlichkeit mit dem des Attentäters auf. Zwar hatte er es in jener Nacht nur kurz gesehen, aber mit seinen kalten grauen Augen, den graumelierten Brauen darüber und der kleinen Narbe an der Schläfe verfügte es doch über recht unverwechselbare Merkmale, die sich auch auf dem Foto wiederfinden ließen. Insofern bestand kaum ein Zweifel, dass es sich bei dem Kerl um den Messerstecher handelte.

Dennoch ließ er sich mit seiner Antwort Zeit, was vor allem seiner Neugier geschuldet war. Eigentlich schwer vorstellbar, dass Kaja es mit diesem finsteren Burschen so lange ausgehalten hatte, aus der Ehe mit ihm sogar zwei gemeinsame Kinder hervorgegangen waren.

»Und?«, drängte der Kommissar auf eine Antwort, während er mit verschränkten Armen nervös auf seinem Stuhl hin und her wippte.

»Ich denke schon, dass er es ist«, stotterte Erik. »Allerdings war es recht dunkel ...«

Der Kommissar nickte knapp und hob die Augenbrauen. Anstatt jedoch weiter zu insistieren, gab er sich gelassen. »Kein Problem, Herr Pohlmann«, erwiderte er trocken. »Wir haben ja bereits die Zeugenaussage Ihrer Nachbarin. Außerdem hat der Täter inzwischen ein umfassendes Geständnis abgelegt. Das dürfte vor Gericht reichen.«

»Es gibt eine Zeugin?«, fragte Erik erstaunt.

»Ja, eine ältere Dame aus dem Haus gegenüber«, bestätigte Zastrow.

»Frau Hanke«, schob der Assistent beflissen ein.

»Richtig, Frau Doktor Hanke«, wiederholte Zastrow. »Eine pensionierte Ärztin. Sie hat alles beobachtet und sofort die Polizei alarmiert. Dank ihrer Beschreibung konnte der Täter noch in derselben Nacht festgenommen werden. Außerdem hat sie bis zum Eintreffen der Rettungskräfte Ihre Erstversorgung übernommen. Ansonsten wäre das Ganze vermutlich schlechter für Sie ausgegangen.«

Erik fuhr sich in einer fahrigen Geste mit den Fingern durchs Haar. Das soeben Vernommene hatte ihn tatsächlich überrascht. Noch verblüffter war er jedoch, als ihm der Kommissar kurz darauf eröffnete, dass es sich bei dem Täter nicht etwa um Kajas Ex-Mann, sondern um einen von

Eriks ehemaligen Bankkunden handelte, den er in den finanziellen Ruin getrieben haben soll. Eine Information, die erstmal verdaut werden musste. Viel Zeit ließ Zastrow ihm allerdings nicht dafür.

»Auch wenn Sie ihn auf dem Bild nicht sofort erkennen sollten, vielleicht erinnern Sie sich noch an seinen Namen. Es handelt sich um einen gewissen Alexander Schürmann, dem Sie seinerzeit ein paar hochspekulative Hedgefonds vermittelt haben.«

Erik überlegte kurz, schüttelte dann aber den Kopf. »Nein, tut mir leid. Aber ich kann jetzt ohnehin nicht mehr klar denken.«

»Strengen Sie sich bitte nochmal an«, blieb Zastrow hartnäckig.

»Nein, keine Chance. Der Name sagt mir wirklich nichts«, wiederholte Erik. »Aber selbst ohne Amnesie würde es mir vermutlich schwerfallen, mich an jeden meiner Kunden zu erinnern.«

»Na gut, wir wollen es nicht erzwingen«, blieb der Kommissar weiter gelassen. Dann nahm er Erik das Bild wieder ab und überreichte es seinem Assistenten, der es sogleich wieder in der Jacke verstaute. »Wie Sie bereits richtig vermutet haben, gibt es da noch eine weitere Sache, die uns beschäftigt«, fuhr Zastrow nach einer kurzen Pause fort. »Es handelt sich um das von Ihnen bewohnte Haus.«

»Das Haus? Ich wusste gar nicht, dass auch Häuser bei der Polizei inzwischen unter Verdacht stehen«, versuchte sich Erik an einem mäßigen Scherz, der jedoch mit einem strengen Blick des Kommissars geahndet wurde.

»Herr Pohlmann, wir würden gerne von Ihnen wissen, was Sie dorthin verschlagen hat. Nach unseren Recherchen waren Sie vor Ihrem Krankenhausaufenthalt zuletzt in Uhlenhorst gemeldet.«

Natürlich hatte Erik längst eine Ahnung, worauf Zastrow hinauswollte. Offenbar schien er zu wissen, dass das Haus gelegentlich als Schlupfwinkel für Widerstandskämpfer genutzt wurde. Warum sonst sollte sich die Polizei dafür interessieren? Es war daher äußerste Vorsicht geboten. Eine unüberlegte Antwort konnte fatale Folgen für ihn und natürlich auch für Ben haben. Insofern galt es jetzt eine Geschichte aus dem Hut zu zaubern, die nicht nur einigermaßen plausibel erschien, sondern jeglichen Verdacht einer vermeintlichen Mitwisserschaft von ihm fernhielt.

Entsprechend stellte es Erik so dar, als habe er die Unterkunft in Niendorf lediglich einer glücklichen Fügung zu verdanken. Ein flüchtiger Bekannter aus seiner früheren Stammkneipe habe ihm den Tipp mit dem Haus gegeben, so seine Schilderung. Diesem sei er zufällig an der Alster begegnet, nachdem er zuvor seine alte Villa in einem unbewohnbaren Zustand vorgefunden hatte. Sich seinem ehemaligen Tresenkumpel über die missliche Wohnsituation offenbarend, berichtete dieser darauf von mehreren Immobilien, die seit Ausbruch der Pandemie leer stünden. Das besagte Haus hob sein Kumpel, den Erik nur unter dessen Kneipenpseudonym *die Harke* kannte, dabei besonders hervor. Mehrere Jahre habe er sich dort als Gärtner um die Blumenbeete gekümmert und wusste, wo die ehemaligen Eigentümer den Schlüssel für den Notfall deponiert hatten. Dankbar für diesen Tipp habe sich Erik daraufhin auf den Weg gemacht, wohlwissend, dass er sich dabei am Rande der Legalität befand. Andererseits habe er dringend einen Schlafplatz benötigt, sodass sich sein Unrechtsbewusstsein in Grenzen hielt. Natürlich sei er bereit, die entsprechenden Mietkosten zu übernehmen, schloss er seinen Bericht mit einer Prise gespielter Reue.

Zastrow zog die Stirn in Falten und blickte ihn skeptisch an. »Und das soll ich Ihnen glauben?«

»Ich weiß, das klingt vielleicht etwas seltsam, aber ich versichere Ihnen, dass es so war.«

»Gut, Herr Pohlmann, immerhin leugnen Sie nicht, dass Sie sich unerlaubt Zutritt in das Haus verschafft haben.«

»Nein, das tue ich nicht. Aber ich war in einer absoluten Notsituation.«

»Dann wird Ihnen ja auch sicher nicht entgangen sein, dass sich im gesamten Haus Flugblätter und sonstige Druckschriften staatsfeindlichen Inhalts befunden haben.«

Erik wurde kreidebleich. Verdammt, die Flugblätter. Er hatte sie schon fast vergessen. Tatsächlich gab es davon eine Menge im Haus. Insofern würde es auch nichts bringen, den Ahnungslosen zu mimen. Er entschied sich deshalb für eine offensivere Strategie. »Ja, natürlich ist mir dieses Dreckzeug aufgefallen«, sagte er angewidert. »Keine Ahnung, wie es ins Haus gekommen ist. Ein Überbleibsel der alten Besitzer, nehme ich an …«

»Nein«, schob Zastrow trocken ein. »Offiziell steht das Haus seit über zwei Jahren leer und die Flugblätter sind teilweise nicht mal zwei Monate alt.«

»Dann muss wohl noch jemand anderes vor mir dort gewesen sein.«

»Ja, davon ist auszugehen. Jemand, den Sie vermutlich gut kennen.«

»Ich?«, entgegnete er empört, wobei er alle Überzeugungskraft, die er besaß, in seine Stimme legte. Innerlich jedoch wurde er von Panik gepackt, die er zumindest soweit zu unterdrücken versuchte, dass sie sich nicht in seiner Mimik widerspiegelte. Ein Vorhaben, das offensichtlich misslang. Jedenfalls schien Zastrow nicht gewillt, auch nur für einen Moment nachzulassen.

»Herr Pohlmann, ich werde jetzt ganz offen zu Ihnen sprechen. Wir haben Grund zur Annahme, dass das Haus seit geraumer Zeit als Unterschlupf einer terroristischen Gruppierung namens *Rote Hand* dient.« Der Kommissar schlug nun einen deutlich schärferen Ton an, der erkennen ließ, dass er nicht länger gewillt war, sich noch weiter an der Nase herumführen zu lassen. Auch sein Blick vermittelte, dass Erik inzwischen ziemlich nah am Abgrund stand. »Chef dieser Bande ist übrigens ein gewisser Ben Schumacher«, fuhr er fort. »Aber das dürfte Ihnen vermutlich bekannt sein.«

»Um Himmelswillen nein«, erwidert Erik trotzig. Doch auch wenn er noch immer opponierte, klang seine Stimme zunehmend brüchiger und weitaus weniger überzeugend als noch zu Beginn des Gesprächs.

»Ihnen ist doch bestimmt klar, dass Sie sich mit einer Falschaussage strafbar machen«, fiel nun auch der Assistent in das Gespräch ein.

»Herr Pohlmann, wann hatten Sie das letzte Mal Kontakt zu Ihrem Sohn?«, kam Zastrow nun auf den Punkt.

»Gute Frage«, druckste Erik herum, um Zeit zu gewinnen.

»Herr Pohlmann, so schwer ist die Frage nicht!«

»Für jemanden, der unter Amnesie leidet schon«, antwortete Erik angefasst. »Soweit ich mich erinnere, habe ich ihn schon Ewigkeiten nicht mehr gesehen. Jedenfalls nicht, seitdem ich aus dem Koma aufgewacht bin, falls Sie darauf hinauswollen.«

»Erzählen Sie uns keine Geschichten«, schrie ihn Zastrow an, was wohl weniger verhörtaktische Gründe hatte, als vielmehr seiner wachsenden Ungeduld geschuldet war. »Sie machen es uns allen einfacher, einschließlich Ihrem Sohn, wenn Sie endlich mit der Wahrheit rausrücken.«

»Aber wenn ich ihn doch nicht gesehen habe«, blieb Erik standhaft.

»Jetzt platzt mir aber langsam der Geduldsfaden«, brüllte Zastrow erneut. Noch bevor er jedoch weiter insistieren konnte, öffnete sich die Tür und die Professorin trat ins Zimmer.

»Meine Herren, Sie hatten mir versprochen, Herrn Pohlmann nicht so stark zu beanspruchen«, mahnte sie streng. »Ihr Geschrei hört man bis auf den Flur.«

»Entschuldigen Sie, Frau Professorin«, gab sich Zastrow kleinlaut. »Wir werden uns bemühen, etwas leiser zu sprechen. Es dauert auch nicht mehr lang …«

»Nein, ich denke, für heute ist es genug. Herr Pohlmann braucht jetzt dringend etwas Ruhe.«

Erik atmete erleichtert auf. Offenbar hatte er die Professorin zu Unrecht der Komplizenschaft beschuldigt. Ihr perfekt getimtes Auftauchen und der energische Rauswurf sprach sie von jeglichem Anfangsverdacht frei.

»Wie Sie meinen«, brummte Zastrow mürrisch. Dann wandte er sich noch einmal Erik zu. »Aber wir kommen wieder, Herr Pohlmann«, drohte er, während er seine Visitenkarte demonstrativ auf dem Nachttisch platzierte. »Sollten Sie vorher Redebedarf haben oder Ihnen doch noch etwas einfallen, das uns weiterhelfen könnte, rufen Sie mich an.«

»Ja, aber machen Sie sich keine allzu großen Hoffnungen.«

»Sie können sich auch jederzeit an Herrn Kroschinski wenden. Er wird jetzt ein paar Tage vor Ihrer Tür sitzen und darauf achten, dass Sie keine Dummheiten machen.«

»Nehmen Sie Ihren Wachhund gern wieder mit.«, entgegnete Erik zornig. »Ich brauche niemanden, der auf mich aufpasst.«

»Tut mir leid, aber solange die Sache nicht vollständig aufgeklärt ist, werden Sie damit leben müssen«, ließ ihn Zastrow schnippisch wissen.

»Und Sie müssen jetzt damit leben, dass die Besuchszeit beendet ist«, mahnte die Professorin, während sie die beiden Beamten energisch aus der Tür schob.

Sprung ins Ungewisse

Das aufwühlende Gespräch mit den Polizisten beschäftigte Erik noch länger. Die anschließende Nacht verlief unruhig, was keineswegs nur an seinen Wundschmerzen lag, die sich zum Abend deutlich verstärkt hatten. Es gab so vieles, das ungeordnet in seinem Kopf herumschwirrte. Ein quälendes Konglomerat aus offenen Fragen, bleiernen Sorgen und neuentfachter Hoffnungslosigkeit. An erholsamen Schlaf war jedenfalls nicht zu denken. Wenn er dann doch mal einnickte, fuhr er kurz darauf aus irgendeinem wirren Albtraum hoch, worauf das Grübeln stets von Neuem begann.

Die ungeklärte Situation mit Kaja setzte ihm besonders zu. Durch seine abermalige Gefangenschaft waren Sankt Peter-Ording und das Treffen mit ihr in weite Ferne gerückt. Er war sich nicht einmal mehr sicher, ob er sie überhaupt jemals wiedersehen würde.

Und Ben? Ihn hatte er durch sein fahrlässiges Handeln in große Gefahr gebracht.

Noch bis in die frühen Morgenstunden haderte er mit sich und seiner ausweglos erscheinenden Situation. Erst dann fiel er in einen tieferen Schlaf, aus welchem er jedoch nur wenig später von den Geräuschen des morgendlichen Krankenhaustreibens geweckt wurde. Kein Wunder, dass er sich völlig gerädert fühlte.

Immerhin sollte sich sein Gemütszustand ein wenig erhellen, als er am späten Vormittag unerwarteten Besuch bekam.

»Wie schön, unser verlorener Sohn ist zurückgekehrt!«, begrüßte ihn Miriam Holtkamp mit einem strahlenden Lächeln. Ein durch und durch ansteckendes Lächeln, welches er sogleich erwiderte.

»Frau Holtkamp! Das ist aber eine nette Überraschung. Wie geht es Ihnen?«

»Mir geht es gut, danke«, antwortete sie und lächelte erneut. »Aber die Frage ist ja wohl eher, wie es Ihnen geht, Herr Pohlmann? Darf ich?« Frau Holtkamp deutete auf das Bettende, wo sie sich sogleich niederließ, ohne eine Antwort abzuwarten.

»Eigentlich war der Platz bereits besetzt«, sagte Erik mit einem breiten Grinsen. »Aber die Dame, die bis eben hier noch saß, ist gerade Kippen holen.«

»Immer noch derselbe Spaßvogel. Wenigstens haben Sie sich Ihren Humor bewahrt.«

»Sie wissen ja: Humor trägt die Seele über die Verzweiflung hinweg.«

»Oh, armer Herr Pohlmann. So schlimm?«

»Schlimmer!«

»Dann schießen Sie mal los.«

»Puh, ich weiß gar nicht, wo ich anfangen soll.«

»Am besten von vorn.«

Erik blickte kurz zum Fenster hinaus, als müsste er sich nochmal sammeln. Dann nahm er einen tiefen Atemzug und begann ausführlich zu berichten. Einzig die Begegnung mit seinem Sohn sparte er aus. Nicht, weil er ihr misstraute – ganz im Gegenteil. Er vertraute ihr mehr als allen anderen im Krankenhaus. Doch er wollte vermeiden, dass sie als Mitwisserin möglicherweise in einen inneren Konflikt geriet.

Aufmerksam hörte ihm die Psychologin zu. Die Sonne war ein gutes Stück gewandert, als Erik mit seinen Schilderungen fertig war.

»Wow, da haben Sie in den letzten beiden Wochen ja wirklich eine Menge erlebt«, stellte Frau Holtkamp beeindruckt fest. »Mich würde natürlich besonders interessieren, was das alles mit Ihrem Innenleben gemacht hat. Ist bestimmt nicht einfach, die vielen Eindrücke zu verarbeiten. Und dann noch dieser schreckliche Messerangriff …«

»Das stimmt«, bestätigte Erik. »Ein paar Fragen schwirren schon noch in meinem Kopf herum.«

»Das kann ich mir vorstellen. Vielleicht haben Sie ja Lust, diesen Fragen in den nächsten Tagen mit mir auf den Grund zu gehen. Auch die Sache mit Kaja sollten wir unbedingt vertiefen.«

»Gern«, antwortete Erik. »Jetzt habe ich ja erstmal wieder jede Menge Zeit.«

»Leider habe ich jetzt keine mehr«, sagte Frau Holtkamp nach einem Blick auf die Uhr. »Ich wollte ja eigentlich auch nur kurz Hallo sagen. Aber wenn Sie mögen, kommen Sie doch morgen zur gewohnten Zeit in mein Sprechzimmer.«

»Ja, das mach ich«, versicherte Erik.

»Schön, Herr Pohlmann, dann bis morgen.« Sie erhob sich und verschwand mit demselben offenherzigen Lächeln, mit dem sie gekommen war.

Die nächsten Tage waren geprägt von der üblichen Krankenhausroutine: Physio, Gesprächstherapie, Arzttermine und einer Vielzahl von Untersuchungen. Letztere ergaben, dass sich sein Allgemeinzustand während seiner Flucht zumindest nicht verschlechtert hatte. Auch seine Stichwunden sollten überraschend schnell verheilen, sodass die Fäden bereits nach einer Woche gezogen werden konnten und er schon bald keine Schmerzen mehr verspürte.

Ansonsten aber setzte sich sein Stimmungstief unverändert fort. Meistens saß er in den behandlungsfreien Zeiten antriebslos in seinem Zimmer und starrte aus dem Fenster. Draußen war es inzwischen Juni geworden – die schönste Zeit im Jahr. Wenn er hinausschaute, sah er den blauen Himmel, die Sonne, die Freiheit, nach der er sich so sehnte. Dennoch schien die Welt so weit von ihm entfernt wie nie zuvor. Er fühlte sich wie ein Vogel, eingesperrt in einem goldenen Käfig.

Lediglich die Sitzungen bei seiner Therapeutin ließen ihn vorübergehend seine triste Wirklichkeit vergessen. Miriam Holtkamp schien einfach in allem etwas Positives zu sehen. Mit ihrer lebensbejahenden, undogmatischen Art schaffte sie es, ihn zumindest kurzfristig aus seiner Lethargie zu holen. Doch wieder zurück in seinem Zimmer war alles wie zuvor.

Selbst von seinen früheren Extremläufen auf dem Flur hatte er inzwischen Abstand genommen. Warum sich auch abmühen, wenn er doch nicht von hier fortkam. Und für einen weiteren Fluchtversuch fehlten ihm sowohl die Kraft als auch eine zündende Idee zur Umsetzung. Ohnehin hätte er dafür zunächst Kroschinski loswerden müssen – der Polizist, den man ihm zu seiner Bewachung vor die Tür gesetzt hatte und der ihn auf Schritt und Tritt begleitete.

 Im Grunde genommen war er kein schlechter Kerl. Weder stellte er unangenehme Fragen noch musste Erik irgendwelche Repressalien durch ihn fürchten. Ihre Wortwechsel beschränkten sich allenfalls auf die üblichen Begrüßungs- und Verabschiedungsfloskeln. Für gewöhnlich reichte aber auch ein dezentes Männernicken, um sich dem jeweiligen Gegenüber bemerkbar zu machen. Insofern hätte es ihn tatsächlich schlimmer treffen können. Und dennoch störte es Erik, seine ständige Präsenz zu spüren. Kroschinski war einfach immer da, seit zehn Tagen nun schon.

Selbst zu den Therapiesitzungen und Untersuchungen wurde er von Kroschinski begleitet. Zwar kam er für gewöhnlich nicht mit in die Behandlungszimmer hinein, aber allein der gemeinsame Weg dorthin löste bei Erik Beklemmungen aus. Wie ein altes Ehepaar trotteten sie nebeneinander den Krankenhausflur entlang – schweigend, mürrisch, in Gedanken versunken. Mit dem obligatorischen Nicken wurde Erik dann in die entsprechende Räumlichkeit verabschiedet und mit einem selbigen wieder in Empfang genommen. Danach ging es genauso schweigsam wie auf dem Hinweg zurück. Ein Kommunikationstrainer hätte bei diesem Anblick vermutlich sofort mitgefilmt. Die sich ihm darstellende, geradezu sinnbildhafte Verrohung zwischenmenschlicher Interaktionsformen wäre als Anschauungsmaterial kaum besser geeignet gewesen.

Auch am heutigen Vormittag verhielt es sich nicht anders. Auf dem Programm stand der Gang zu Eriks Physiotherapeuten Herrn Burchard. Durch die kurzfristige Verlegung der Behandlung ins Parterre hatten sie jedoch eine deutlich längere Strecke als gewöhnlich zu absolvieren. Auch waren sie zusätzlich auf den Fahrstuhl angewiesen. Letzteres stellte in ihrer gemeinsamen Ausflugsgeschichte ein absolutes Novum dar. Bislang hatten sich ihre Ziele immer im selben Stockwerk befunden. Keine Frage, dass Erik lieber die Treppe benutzt hätte, als sich mit seinem korpulenten Bewacher in die enge Metallkabine zu quetschen. Aber mit einer seiner unmissverständlichen Gesten machte Kroschinski klar, sich in diesem Fall auf keinerlei Diskussionen einzulassen.

Erik biss die Zähne zusammen und kauerte sich in die hinterste Ecke des Fahrstuhls. Anderes blieb ihm auch nicht übrig, da Kroschinski mit seinem stark untersetzten Bauch Platz für drei beanspruchte. Dabei waren die Enge und körperliche Nähe, die sich zwangsläufig zu seinem Bewacher ergab, nicht mal das Schlimmste. Weitaus schwerer zu ertragen war der entsetzlicher Geruch, den Kroschinski verströmte. Eine Mischung aus erstickendem Moschus, Tagesschweiß und Mundgeruch. Ein Gestank zum Gotterbarmen, ohne die geringste Möglichkeit sich diesem zu entziehen. Für längeres Luftanhalten fehlte es

Erik noch immer an Kondition. Es kam daher einer Erlösung gleich, als sich die Fahrstuhltür nach gefühlter Ewigkeit wieder öffnete und er wieder frei atmen konnte. Nur eine Minute länger und er wäre bewusstlos zu Boden gegangen.

Eingetroffen am Behandlungszimmer schanzte er seinem Begleiter wie immer das obligatorisch Abschiednicken zu. Allerdings graute ihm schon jetzt vor dem Rückweg. Ebenso vor der anstehenden Folterstunde bei seinem Physiotherapeuten. Denn auch wenn dieser eine Koryphäe auf seinem Gebiet war, nahm er Erik extrem hart ran. Als ehemaliger Bundeswehroffizier neigte er zudem dazu, bei seinen Übungsanweisungen in einen messerscharfen Befehlston zu verfallen, was Erik überhaupt nicht schmeckte. Insofern fühlte er sich jedes Mal, als würde er aufs Schafott gehen, wenn er die Tür zum Behandlungszimmer durchschritt – so auch heute.

Anders als sonst erwartete ihn Burchard jedoch nicht an der Tür, sondern stand mit dem Rücken zu ihm gekehrt am geöffneten Fenster und schaute in den Krankenhausgarten. Seinen durchtrainierten Körper konnte auch die weitgeschnittene Krankenhauskluft nicht verstecken.

»Ich wäre dann soweit«, versuchte Erik die Aufmerksamkeit auf sich zu lenken, nachdem er eine Zeitlang unbeholfen im Raum herumgestanden hatte. Der Therapeut zeigte sich jedoch unbeeindruckt.

Nach einer weiteren Pause wagte Erik einen neuen Anlauf: »Herr Burchard?«

Endlich schien sein Gegenüber zu reagieren. Langsam dreht er sich um. »Bereit für ein letztes großes Abenteuer, Herr Pohlmann?«

Erik fuhr zusammen. Der Mann, der ihm gegenüber-stand war nicht Herr Burchard, sondern niemand geringe-res als Ben.

»Wir müssen uns beeilen«, wies dieser seinen fassungs-losen Vater an, während er sich mit einem Satz auf das Fensterbrett schwang. Dann streckte er Erik seine Hand entgegen, um ihn zu sich nach oben zu ziehen. Dieser zö-gerte zunächst einen Moment, griff dann aber beherzt zu, bevor sie gemeinsam hinaus in den Garten sprangen.

Blinde Passagiere

Nur noch ein paar Meter. Erik biss die Zähne zusammen und kämpfte gegen die Strömung an. Dann spürte er endlich wieder Sand unter seinen Füßen. Völlig erschöpft kroch er aus dem Wasser und ließ sich tropfend neben Ben auf das grasbewachsene Flussufer fallen.

Schwer atmend und mit aufgerissenen Augen starrte er in den strahlend blauen Himmel, während die hochstehende Sonne begann, seinen nassen Körper zu trocknen.

»Bist du okay?«, wollte Ben von ihm wissen.

Erik konnte nur nicken. Abgesehen davon, dass er noch immer ziemlich aus der Puste war, ging es ihm erstaunlich gut.

»Fein«, freute sich Ben. »Lief doch super bis jetzt.«

Erik nickte wiederholt, zumal Ben recht hatte. Es lief tatsächlich alles super, perfekt geradezu. Das war nicht unbedingt zu erwarten gewesen. Aber sowohl die erneute

Flucht aus dem Krankenhaus als auch die sich daran anschließende Fahrt in dem klapprigen Lieferwagen verliefen ohne nennenswerte Zwischenfälle.

Zugegeben, er war schon komfortabler gereist, als stundenlang in einem zugeschnürten Kartoffelsack auszuharren. Auch blieb ihm jedes Mal fast das Herz stehen, wenn sie die Kontrollstützpunkte passierten und ihre beiden Begleiter sich den obligatorischen Fragen der Polizeibeamten stellen mussten. Ausgerechnet den *Unfreundlichen* und seinen wortkargen Kollegen hatte Ben mit dieser anspruchsvollen Aufgabe betraut, was Erik zunächst durchaus Bauchschmerzen beschert hatte. Nach dem Vorfall auf der Elbe wäre es ihm lieber gewesen, Ben hätte diesen Job selber übernommen. Der aber hatte so wie er in einem Kartoffelsack gesteckt, da sein Konterfei inzwischen auf jedem Fahndungsplakat zu sehen war.

Im Nachhinein musste Erik allerdings zugeben, dass seine Bedenken unbegründet gewesen waren. Die beiden falschen Gemüselieferanten hatten in ihren Rollen durchaus zu überzeugen gewusst. Sogar seinen schnippischen Ton hatte der Unfreundliche im Griff gehabt, was vermutlich darauf zurückzuführen war, dass ihn Ben im Vorfeld genauestens instruiert hatte.

Überhaupt schien sein Sohn ihren Trip nach Sankt Peter-Ording bis ins kleinste Detail durchgeplant zu haben. Nichts, rein gar nichts, wurde dem Zufall überlassen. Selbst das Autokennzeichen unterwegs mehrmals gewechselt, um es dem jeweils durchquerten Verwaltungsbezirk anzupassen. Und so hatten sie für die Strecke von Hamburg nach Itzehoe gerade mal einen halben Tag ge braucht. Eine durchaus beachtenswerte Leistung. Schließlich mussten sie mehrere Sperrgebiete umfahren und sich an den Kontrollpunkten immer wieder neu legitimieren. Doch bei aller Euphorie und dem Wissen, bereits über die Hälfte der Strecke zurückgelegt zu haben, war sich Erik über eines durchaus im Klaren: der anstrengendste und gefährlichste Teil ihrer Reise lag noch vor ihnen.

Schließlich würden sie ab jetzt auf die Dienste des Lieferwagens verzichten müssen. Die massive Militärpräsenz in und um Itzehoe, eine der noch immer am stärksten von der Seuche betroffenen Gebiete, hätte eine Weiterfahrt zu einer regelrechten Kamikazeaktion werden lassen. Allein die Überquerung der Stör wäre mit dem Transporter unmöglich gewesen. Die wenigen passierbaren Brücken waren überwiegend dem Militär vorbehalten und an den verbleibenden wurde laut Aussage Bens streng kontrolliert.

Kurz vor Heiligenstedten, in einem dicht bewachsenen Waldgebiet, sollte ihre Fahrt daher enden. Während es für Erik und Ben zu Fuß weiter Richtung Fluss ging, hatten ihre Begleiter den Auftrag, noch bis zum nächsten Abend dort auszuharren, um Ben wieder zurück nach Hamburg zu schleusen.

Die Stör lag nur wenige hundert Meter vom Wald entfernt. Vor allem aber war sie an dieser Stelle recht schmal und hatte vergleichsweise wenig Strömung – deutlich weniger jedenfalls als an anderen Stellen, wie Ben behauptete. Dennoch hatte er seine ganze Überzeugungskraft aufbringen müssen, um Erik aus den Kleidern und ins Wasser zu bekommen. Die Vorstellung, den Fluss schwimmend zu durchqueren, hatte Erik derart in Panik versetzt, dass er für einen kurzen Moment sogar darüber nachdachte, die

gesamte Mission abzubrechen und nach Hamburg zurückzukehren.

Offenbar traute er seinem Körper noch immer nichts zu
– hatte zunächst geglaubt, auch das Schwimmen vergessen
zu haben. Schon gar nicht war er bereit gewesen, seinen
Fuß in ein Gewässer zu setzen, bei welchem er nicht bis auf
den Grund sehen konnte.

Dass er seine Wasserscheu letztlich doch noch über-
wunden hatte, lag weniger an Bens unermüdlichen Über-
redungskünsten als vielmehr an einer sich plötzlich aus
der Stille schälenden Polizeisirene. Auch wenn diese vermutlich nicht ihnen gegolten hatte, brauchte es offenbar
diesen zusätzlichen Impuls, um sich seiner letzten Zweifel
und damit auch seiner Kleidung zu entledigen. In rekord-
verdächtiger Geschwindigkeit hatte er diese in seinem
Rucksack verstaut, um sich damit sogleich heldenhaft in
die Fluten zu stürzen.

Erik wirkte sichtlich gelöst, als er das weiche, saftige Ufer-
gras unter seinem Rücken spürte. Keine Spur mehr von
der Nervosität, die eben auf der anderen Flussseite noch
sein Wesen bestimmt hatte. Er war ein gottverdammter
Flussbezwinger, hatte der Strömung erfolgreich Paroli geboten und nebenbei seine Angst vor schlammigen Gewäs-
sern besiegt.

Während er seinen Triumph in vollen Zügen auskos-
tete, hatte Ben begonnen, ihre durchnässte Kleidung zum
Trocknen auf einen Strauch zu hängen. Obwohl sie während ihrer Flussdurchquerung in einem wasserdichten
Rucksack verstaut war, hatte sie doch gelitten. Immerhin
der ebenfalls im Rucksack lagernden Brotbox konnte die

Feuchtigkeit nichts anhaben. Umgehend fischte er aus dieser zwei Salamistullen heraus. »Willst du?«

Klar wollte Erik. Schnell richtete er sich auf und nahm die dargereichte Stärkung entgegen. Nachdem er fertiggegessen hatte, nutzte er die Gelegenheit, sich Antwort auf eine Frage zu holen, die ihn bereits den ganzen Nachmittag beschäftigt hatte. »Was hast du eigentlich mit Herrn Burchard gemacht?«

»Bitte wer?« Ben schaute ihn irritiert an.

»Herr Burchard, mein Physio aus dem Krankenhaus.«

»Ach der«, antwortete Ben und grinste verwegen. »Keine Sorge, dem geht's gut. Vermutlich genießt er gerade seinen freien Tag und liegt wie wir entspannt in der Sonne herum. Aber wie kommst du ausgerechnet jetzt auf den?«

»Weiß nicht«, antwortete Erik schulterzuckend. »Ich wollte es einfach wissen.«

»Hast du geglaubt, ich hätte ihn umgebracht?«, lachte Ben.

»Natürlich nicht«, entgegnete Erik entrüstet. »Aber er wird sich seinen freien Tag bestimmt nicht selbst verordnet haben.«

»Da hast du recht. Ein bisschen nachhelfen mussten wir schon …«

»Ihr habt ihn bestochen?«

»Unsinn! Wir haben nur seinen Dienstplan etwas optimiert. Hanna hat da so ihre Quellen. Die Pflege- und Krankenhauseinrichtungen in Hamburg laufen inzwischen alle über das gleiche Planungstool.«

Erik lächelte zufrieden. Dann verfielen sie wieder in einträchtiges Schweigen, ihre Blicke gleichsam andächtig wie gedankenverloren auf das träge dahinfließende Wasser gerichtet. Nur der Wind war gelegentlich zu hören, wenn er sich an den Zweigen der umliegenden Büsche verging. Nach einer Weile war es erneut Erik, der die Stille mit einer Frage durchbrach:

»Und wie geht's jetzt weiter?«

»Mit Herrn Burchard?«

»Nein, mit unserer Reise natürlich. Wir können ja nicht ewig hier rumliegen.«

»Immer mit der Ruhe«, besänftigte ihn Ben. »Erst müssen unsere Klamotten trocknen. Außerdem können wir sowieso noch nicht los, nicht solange es hell ist.«

Dann weihte er Erik in seinen Plan ein: Danach würden sie sich nach Einbruch der Dunkelheit zum Itzehoer Bahnhof begeben, um gegen 23:00 Uhr einen Güterzug Richtung Nordsee zu besteigen. Ben hatte herausgefunden, dass der Zug aufgrund von Gleisbauarbeiten bei Friedrichstadt nur Schritttempo fahren würde, wodurch sie Gelegenheit hätten, abzuspringen. Von dort würde sie dann ein »Sympathisant« mit dem Auto direkt nach Sankt Peter fahren.

Ein guter Plan, fand Erik. Einer, der tatsächlich auch funktionieren sollte – zumindest was den ersten Teil betraf.

Unbemerkt gelangten sie im Schutze der Dunkelheit nach Itzehoe. Auch der etappenreiche Weg zum Bahnhof stellte kein Problem dar. Zwar mussten sie sich immer wieder in Häusereingängen verstecken, um nicht von patrouillierenden Polizisten entdeckt zu werden. Letztlich aber sollten sie den Güterbahnhof pünktlich erreichen.

Ihr Zug stand bereits auf den Gleisen. Um ihn herum herrschte allerdings reges Beladungstreiben, sodass sie gezwungen waren, vorerst hinter einem Schuppen abzutauchen. Dicht aneinander gepresst hockten sie auf dem Boden – wohlwissend, dass jeder Laut, den sie von sich gaben, sie verraten konnte.

Während Ben das Geschehen auf dem Bahnsteig verfolgte, entledigte sich Erik seiner Schuhe, um sie von kleinen Steinchen und Sand zu befreien. Den strafenden Blick seines Sohnes, der sich offenbar in seinen Obervierungsarbeiten gestört fühlte, ignorierte er geflissentlich.

Ben musste gar nicht so genervt tun. Wenn sich hier jemand über irgendetwas aufregen durfte, dann wohl eher Erik. Schließlich hatte Ben ihn erneut über ein wichtiges Reisedetail in Unkenntnis gelassen.

»Ein Viehtransport?«, flüsterte Erik seinem Sohn verstört zu, nachdem er einen Blick auf den Zug geworfen hatte.

»Richtig, eine ganze Ladung Angler Sattelschweine, um es genau zu sagen«, antwortete Ben ebenfalls flüsternd. »Wird langsam leerer. Wir können sicher bald einsteigen«, fügte er zufrieden hinzu.

»Schön«, sagte Erik mit einem leicht beleidigten Unterton. »Und wann hattest du vorgehabt, mich über unsere Reisebegleiter zu informieren?«

»Ich dachte, das hätte ich längst«, druckste Ben herum. »Ob wir nun mit Kartoffeln oder Schweinen durch die Lande fahren, spielt doch keine Rolle. Hauptsache, wir kommen ans Ziel.«

»Ja, das ist die Hauptsache«, pflichtete Erik ihm zähneknirschend bei. »Trotzdem würde ich solche Dinge in Zukunft gerne vorher erfahren. Dann kann ich mich zumindest darauf einstellen.«

»Worauf einstellen?« Ben sah seinen Vater ungläubig an, bevor er seine Mundwinkel zu einem spöttischen Grinsen verzog. »Damit du mir schon Stunden vorher auf die Nerven gehst?«

So eine Frechheit, dachte Erik. Bevor er seinen Unmut jedoch auch verbal Ausdruck verleihen konnte, heulten dröhnend die Motoren der Diesellok auf.

»Es ist soweit«, informierte Ben und schaute auf seine Uhr. »Noch vier Minuten!«

Vorsichtig streckten sie ihre Köpfe hinter dem Schuppen hervor und spähten zum bescheiden ausgeleuchteten Bahnsteig. Kein Mensch mehr zu sehen, nur der abfahrbereite Zug. Ruhig war es trotzdem nicht. Das ohrenbetäubende Quieken der in den Waggons eingepferchten Schweine erstreckte sich über das gesamte Bahnhofsgelände. Ein grauenhaftes Geräusch, das von höchster Todesnot zeugte.

»Und los!«, gab Ben das Startkommando.

Wie von Sinnen stürmten sie auf den Zug zu, um kurz darauf zwischen der Zementschwelle des Bahnsteigs und den Puffern zweier Waggons abzutauchen. Über die Gleise robbten sie auf die vom Bahnhof abgewandte andere Seite, wo sie über eine dort angebrachte Sprossenleiter hoch zur Schiebetür stiegen und im Waggon verschwanden.

Sogleich schlug ihnen ein fürchterlicher Gestank entgegen. Auch mussten sie aufpassen, dass sie die Schweine nicht durch eine unachtsame Bewegung aufschreckten. Denn wenn sie jetzt eines nicht gebrauchen konnten, dann war es eine Massenpanik.

Mit angehaltenem Atem harrten sie zwischen dem muffelnden Schlachtvieh aus, ihre Blicke angespannt auf die wieder zugezogene Schiebetür gerichtet. Tatsächlich glaubte Erik kurz darauf ein paar schwache Lichtblitze durch die Holzritzen zu erkennen. Durchaus möglich, dass sie von den Taschenlampen der Verladearbeiter stammten. Zum Glück ertönte just in diesem Augenblick jedoch ein schriller, langgezogener Pfiff. Mit einem harten Ruck setzte sich der Zug in Bewegung.

Schwerfällig und knirschend schob er sich aus dem Bahnhof heraus. Schon bald sollte er allerdings an Tempo gewinnen. Immer schneller trommelten die Räder ihren Rhythmus im Dreivierteltakt auf die Schienenstränge: Rattatam, rattatam, rattatam ... Es klang fast wie ein sich permanent beschleunigender Strauss-Walzer. Untermalt wurde das Ganze vom kreischenden Geräusch der Achsen, welches bei jeder Kurve und Weiche einsetzte. Von beiden gab es zu Beginn der Fahrt eine Menge, was nicht nur akustisch eine Herausforderung darstellte. Der Zug wackelte mitunter so heftig, dass Erik sich an den Holzstreben festhalten musste, um nicht zu Boden geworfen zu werden.

Dennoch versuchte er sich zur Schiebetür durchzukämpfen. Schließlich benötigte er dringend frische Luft. Der Schweinegestank im Waggon war nicht auszuhalten. Eine abscheuliche Mischung aus Verwesung, Kot und Urin, die obendrein dafür sorgte, dass sich auch noch unzählige Schmeißfliegen im Waggon tummelten.

Vorsichtig arbeitete er sich zur Tür vor. In dieser absoluten Dunkelheit kein leichtes Unterfangen. Letztlich war es nur eine Ahnung beziehungsweise eine ihm selbst nicht erklärbare Gewissheit, welche die Richtung vorgab. Zusätzlich erschwert wurde seine ohnehin beeinträchtigte Orientierung durch die herumwuselnden Schweine, welche ihn jederzeit zu Fall bringen konnten.

Dennoch sollte er sein Ziel erreichen. Mit großer Erleichterung zog er die Schiebetür einen Spalt auf – gerade weit genug, dass zwar ausreichend Sauerstoff hineinströmen und er nach draußen schauen konnte, die Borstentiere jedoch nicht Gefahr liefen, aus dem fahrenden Zug zu fallen.

Den rechten Oberkörper an die Tür gepresst und sich mit der linken Hand an einer Holzstrebe festhaltend, streckte er seinen Kopf durch den schmalen Spalt und ließ sich den Fahrtwind um die Nase wehen.

Die Sommernacht war lau, die Sterne flimmerten, und das fahle Licht des Mondes erzeugte ein unwirkliches Bild der vorbeiziehenden Landschaften. Nur noch selten war ein Haus zu sehen, dafür bis zum Horizont nichts als Felder, die in der Dunkelheit aussahen wie ein schwarzes Meer – ohne Anfang und Ende. Manchmal tauchten in der Ferne Anordnungen von Lichtpunkten auf, vermutlich Dörfer. Sie verschwanden allerdings genauso schnell wieder, wie sie gekommen waren.

Dann wandte sich der Zug einer kleineren Stadt zu. Während er langsamer wurde, ragten unheilvoll erste Fabriken und Lagerhallen aus dem nächtlichen Dunkel. Auch immer dichter zusammenrückende Häuser waren zu sehen. Darunter eines mit rot-verruchter Leuchtreklame, die dazu einlud »Madame Lulus Wellness-Oase« zu besuchen.

Parallel zur Zugstrecke führte eine Straße entlang. Auf dem regennassen Asphalt spiegelte sich das matt-gelbe Laternenlicht. Ansonsten waren weder Menschen noch Autos zu sehen, nur trostlose Straßenkreuzungen und noch trostlosere Einkaufsgeschäfte, von denen die meisten offenbar schon lange leer standen.

Glanzlos und spröde waren die Kleinstädte Schleswig-Holsteins ja schon immer gewesen, aber die Pandemie hatte ihnen offenbar auch noch den letzten Rest an Würde geraubt. Alles sah marode und heruntergekommen aus, als hätte sich eine kariesähnliche Substanz hier ungehemmt austoben dürfen. Selbst den Lokführer schien die wenig glamouröse Kulisse zu bedrücken. Nachdem er zunächst das Tempo gedrosselt hatte, zog er plötzlich wieder kräftig an. Dieses geschah so unvermittelt, dass es Erik unsanft auf den verdreckten Boden warf. Sofort wurde er von grunzenden Schweinen umringt, die interessiert an ihm schnüffelten.

»Verdammte Scheiße!«, fluchte er. »Warum kann dieser Idiot nicht anständig fahren?«

»Armer Papa«, sagte Ben mit gespieltem Bedauern und lachte. Dann reichte er Erik die Hand, um ihm beim Aufstehen zu helfen.

Ein Unterfangen, das jedoch völlig missglückte und zur Folge hatte, dass kurz darauf beide im Schweinedreck lagen. Nun brach auch Erik in Gelächter aus.

»Schön, dass ich zu deiner Erheiterung beitragen konnte«, bemerkte Ben bissig, gleichwohl er im nächsten

Augenblick selber wieder lachen musste. »Ist das widerlich. Die ganzen Klamotten voll mit Schnitzelscheiße.«

»Die süße Rache an der Burger-Generation«, warf Erik ein.

»Ach ja, ich hatte fast vergessen, dass du ein Gemüse-Taliban bist«, entgegnete Ben gehässig.

Eigentlich war die Bemerkung mit den Hamburgern nur lax dahingesagt. Die Reaktion seines Sohnes machte Erik allerdings neugierig. »Ich war früher Vegetarier?«

»Schön wär's. Du warst Veganer, einer der schlimmsten noch dazu. Jede Scheibe Wurst, jeden Joghurt hast du einem madig gemacht. Dabei ging es dir noch nicht mal um Tierhaltung. War offenbar so ein Yuppie-Spießer-Ding, so wie Yoga, Chia Samen oder grüne Detox-Smoothies …«

Erik schüttelte irritiert den Kopf. Er, ein militanter Veganer? Irgendwie schwer vorstellbar, zumal es so gar nicht seinem aktuellen Selbstbild entsprach. Andererseits war ihm die offenkundige Diskrepanz zwischen seinem alten und neuen Ich durchaus bekannt. Vieles, was er seit dem Erwachen über sich und seine Vergangenheit in Erfahrung gebracht hatte, erschien ihm fremd. Manchmal kam es ihm sogar vor, als würde es sich dabei um eine völlig andere Person handeln. Eine Person, die ihm zu allem Überfluss auch noch ausgesprochen unsympathisch war.

Aus dem Bauch heraus hätte er sich eher der Burger-Fraktion zugeordnet, zumal in den letzten Wochen kaum ein Tag verging, an dem er nicht irgendetwas Fleischhaltiges zu sich genommen hatte. Auch die Salamistulle heute Nachmittag musste ihm keineswegs gewaltsam in den Rachen gestopft werden.

Mitten in seine Überlegungen hinein tauchte der Waggon plötzlich in ein diffuses, blau flackerndes Licht. Es stammte von draußen, drang durch den Spalt der Schiebetür. Neugierig streckte Ben seinen Kopf hinaus, zog ihn jedoch sofort wieder hektisch zurück. Sein besorgter Gesichtsausdruck verschwand hinter einer leicht überheblichen Maskerade, als er sich kurz darauf seinem Vater zuwendete.

»Wenn die glauben, sie könnten uns mit ihren Lichtorgeln Angst einjagen ...«

»Von wem sprichst du?«, wollte Erik wissen, während es auch ihn erneut zur Schiebetür drängte, jedoch von Ben sofort daran gehindert wurde.

»Nicht!«, fauchte dieser. »Ein Polizeikorso, direkt neben uns.«

»Mit eingeschaltetem Blaulicht?«

»Bingo!«

»Ach du Scheiße!«

»Das kannst du laut sagen«, bestätigte Ben. »Ich glaube allerdings nicht, dass die wegen uns hier sind«, versuchte er Erik aber auch sich selbst zu beruhigen.

»Ja, natürlich«, antwortete Erik gleichsam zynisch wie angespannt. »Und das Blaulicht haben sie auch nur aus Spaß angeschaltet.«

»Bleib ruhig«, forderte Ben ihn auf. »Wenn die wirklich hinter uns her wären, hätten sie uns bestimmt schon früher aus dem Zug geholt.«

Anstatt zu antworten, hob Erik skeptisch seine Augenbrauen und blickte zur Schiebetür. Abgesehen von dem rotierenden Polizeilicht gab es jedoch nicht viel zu sehen, zumal ihm Ben noch immer die Sicht versperrte. Dennoch pochte sein Puls gewaltig, bis sein gesamter Körper nur noch ein nervös zuckendes Muskelbündel war. Ein Zustand, der sich sogar noch verschlimmern sollte, als der Zugführer kurz darauf zu einem äußerst harten Bremsmanöver ansetzte. Immerhin schaffte es Erik, sich diesmal auf den Beinen zu halten und somit einer erneuten Kontamination mit Schweinekot zu entgehen. Dennoch bestand für ihn kein Zweifel, dass sie sich in allergrößter Gefahr befanden.

Eine Ansicht, die auch Ben inzwischen zu teilen schien. Seine Stimme hatte sämtliche Souveränität verloren, als er sich, kurz nachdem der Zug vollständig zum Stehen gekommen war, mit einem eindringlichen Appell an Erik wandte: »Kontrolle verdammt, Kontrolle! Wir müssen hier sofort raus!«

Eriks Magen zog sich zusammen, als würde er an einer Winde hängen. Polizeikontrolle! Das war's! Nun gab es kein Entrinnen mehr und er konnte seine Pläne endgültig begraben. Jeden Augenblick würde man sie aus dem Waggon zerren oder noch an Ort und Stelle erschießen.

Unterdessen hatte sich Ben auf die gegenüberliegende Seite des Waggons durchgekämpft. Erst jetzt erkannte Erik, dass sich auch dort eine Schiebetür befand.

»Nun mach schon«, drängte Ben, nachdem er die Tür vorsichtig zur Seite geschoben hatte.

Erik arbeitete sich durch die hektisch herumwuselnden Tiere zu seinem Sohn. Direkt neben dem Gleis befand sich ein winziger Sandstreifen, von dem eine Grasböschung steil zu einem Graben hinunterfiel, der an einem hochgewachsenen Maisfeld grenzte. »Du glaubst ja wohl nicht ernsthaft, dass ich da runterspringe. Das sind bestimmt fünf Meter.«

»Wir haben keine andere Wahl«, beharrte Ben.

»Das kannst du vergessen.« Abwehrend hob Erik die Hand. Noch ehe er jedoch zu einem weiteren Prostest ansetzen konnte, wurde er von Ben mit einem gezielten Tritt hinausbefördert. Kopfüber und mit ausgebreiteten Armen fiel er die Böschung hinunter. Zu seinem Erstaunen blieb er unverletzt, was seine Wut auf seinen Sohn jedoch nicht milderte.

Für ausgiebiges Lamentieren blieb allerdings auch diesmal keine Zeit. Ein kurz aufheulendes Martinshorn erinnerte ihn daran, dass sie sich noch lange nicht in Sicherheit befanden. Der flüchtige Blick über seine linke Schulter sollte diesen Eindruck bestätigen. Auf dem Bahndamm waren nun deutlich Polizisten mit Suchhunden zu erkennen. Offenbar hatten sie damit begonnen, den Zug zu durchkämmen. Insofern hätte er sich auch ohne Bens abermaligen Befehl umgehend von hier entfernt. Dieser aber folgte prompt – ebenso rüde wie seine bisherigen:

»Jetzt setz deinen Arsch in Bewegung«, zischte er streng, nachdem er sich vergewissert hatte, dass mit Erik alles in Ordnung war. Dann verschwand er im Dunkel des Maisfeldes.

Erik tat es ihm nach. So schnell er konnte, sprintete er seinem Sohn hinterher. Er spürte wie die scharfkantigen Blätter der Stauden seine Beine aufkratzten und die bereits reifen Maiskolben gegen seinen Oberkörper schlugen. Zudem presste die schwüle Sommernacht jegliche Flüssigkeit aus ihm heraus. Der Schweiß tropfte nur so von der Stirn, benetzte brennend seine Augen, sodass seine Sicht zunehmend verschwamm.

Vergeblich hoffte er darauf, dass Ben sein Lauftempo etwas drosseln würde. Schließlich dürfte ihm die Konditionsschwäche seines Vaters hinlänglich bekannt gewesen sein. Doch Ben nahm darauf keine Rücksicht. Im Gegenteil. Seinen hechelnden Vater hinter sich wissend, erhöhte er die Schlagzahl seiner Bewegungen sogar noch. Erik hatte keine andere Wahl, als ihm hinterherzulaufen – auch wenn er kaum noch etwas erkennen konnte und seine Lungenflügel schmerzhaft brannten. Jetzt bloß nicht stolpern.

Einzig Bens weißes T-Shirt stellte eine halbwegs sichere Orientierung dar. Ansonsten aber waren sie inzwischen fast vollständig von der Dunkelheit verschluckt. Es gab noch nicht mal Sterne, die durch ihr Leuchten ein Gefühl von Sicherheit vermittelt hätten. Auf einmal kam ihm dieses Maisfeld wie ein riesiges Gefängnis vor, deren Stauden wie undurchdringliche Gitterstäbe wirkten.

Nachdem sie gefühlte zehntausend Meter im Dauerlauf hinter sich gebracht hatten, wagte es Erik, das selbstauferlegte Schweigen zu brechen: »Ich brauche dringend eine Pause«, rief er Ben atemlos zu.

»Gleich, nur noch ein kurzes Stück«, erwiderte dieser, während er unbeirrt weiterlief.

Keine wirklich zufriedenstellende Aussage, wie Erik fand. Allerdings sollte sich diese im nächsten Moment ohnehin relativieren: Eine kurze Unaufmerksamkeit, ein abgebrochener Strunk, ein Taumeln. Mit dem Gesicht nach unten fiel er der Länge nach auf die aufgeworfene Erde einer Furche. Japsend lag er im Dreck und rang nach Luft.

Kräftige Hände packten ihn an den Schultern und drehten ihn um. Erik konnte die Konturen seines Sohnes nur unscharf erkennen – nicht nur wegen der Dunkelheit, sondern auch weil Blut in seine Augen lief.

»Alles okay mit dir?«, riss Ben ihn aus der Benommenheit. In seiner Stimme lag tatsächlich so etwas wie Sorge.

»Ich habe doch gesagt, dass ich eine Pause benötige«, antwortete Erik, während er sich aufrichtete und sich mit seinem Hemdsärmel das Blut von der Stirn wischte.

»Du hast mich erschreckt.«

»Ach, tatsächlich?«, fragte Erik ironisch.

»Ja natürlich, du Idiot«, schnauzte Ben ihn an. »Im ersten Moment habe ich gedacht, du wärst tot.«

»Dann hättest du mich mit deiner ewigen Antreiberei auf dem Gewissen«, lachte Erik.

»Dämlicher Arsch«, zischte Ben. »Du wärst wohl lieber im Knast gelandet.«

»Nein, bestimmt nicht«, lenkte Erik ein. »Aber ich kann wirklich nicht mehr.«

»Geht mir ähnlich«, gab Ben zu. »Lass uns hier kurz ausruhen.« Ben hatte seinen Satz kaum beendet, als aus der Ferne ein schriller Pfiff ertönte. Er stammte offenbar von der Lokomotive ihres Zuges.

In Windeseile hatte Ben einen Haufen Erde zu einem Kegel aufgeschüttet, ähnlich wie ein Maulwurfshügel, um besser über die Stauden blicken zu können. Dann die Entwarnung: »Sie sind weg«, triumphierte er, nachdem er die Lage sondiert hatte.

»Wirklich?« Etwas skeptisch stand Erik auf, drängte seinen Sohn vom Hügel und reckte seinen Kopf ebenfalls ins Freie. Vor ihm lag das ausgedehnte, leicht bucklige

Maisfeld, an dessen Ende sich der von schwachem Mondlicht umgebene Bahndamm erhob. Und tatsächlich, es waren keine Polizeilichter mehr zu sehen. Stattdessen erhaschte er gerade noch einen Blick auf den davoneilenden Zug, genaugenommen auf seine roten Schlusslichter. Noch eine Weile waren sie in der Dunkelheit zu erkennen, bevor der Schienenverlauf eine Kurve machte und sie schließlich verschwanden.

»Hilfst du mir?«, riss Ben ihn aus seinen Gedanken.

»Wobei?«

»Maisblätter für ein Nachtlager pflücken. Du wolltest doch eine Pause von meiner Treiberei. Wir sollten uns etwas ausruhen, zumindest bis es hell wird.«

»Und wie geht es dann weiter?«, fragte Erik besorgt. »Wir waren doch mit deinem Freund verabredet …«

»Das hat sich erledigt.«

»Dann ruf ihn doch an, damit er uns abholt«, drängte Erik – sehr wohl wissend, dass Ben für den Notfall immer ein Handy bei sich führte.

»Kein Empfang«, antwortete dieser trocken, bevor er sein Uralt-Handy aus der Hosentasche kramte und es Erik vor die Nase hielt. »Da, schau selbst.« Sein vom Display illuminierter Gesichtsausdruck wirkte leicht genervt. »Wir finden schon eine Lösung. Mehr als 30 Kilometer werden es jedenfalls nicht sein nach Sankt Peter.«

Erik nickte. Bens Worte schienen ihn zu beruhigen.

Eilig traten sie ein paar Stauden zur Seite und zupften ihnen die welken Blätter ab. Notdürftig formten sie daraus zwei Matratzen. Zum Glück hatte es in den letzten Tagen kaum geregnet, sodass der Boden einigermaßen trocken war. Auch der Himmel hatte sich inzwischen wieder entwölkt. Eine samtschwarze Kuppel, übersät mit klar leuchtenden Sternen, wölbte sich über ihre Köpfe. Erik genoss diesen erhabenen Anblick allerdings nur kurz. Kaum hatte er sich hingelegt, fielen ihm erschöpft die Augen zu.

Trubotschki

»Aufstehen!«, befahl eine tiefe, ungehaltene Männer-stimme. »Na, wird's bald. In meinem Feld wird nicht ge-schlafen!«

Benommen blinzelte Erik ins helle Morgenlicht, um kurz darauf panisch die Augen aufzureißen. Ein langer dünner Gegenstand war auf ihn gerichtet – der Lauf eines Gewehres. Dahinter ein fremdes, von wildem Bartwuchs und Aknenarben überwuchertes Gesicht. Erik schätzte es auf Mitte sechzig.

»Aufstehen, habe ich gesagt!«, wiederholte der Mann seinen schneidigen Befehl, während er das Gewehr zwi-schen Vater und Sohn hin und her schwenkte. Im Gegen-satz zu Ben, der trotz des energischen Tonfalls offenbar seelenruhig weiterschlief, versuchte Erik der Aufforde-rung nachzukommen. Doch sein Körper gehorchte nicht. Heftig atmend blieb er auf dem Rücken liegen und blickte den Fremden erstarrt an.

Was ging hier vor? Wer war dieser Typ? Wie ein holsteinischer Bauer sah er jedenfalls nicht aus. Dagegen sprach auch seine Kleidung, die an einen mexikanischen Cowboy erinnerte: ein breiter Hut, ein bunt besticktes Hemd und ein Umhang in warmen Erdtönen. Passend dazu kaute er auf dem Stummel eines kalten Zigarillos herum, was sein leicht anrüchiges Aussehen noch unterstrich.

Alles wirkte so klischeehaft an ihm, dass man ihn für einen Filmkomparsen hätte halten können, der sich einen schlechten Scherz mit ihnen erlaubte. Aber zum einen waren nirgends Kameras zu sehen und zum anderen schien er beileibe nicht zu Späßen aufgelegt zu sein – auch weil er seine Aufforderung nun schon zum dritten Mal wiederholte:

»Ich sag es nur noch einmal!«, brüllte er. »Wenn ihr nicht sofort von meinem Feld verschwindet, schieße ich euch das Hirn weg.«

»Ist Ihnen eigentlich klar, dass Sie sehr laut sprechen?«, mischte sich nun auch Ben ein, der soeben erwacht war. »Wie wär's erst mal mit einem freundlichen ›Guten Morgen‹? Oder sind zivilisierte Umgangsformen inzwischen aus der Mode gekommen?«

Erik zuckte zusammen. Hatte Ben das gerade wirklich gesagt? Auch der Fremde schien das Vernommene erstmal verdauen zu müssen. Für einen Augenblick wirkte er völlig perplex. Immerhin drückte er nicht sofort den Abzug, was man ihm angesichts Bens Dreistigkeit nicht einmal verübeln hätte können.

Was hatte sich Ben nur dabei gedacht? Glaubte er wirklich, mit seiner plumpen Provokation irgendetwas bewirken zu können? Hatte er das Gewehr nicht gesehen oder war er einfach nur übernächtigt? Die Ernsthaftigkeit der Situation schien ihm nicht im Geringsten bewusst zu sein. Ansonsten hätte er mit dem Fremden wohl kaum auf diese Weise gesprochen.

Umso schlimmer, dass er seinen vorlauten Tonfall sogar noch zu steigern vermochte: »Wir hatten eine verdammt beschissene Nacht«, pöbelte er weiter drauf los. »Es reicht wohl nicht, dass die halbe Bundespolizei hinter uns her ist, wir deshalb von einem fahrenden Zug abspringen mussten und mein orientierungsloser, frisch aus dem Koma erwachter Vater vor Angst eh schon ständig die Hosen voll hat. Jetzt müssen wir uns auch noch Ihr lautes Gebrüll anhören. Als Chef der Roten Hand bin ich zwar eine Menge gewohnt, aber irgendwann ist Schluss. Na los, erschießen Sie uns endlich. Wir haben sowieso nichts mehr zu verlieren.« Nachdem Ben seine Brandrede beendet hatte, erhob er sich von seinem Schlafplatz, wandte sich um und steuerte, unbeirrt der noch immer auf ihn gerichteten Waffe, einen kleinen Trampelpfad an, der durch das Maisfeld führte.

Erik hatte unterdessen seine Augen geschlossen, keinerlei Zweifel daran hegend, im nächsten Moment das Zeitliche zu segnen. Es war klar, dass dem Fremden nun keine andere Möglichkeit blieb, als sie zu erschießen. Auch wenn sich Ben bei seinem Vortrag zwar inhaltlich weitestgehend an Fakten gehalten hatte – mal abgesehen von seinem unablässig in die Hose scheißenden Vater – war er diesmal eindeutig zu weit gegangen. Viel zu weit! Wie konnte er ihr Leben nur so leichtfertig aufs Spiel setzen?

In Erwartung seiner Liquidierung begann Erik innerlich von zehn rückwärts zu zählen: Zehn, neun, acht, sieben ..., doch nichts geschah. Als er bei null angelangt war, stellte er fest, dass er immer noch lebte. Merkwürdig, dachte er und öffnete die Augen. Zu seinem großen Erstaunen hatte der Fremde das Gewehr inzwischen gesenkt. Stattdessen hielt er ihm seine ausgestreckte Hand entgegen.

»Tut mir leid«, gab er fast kleinlaut von sich, während er Erik auf die Beine half. »Aber ich konnte ja nicht wissen, dass ihr Mitglieder der Roten Hand seid.«

»Nein, das konntest du auch nicht«, ertönte von hinten die versöhnliche Stimme Bens, dessen Rückzugsandkündigung offenbar ebenso Kalkül war wie sein Rebellen-Outing zuvor. Anscheinend hatte er beim Fremden damit genau ins Schwarze getroffen, was durchaus Respekt verdiente. Es gehörte schon viel Mut und eine ordentliche Portion Menschenkenntnis dazu, in einer solchen Situation derart nassforsch aufzutreten. Erik hätte sich das niemals getraut, aber er war eben auch kein Rebell. Ben jedoch hatte genau gewusst, was er tat, und er wurde dafür belohnt. Doch es sollte noch besser kommen.

Nachdem sie den Fremden ausführlich über die Hintergründe ihrer Reise unterrichtet hatten, wurden sie von ihm sogar zum Frühstück auf seinen Bauernhof eingeladen. »Als kleine Wiedergutmachung für den Schrecken, den ich euch eingejagt habe. Meine Frau und ich hatten schon lange keinen Besuch mehr.«

Der Alte wirkte plötzlich wie ausgewechselt. Keine Spur mehr von Feindseligkeit oder Aggressivität. Stattdessen entpuppte er sich als äußerst warmherzig. Eine wundersame Wandlung. Schließlich wollte er sie kurz zuvor noch umbringen. Aber der erste Eindruck hatte getäuscht, wie der erste Eindruck überhaupt oft so irreführend war.

Gleiches galt auch für Eriks anfängliche Vermutung, es könnte sich beim Fremden um einen aus der Zeit gefallenen Mexikaner handeln. Aber der Name *Knut Hansen*, mit welchem er sich wenig später vorstellte, ließ hinsichtlich seiner Herkunft nur wenig kreativen Spielraum. Seine konziliante, gastfreundschaftliche Art hatte dennoch etwas mexikanisches, ebenso sein Fahrstil.

Wie ein Henker trieb er den alten Traktor samt Anhänger über die unasphaltierten Wege zu seinem Hof. Jedes Schlagloch, jede Bodenwelle nahm er mit, sodass Erik und Ben, die hinten auf der Ladefläche Platz genommen hatten, kräftig durchgerüttelt wurden. Eine Tortur für ihre eh schon geschundenen Körper. Mitunter hüpfte der Anhänger so stark, dass sie befürchten mussten, rausgeschleudert zu werden. Da half auch alles Festhalten nichts. Erst am Ende der strapaziösen Fahrt, drosselte Knut das Tempo. Da befanden sie sich jedoch schon auf seinem Grundstück.

»Da vorn ist es«, rief er ihnen zu und deutete auf ein weißes, reetgedecktes Gutshaus, das sich am Ende der von alten Kastanien gesäumten Zufahrt auftat.

Erik nutzte die Gelegenheit, um sich vor seinem Sohn noch einmal nachträglich für dessen kommunikative Meisterleistung zu verneigen. »Respekt, dein Vortrag war wirklich beeindruckend«, lobte er Ben mit gedämpfter

Stimme, sodass Knut nichts davon mitbekam. »Du hast uns damit vermutlich das Leben gerettet.«

»Oh, danke«, freute sich dieser über das Kompliment. Dann zog sich ein selbstgefälliges Grinsen über sein Gesicht und nach einer kurzen Pause fügte er betont altklug hinzu: »Man muss halt wissen, wie die Menschen ticken.«

»Jaja, ist schon klar«, winkte Erik ab und schickte einen gespielten Seufzer hinterher. »Ich hatte fast vergessen, was für ein psychologisches Genie du bist. Aber mal im Ernst, wieso warst du dir eigentlich so sicher, dass er uns nicht erschießt?«

»Ich war mir keineswegs sicher«, gab Ben unumwunden zu und lachte. »Nenn es Glück oder Intuition, eine Fifty-Fifty-Chance. Natürlich hätte das Ganze auch ins Auge gehen können.«

Erik musste mehrmals tief schlucken. Sein Gesicht versteinerte sich zu einer gequälten Fratze. Im Gegensatz zu seinem Sohn war ihm plötzlich überhaupt nicht mehr zum Lachen zumute. Mit seiner jugendlichen Überheblichkeit hatte Ben das Schicksal herausgefordert, russisches Roulette gespielt und damit billigend ihren Tod in Kauf genommen. Gewiss, die Sache war zwar glimpflich ausgegangen, aber genauso gut hätten sie jetzt von Kugeln zersiebt im Maisfeld liegen können. Was Erik allerdings am meisten aufregte, war die unbekümmerte Lässigkeit, mit der Ben seine zweifelhaftes Unterfangen darzustellen versuchte. Als würde es sich dabei lediglich um einen riskanten Grand beim Skat handeln. Noch ehe er jedoch lospoltern konnte, kam ihm Ben zuvor.

»Nicht aufregen, wir leben ja noch«, versuchte er seinen Vater zu beruhigen. Offenbar ahnte er, welche Richtung das Gespräch nehmen würde. »Außerdem musst du nicht immer alles so bierernst nehmen, was ich sage.«,

»Muss ich nicht?«

»Nein. Oder glaubst du wirklich, ich würde uns absichtlich in Gefahr bringen? Mir war schon klar, dass die Leute hier in der Gegend schwer zu leiden haben. Die meisten werden vom Staat derart ausgebeutet, dass sie weder leben noch sterben können. Wir haben hier eine Menge Anhänger. Darauf habe ich gesetzt.«

»Und bist gut damit gefahren«, ergänzte Erik mit versöhnlicher Stimme.

»Durchaus«, bestätigte Ben. »Aber davon mal abgesehen war es sowieso nur eine harmlose alte Schrotflinte, mit der Knut auf uns gezielt hat. Eine, mit der man normalerweise Fasane oder Enten schießt. Vermutlich hättest du allenfalls ein paar Schönheitsflecken im Gesicht davongetragen.«

Noch während Erik darüber nachdachte, inwieweit er den beschönigenden Worten seines Sohnes trauen konnte, war der Traktor inzwischen zum Stehen gekommen.

Vor ihnen erhob sich hufeisenförmig der weiß getünchte Gutshof. Alles wirkte ein wenig in die Jahre gekommen, aber nicht heruntergewirtschaftet oder dreckig. Besonders das aus Backstein gemauerte Haupthaus strahlte eine ländliche Gemütlichkeit aus, die man in diesem Teil Schleswig-Holsteins häufig fand. Einige Anbauten ließen zudem die landwirtschaftliche Nutzung erahnen, ebenso wie die sich ringsherum erstreckenden Weiden und Wiesen, auf denen sich friedlich Ziegen, Kühe und Pferde tummelten.

»Runter mit euch und erstmal gründlich waschen!«, befahl Knut und zeigte auf eine alte rostige Außendusche, die sich seitlich an einem der Anbauten befand und offenbar für Tiere vorgesehen war. »Ihr stinkt ja schlimmer als ein Fass Gülle. Ich hole euch inzwischen Handtücher und ein paar neue Klamotten. Danach gibt's was zu essen.« Dann verschwand er im Haus.

Erik und Ben befolgten seine Anweisung, zumal Knut vollkommen recht hatte. Sie stanken noch immer bestialisch nach Schwein. Trotzdem kostete es sie einiges an Überwindung, die völlig heruntergekommene Duschvorrichtung zu benutzen. Noch dazu war das Wasser lausig kalt, wie Erik nach kurzem Handtest feststellen musste. Dass sie sich schließlich doch noch überwinden konnten, lag vor allem am angekündigten Frühstück, dessen Einnahme vermutlich an eine vollständige Säuberung geknüpft war.

Als Knut kurz darauf zurückkehrte, hatte er wie versprochen Handtücher und frische Sachen zum Anziehen dabei. »Hier, die sind noch von meinem Sohn. Der lebt inzwischen in Kanada und braucht sie bestimmt nicht mehr. Müssten euch passen.«

»Danke, das ist wirklich nett von dir«, antwortete Ben, während er nackt und fröstelnd auf Knut zuging, um ihm die Kleidung abzunehmen.

Neben Unterwäsche, Jeans und Sneakers waren auch zwei Band-Shirts dabei – solche, die früher langhaarige, meist männliche Jugendliche als Devotionalien aus Rockkonzerten geschleppt hatten, um damit ihrer Heldenverehrung Ausdruck zu verleihen. Das Design entsprach dabei immer denselben Grundprinzipien: Für gewöhnlich in schwarz gehalten, prangten auf der Vorderseite die jeweiligen Konterfeie der Bandmitglieder oder deren verschnörkeltes Bandemblem, während rückseitig die aktuellen Tourdaten aufgelistet waren.

»Wie geil ist das denn«, juchzte Ben begeistert. »Du *Guns N' Roses*, ich *Queen*?«

»Ist mir völlig schnuppe«, antwortete Erik gelangweilt, die Euphorie seines Sohnes nicht im Geringsten teilen könnend.

»Kulturbanause«, kommentierte Ben das offenkundige Desinteresse seines Vaters trocken. »Du hast keine Ahnung, wie begehrt die Dinger mittlerweile sind.«

»Schön, dass man dir mit so einem albernen Stofffetzen so eine Freude bereiten kann«, spottete Erik, während er sich missmutig das zugewiesene Shirt überstreifte. »Dann weiß ich zumindest jetzt, was ich dir zu deinem nächsten Geburtstag schenke.«

»Oh fein, das würde mich freuen.« Grinsend zwängte sich auch Ben in sein Shirt. Das abfällige Kopfschütteln seines Vaters bekam er nicht mit. Auch nicht, dass dieser plötzlich in eine konzentrierte Grübelei verfiel.

Dann, als hätte er eine Eingebung, brach es schließlich unvermittelt aus ihm heraus: »Der Typ mit dem fiesen Schnäuzer und dem Überbiss, den kenne ich.« Aufgeregt deutete er mit dem Finger auf Bens Bauch.

»Freddie Mercury?! Machst du Witze? Natürlich kennst du den. Schließlich war er der größte Rocksänger aller Zeiten.«

»Nein, nein, ich kenne ihn aus Uhlenhorst. Das war der Lastwagenfahrer, der mich nach Övelgönne mitgenommen hat.«

»So ein Unsinn. Freddie war der Sänger von Queen, ein Megastar. Ist mittlerweile auch schon Jahre tot. Aber offenbar kommt dein Gedächtnis zurück. Du hast seine Musik sehr gemocht ...«

»Wenn ich's dir doch sage, Ben – der Typ hat mich nach Altona gefahren.« Eriks Mundpartie nahm einen sturen Zug an.

»Ist schon klar«, schüttelte Ben genervt den Kopf. »Und Knut war früher Elvis Presley. Macht heute einen auf Landwirt, weil er keinen Bock mehr auf den ganzen Rummel in Memphis hatte.«

»John Lennon, bitteschön!«, warf Knut feixend von der Seite ein.

»Von mir aus auch das«, gab sich Ben großzügig. »Hauptsache mein Vater kommt wieder zur Vernunft und beharrt nicht länger darauf, von Freddie Mercury durch Hamburg chauffiert worden zu sein.«

Nachdem Ben geendet hatte, herrschte für einen Moment Schweigen.

Es war Erik, der die Stille schließlich durchbrach, indem er zunächst leise, dann immer lauter werdend die Melodie von Queens *Bohemian Rhapsody* anstimmte.

»Du verdammter Mistkerl!« Ben bekam sich fast nicht mehr ein vor Lachen. »Du hast mich die ganze Zeit verarscht. Und ich Idiot bin auch noch drauf reingefallen.«

»Kleine Rache für vorhin«, unterbrach Erik seinen Gesang und musste ebenfalls lachen. »Hauptsache mein Vater kommt wieder zur Vernunft ...«, äffte er seinen Sohn mit wimmernd-dogmatischen Tonfall nach. Weiter kam er allerdings nicht, da er abermals losprusten musste.

Am Ende lachten alle drei. Insofern hatten die spendierten T-Shirts nach dem Stolperstart durchaus noch eine erheiternde Wirkung entfachen können.

Kurz darauf tauchte Knuts russisch-stämmige Gattin Natascha auf. Mit einem randvoll gefüllten Korb frischer Eier kam sie geradewegs aus dem Hühnerstall und verbreitete sofort gute Laune. Fast schon überschwänglich wurden sie von der rundlichen kleinen Frau begrüßt. Ihre glühend roten Wangen verrieten Impulsivität und körperliche Arbeit. Obwohl sie bereits über dreißig Jahre in Deutschland lebte, sprach sie noch immer mit unverkennbarem Akzent. Ihre leichten Fehler im Satzbau waren ebenso charmant wie ihr hinreißend rollendes »r«.

»Knut hat mir schon gesagt, dass wir haben netten Besuch aus Hamburg«, freute sich Natascha. »Auch, dass es geht auf euer Reise um große Liebe. Ihr müsst mir unbedingt erzählen davon.«

Natürlich kamen Erik und Ben ihrer Bitte nach, gleichwohl sie ihren Bericht diesmal etwas komprimierter anlegten und dabei vor allem die romantischen Aspekte in den Vordergrund rückten. Sehr zur Freude ihrer Gastgeberin, die jedes Wort mit brennendem Interesse aufsog. Allerdings hatten sie unterschätzt, wie detailverliebt Frauen mitunter sein konnten. So auch Natascha, deren nicht abreißende Flut an Nachfragen dafür sorgte, dass sich das Ganze merklich in die Länge zog. Tiefer und tiefer bohrte sie, wollte alles ganz genau wissen, sodass sich ihr Gatte irgendwann zum Eingreifen genötigt sah.

»Schatz, halte die Jungs nicht so lange auf. Es ist schon fast zehn und sie haben noch immer nichts im Magen.«

»Oh natürlich, ich muss verzeihen«, gab sich die wissbegierige Russin einsichtig. »Vielleicht ihr mögt Waffelröllchen mit Milchmädchen-Creme und Kirschgrütze? Ist leckere Frühstück-Spezialität aus Heimat. Wir es nennen Trubotschki.«

»Ich liebe Waffeln«, antwortete Erik und rieb sich mit der Hand demonstrativ den Bauch.

»Sehr gut. Dann ich werde backen sie für euch. Dauert nicht lange.« Mit diesen Worten verschwand sie im Haus.

Während Ben und Knut sogleich begannen, sich über politische Themen auszutauschen, hing Erik gedanklich noch bei den Waffeln. Insbesondere fragte er sich, was es mit der erwähnten »Milchmädchen-Creme« auf sich hatte. Schon allein das Wort klang anrüchig, erst recht mit russischem Akzent.

Geschmacklich gab es allerdings nichts zu beanstanden, wie sich kurz darauf herausstellen sollte. Ganz im Gegenteil, die Mädchen-Creme schmeckte sogar ausgesprochen köstlich, ebenso wie die sie umhüllende, mit feinen Puderzucker bestäubte Waffel und die daneben geklatschte Grütze.

Mit großem Appetit verschlangen Erik und Ben eine Waffel nach der anderen. Beharrlich legte Natascha immer wieder nach. Am Ende des opulenten Mahls waren sie so satt, dass sie sich am liebsten aufs Ohr gelegt hätten. Stattdessen aber wurden sie von ihren Gastgebern noch zu einer obligatorischen Runde Kräuterschnaps genötigt. Eine dieser typischen Landsitten, gegen die sich zu wehren völlig zwecklos gewesen wäre.

Natürlich blieb es nicht bei einer Runde. Dabei hatte es diese Art von Stimmungsaufheller gar nicht gebraucht. Es war auch so ein überaus angenehmer, kurzweiliger Vormittag. Es wurde viel erzählt, viel gelacht – beinahe wie in alten, unbelasteten Zeiten. Bei aller Ausgelassenheit hätten sie sogar fast ihre eigentliche Mission vergessen. Ausgerechnet Natascha war es schließlich, die sie daran erinnerte:

»Du darfst Herzensdame nicht warten lassen zu lang«, appellierte sie an Eriks Gewissen. »Frauen man darf niemals warten lassen!«

Zwar hatte Kaja nicht den geringsten Schimmer, dass er sich auf dem Weg zu ihr befand, aber in der Sache lag Natascha richtig. Schließlich war das hier keine Kaffeefahrt und der Tag nicht endlos lang.

Ben war offenbar derselben Meinung. »Dann wollen wir mal«, kündigte er ihren Aufbruch an, was Knut einem langen Seufzer entlockte. Er hätte ihre Gesellschaft gern noch länger genossen, zumal netter Besuch seit der Pandemie eher selten geworden war, besonders auf dem Lande.

Auch hätte er sie am liebsten selber nach Sankt Peter-Ording gefahren, wie er beteuerte. In Anbetracht der vielen Straßenkontrollen wäre das jedoch zu gefährlich gewesen. Stattdessen vermachte er ihnen sein Fahrrad – sein altes »Schätzchen«, wie er das Gefährt liebevoll bezeichnete. Zwar fristete es seit Jahren ein trauriges Dasein in der Scheune und sah auch entsprechend aus, war ansonsten aber noch voll funktionsfähig. Etwas Luft, ein wenig Kettenöl – und fertig!

Auch eine Landkarte, auf der er mit Rotstift die sicherste Route markiert hatte, gab er ihnen mit. Es handelte sich dabei überwiegend um einsame Feld- und Forstwege. Tatsächlich waren sie nur zwanzig Kilometer von Sankt

Peter entfernt, was Ben und Erik gleichermaßen überraschte. In knapp zwei Stunden sollte das durchaus zu machen sein. Einen kleinen Haken hatte die Sache dennoch: Es war eben nur *ein* Fahrrad, das ihnen zur Verfügung stand, noch dazu ohne Gepäckträger.

Natascha, die ihre zweifelnden Blicke bemerkte, hatte jedoch sofort eine pragmatische Lösung parat: »Ben ist starker Mann, nimmt Vater gern auf Querstange. Früher, als wir waren noch junges Liebespaar, Knut hat mich gefahren oft auf diese Weise.«

»Eine hervorragende Idee«, entgegnete Erik und nötigte Ben, kackfrech grinsend, ein zustimmendes Nicken ab.

»Ja, super Idee«, unterstrich dieser mit gespielter Begeisterung, während er sich mit den anderen auf die Hofausfahrt zubewegte.

Nach einer äußerst herzlichen Verabschiedung voller inniger Worte und Umarmungen, mussten Erik und Ben versprechen, bei nächster Gelegenheit wiederzukommen.

»Aber dann mit Frauen!«, scherzte Natascha, bevor sie die beiden jeweils mit einem ermutigenden Klaps auf die Reise schickte.

Sonnenblumenfelder

Vom Alkohol noch leicht benebelt, strampelten sie die Auffahrt hinunter. Genau genommen war es Ben, der strampelte. Erik dagegen hatte es sich, wie von Natascha empfohlen, auf der Mittelstange bequem gemacht. Es sollte allerdings eine gewisse Zeit dauern, bis sie sich an ihr neues Reisegefährt gewöhnt hatten und einen Fahrstil entwickelten, den man als halbwegs solide bezeichnen würde. Besonders das Halten des Gleichgewichts bereitete ihnen anfangs Probleme, gerieten sie doch einige Male gefährlich in Schieflage. Mit zunehmender Dauer gewannen sie aber zunehmend an Sicherheit und Tempo.

Irgendwann konnten sie ihre Blicke sogar entspannt über die Landschaft schweifen lassen, ohne Angst haben zu müssen, sich bei der kleinsten Unachtsamkeit auf dem Boden wiederzufinden. Eine sanfte, flache Bilderbuchlandschaft, in der sich die von dicht belaubten Knicks eingegrenzten Weizen- und Maisfelder mit Buchenwäldern abwechselten. Dazwischen schlängelten sich verhalten die ersten Andeutungen einer Marschlandschaft, das sich nähernde Meer ankündigend.

Erik machte einen langen, tiefen Atemzug und ließ sich von der friedlichen Stimmung einfangen. Fast hatte er das Gefühl, sich auf einer Urlaubsreise zu befinden – erst recht als sich plötzlich ein riesiges Sonnenblumenfeld vor ihnen auftat. Es war gigantisch, mindestens so groß wie zwei Fußballfelder, und ihr Weg führte direkt hinein. Der Anblick war so überwältigend, dass sie beschlossen, einen Augenblick in diesem goldgelben Paradies zu verweilen. Es war ohnehin langsam Zeit für eine Pause, zumal sich Ben bestimmt schon über eine Stunde abstrampelte und inzwischen deutliche Ermüdungsanzeichen zeigte. Mitten im Feld, auf einer kleinen Wegkreuzung, machten sie schließlich Halt.

»Hast du schon mal etwas so Schönes gesehen?«, seufzte Erik, während er sich mit ehrfurchtsvollen Blick langsam um die eigene Achse drehte.

Ben konnte jedoch nur staunend den Kopf schütteln. Erschöpft und schwitzend ließ er sich am Rande des Feldes auf einen grasbewachsenen Erdhügel fallen, was Erik Gelegenheit gab, die imposanten Korbblütler noch etwas genauer unter Beschau zu nehmen.

Er stapfte los, mitten ins Feld hinein, wo er einige Minuten andächtig verharrte. Zwischen den leuchtenden Blumen kam er sich vor wie Alice im Wunderland – eines der Bücher, die sie ihm im Krankenhaus zum Lesen gegeben hatten.

Entgegen der einhelligen Auffassung, dass Sonnenblumen sich stets zum Licht hindrehten und somit ihre Köpfe im Laufe eines Tages von Ost nach West wandten, schienen diese hier einer anderen Maxime zu folgen. Nein, diese Blüten richteten sich nicht nach der Sonne – es war eindeutig er, den sie aus ihren braunen, augenlosen Gesichtern anstarrten.

Angesichts dieser schweigenden Zuwendung fragte er sich, ob sie ihm womöglich etwas mitteilen wollten. Da er jedoch weder die Sprache der Pflanzen beherrschte, noch telepathischen Fähigkeiten besaß, verwarf er diesen Gedanken wieder. Zu früh, wie sich herausstellen sollte. Denn gerade als er umkehren wollte, riss es ihm sprichwörtlich den Boden unter den Füßen weg. »Das ist es!«, schoss es ihm in einer blitzschnellen Eingebung durch den Kopf. Eine Eingebung, die direkt aus seinem Bewusstsein entsprang und aus der sich augenblicklich eine Kette kausaler Zusammenhänge formte.

Natürlich wollten die Blütenköpfe ihm etwas mitteilen, strenggenommen sogar zu etwas auffordern. Eigentlich konnte man es gar nicht überhören. Schließlich waren es Abertausende von ihnen, die alle dasselbe brüllten, immer und immer wieder: »ERINNERE DICH!«

Wie von der Tarantel gestochen rannte er zu Ben zurück. »Waren wir schon mal zusammen in der Toskana?«, schrie er außer Atem und schaute dabei von einer Seite zur anderen, so wie die Wahnsinnigen es häufig in amerikanischen Sitcoms taten.

Ben schüttelte irritiert den Kopf. »Bist du jetzt völlig übergeschnappt?«

»Bitte Ben. Ich muss es wissen.«

»Ja, waren wir. Zweimal sogar.«

»Bei Pienza im Orcia-Tal?«

»Ja, genau dort. Sag bloß, du erinnerst dich!«

»Und wir haben Fangen in einem Sonnenblumenfeld wie diesem hier gespielt?«, insistierte Erik weiter.

»Gut möglich, aber so genau kann ich mich auch nicht mehr erinnern. Ich war zwölf, als wir zum letzten Mal dort waren. Aber ich weiß noch, wie unser Stammlokal hieß …«

»La Buca di Enea.«

»Wow, Dad!«

»Wir waren beide ganz verrückt nach diesen dicken Nudeln. Picis hießen die, glaube ich. Ja, wir haben dort Picis mit Wildschweinragout gegessen.«

»Richtig. Und du hast mir das erste Mal Wein zum Probieren gegeben und mich total besoffen gemacht.«

»Es war ein Brunello di Montalcino«, ergänzte Erik und lachte.

»Scheiße, deine Erinnerungen kehren wirklich zurück«, freute sich Ben für seinen Vater. »Wie abgefahren ist das denn! Und? Gibt's noch weitere Erlebnisse oder Zeiten an die du dich erinnerst?«

»Leider nicht«, antwortete Erik, ohne jedoch besonders niedergeschlagen zu klingen.

»Naja, das wird sicher jetzt alles nach und nach kommen. Wenn der Anfang erstmal gemacht ist …«

»Ich hoffe es sehr«, antwortete Erik und wischte sich eine kleine Träne aus dem Augenwinkel.

Eine ganze Zeit schwelgten sie noch in ihren Toskana-Erinnerungen. Längst vergessen geglaubte Anekdoten und Urlaubserlebnisse förderten sie dabei zutage, die bei Vater und Sohn für viel Heiterkeit sorgten. Es war zwar nur ein kurzer Ausschnitt ihrer gemeinsamen Vergangenheit, die sich Erik offenbarte, dafür prall gefüllt mit Details und in gestochen scharfen Bildern. Anscheinend war ihr Verhältnis nicht immer so zerrüttet gewesen, wie es Bens Schilderungen mitunter vermuten ließen. Auch diese fröhlichen, positiv beladenen Momente hatte es gegeben. Momente, auf die es sich gleichermaßen zurückzuschauen wie anzuknüpfen lohnte – insbesondere, wenn sie irgendwann vorhatten, Bens »verkorkster« Kindheit auf den Grund zu gehen.

Vielleicht würde Erik seinem sich regenden Gedächtnis in nächster Zeit ja noch weitere dieser gemeinsamen »Feelgood-Erlebnisse« entlocken können. Belege, mit denen sich sein ramponiertes Vaterbild zumindest etwas korrigieren ließ. Womöglich hatte er ja doch nicht alles falsch gemacht und Ben in seiner jugendlichen Renitenz manch liebevoll gemeinte Fürsorglichkeit übersehen.

»Wir sollten langsam aufbrechen«, unterbrach Ben schließlich diesen innigen Moment.

Erik wäre gern noch länger in der Toskana geblieben. Dennoch hatte Ben natürlich recht. Inzwischen war es schon halb zwei. Mühsam rappelte er sich auf, klopfte sich den Sand vom Hintern und schlurfte Ben hinterher, der bereits wartend am Fahrrad stand.

»Hier, jetzt bist du dran.«

»Womit genau?«, stellte sich Erik dumm.

»Mit Fahren natürlich«, antwortete Ben in gewohntem Befehlston. »Oder hast du ernsthaft geglaubt, ich würde mich bis Sankt Peter allein abstrampeln, während der feine Herr gemütlich auf der Stange sitzt und sich an der Landschaft ergötzt?«

»Ja, habe ich«, gab Erik unbeeindruckt zurück. »Schließlich bin ich dein Vater und du wesentlich jünger als ich. Außerdem… « Weiter kam er nicht, da er plötzlich das Geräusch eines Motors vernahm. Zunächst glaubte er, dass es von einem Auto auf einer Straße in der Nähe kam. Doch dann wurde es immer lauter, bedrohlich laut. »Verflucht, was ist das?«, rief er Ben zu.

Noch bevor dieser jedoch antworten konnte, tauchte hinter ihnen auf dem Feldweg ein roter Traktor auf, der direkt auf sie zufuhr. Nein, er raste auf sie zu!

Sie konnten sich gerade noch mit einem beherzten Sprung zur Seite retten. Ohne abzubremsen preschte der Traktor an ihnen vorbei, während sie hustend im aufgewirbelten Staub zurückblieben. Fassungslos starrten sie dem riesigen Gefährt hinterher, bis es schließlich in der Ferne verschwand.

»Dieser Mistkerl hätte uns fast umgebracht«, fand Ben schließlich seine Sprache wieder.

Erik hingegen saß der Schock noch immer tief in den Gliedern. Sein Puls raste und er war tropfnass geschwitzt. Nur mit Bens Hilfe schaffte er es schließlich wieder auf die Beine, brauchte aber weitere Zeit, bis er genug Luft zum Sprechen hatte. »Was stimmt nur mit den Menschen hier nicht?«, wollte er von Ben wissen, was dieser lediglich mit einem ahnungslosen Schulterzucken beantwortete. In Eriks Kopf rotierte es jedoch weiter. Bereits zum zweiten Mal an diesem Tag waren sie dem Tod von der Schippe gesprungen. Ein Schock, den es erstmal zu verdauen galt.

Knuts Fahrrad hatte allerdings weniger Glück als sie. Es wurde von dem Ackerschlepper regelrecht zermalmt und sah nun aus wie eine im Schulranzen vergessene Brezel. Was für ein würdeloses Ende, dachte Erik. Auch hätte er Knuts altes Schätzchen beziehungsweise das, was von ihm übriggeblieben war, am liebsten mitgenommen. Es einfach hier im Staub liegen zu lassen, fühlte sich irgendwie falsch an. Aber für Sentimentalitäten war jetzt keine Zeit. Ben fuchtelte bereits nervös mit den Armen. In diesem Fall sogar verständlich, da sie für die verbleibenden geschätzten zehn Kilometer zu Fuß nun deutlich länger brauchen würden. Also machten sie sich auf den Weg.

An der sich verändernden Landschaft merkte man deutlich, dass sie sich der Küste näherten. Statt kleiner Wäldchen und hochgewachsener Felder setzte sich nun mehr und mehr eine für die nordfriesische Niederung typische Deichlandschaft durch. Das expansiv beweidete Grünland der Eiderstedter Marsch mit seinen Gräben und kleinen Moortümpeln war durchaus reizvoll, stellte sie jedoch auch vor neue Probleme.

Das Risiko in dieser baumlosen, vollkommen platten Gegend von patrouillierenden Polizisten oder dem Militär entdeckt zu werden, war extrem hoch. Es gab hier so gut wie keine Unterschlupfmöglichkeiten, wohin sie bei Gefahr hätten flüchten können. Einzig die dort üppig errichteten Windparks boten etwas Schutz. Diese wurden auch gelegentlich in Anspruch genommen, wenn sie von den umliegenden Straßen verdächtige Motorengeräusche vernahmen.

Tatsächlich aber erreichten sie ihr Ziel unbehelligt. Nach zwei weiteren Stunden Fußmarsch tauchten vor ihnen die ersten Häuser Sankt Peter-Ordings auf.

»Wir haben es geschafft!«, jubelte Erik begeistert, während er seinen Sohn überschwänglich umarmte. »Wir haben es verdammt nochmal geschafft!«

Noch ein paar Schritte gingen sie weiter, bevor sie sich im Schutze einer Hauswand niederließen. Nach einer ausgedehnten Verschnaufpause, die sie offenbar beide benötigten, wandte sich Erik erneut seinem Sohn zu.

»Danke«, flüsterte er. »Danke für alles. Ohne deine Hilfe wäre ich komplett verloren gewesen.«

»Gern geschehen«, erwiderte Ben lächelnd. »Aber ich habe diesen Trip nicht nur für dich gemacht, sondern auch für mich.«

»Für dich?« Erik blickte seinen Sohn irritiert an.

»Ja«, fuhr dieser mit gedämpfter Stimme fort. »Ich wollte wissen, ob ich noch einen Vater habe …«

»Und? Hast du?«

»Ja, Dad, habe ich«, lächelte Ben erneut. Sein Blick war plötzlich ganz warm. »Zwar einen mit gewissen Makeln, aber einen besseren werde ich wohl nicht mehr bekommen.«

»Vielleicht ja doch«, erwiderte Erik. »Jedenfalls einen besseren als vor meinem Koma.« Dann zog er Ben an sich heran und drückte ihn so fest er konnte.

Tränen rollten über die stoppeligen Wangen – keine bitteren Tränen, sondern Tränen der Erleichterung. Minutenlang saßen sie so da, ohne dass sich einer von ihnen zu bewegen oder zu sprechen getraut hätte. Unter keinen Umständen wollten sie diesen unendlich kostbaren Moment zerstören. Erst als sich aus den Wolken ein paar Regentropfen lösten, gaben sie sich schließlich wieder frei. Es war das Signal zum Aufbruch.

»Ab jetzt bist du auf dich allein gestellt«, mahnte Ben seinen Vater. Alle Härte, alle Bitterkeit und auch jede Spur von Ironie waren aus seiner Stimme gewichen. »Pass gut auf dich auf, Papa«, fügte er leise hinzu. »Ich würde dich ungern ein zweites Mal verlieren.«

»Das werde ich«, versprach Erik. »Pass du auch auf dich auf. Ist ein langer Weg zurück.«

»Halb so wild. Wenn diesmal alles klappt, werde ich von unserem Mittelsmann in der Nähe von Garding eingesammelt. Das ist nicht weit von hier.«

Es folgte eine letzte innige Umarmung. Dann machte sich Ben auf den Weg. Er war allerdings nur wenige Schritte gegangen, als er noch einmal umkehrte. »Fast hätte ich's vergessen …« Rasch kramte er einen kleinen gefalteten Zettel aus seiner Hosentasche und drückte ihn Erik in die Hand. »Hier, die Adresse von Kajas Schule.« Mit einem Augenzwinkern wandte er sich ab und zog erneut davon.

Wehmütig schaute Erik ihm hinterher, bis er nur noch als winziger Punkt am Horizont zu erkennen war und schließlich ganz von der Ferne verschluckt wurde. Er hätte gerne noch mehr Zeit mit ihm verbracht, jetzt wo ihr Verhältnis eine so positive Entwicklung genommen hatte. Auch fragte er sich, ob und wann er ihn wohl wiedersehen würde. Als Widerstandskämpfer lebte er schließlich überaus gefährlich, was die Gestaltung eines zukünftigen Familienlebens nur schwer planbar machte. Ein Umstand, den Erik zwangsläufig zu akzeptieren hatte, wenngleich es ihm verdammt schwerfiel. Dabei konnte er Bens Wut gegen die herrschenden Kräfte inzwischen durchaus nachvollziehen, bewunderte ihn sogar für seine Haltung, seinen Mut. Diese Welt war schließlich derart aus den Fugen geraten, dass es schon fast sträflich gewesen wäre, sich nicht um ihre Heilung zu bemühen. Trotzdem wäre es Erik lieber gewesen, Ben würde seine politischen Ambitionen auf eine etwas friedfertige Weise zum Ausdruck bringen. Der Gedanke, ihm könnte etwas zustoßen, war für ihn einfach unerträglich. Insofern verdrängte er ihn sogleich wieder, was jedoch auch noch einen anderen Grund hatte.

Schließlich war es inzwischen schon kurz nach halb vier. Die Schule würde bestimmt nicht ewig geöffnet sein, schon gar nicht an einem Freitag. Wenn er vor dem Wochenende noch an Kajas Adresse gelangen wollte, musste er sich beeilen.

Er holte noch einmal tief Luft und streckte seinen Körper durch. Dann setzte auch er sich in Bewegung. Schon nach wenigen Schritten spürte er jedoch, wie sein Herz heftig zu pochen begann und seine Handflächen feucht wurden. Da war es wieder, dieses seltsame Gefühl, das ihn in den letzten Tagen immer wieder heimgesucht hatte. Nun, unmittelbar vor dem Ziel, kehrte es mit aller Macht zurück – stärker und übermächtiger als zuvor. Eine nur schwer zu ertragende Mischung aus Vorfreude und Ungewissheit. Mit jedem Schritt wurde es schlimmer. Dennoch würde es ihn nicht von seinem Vorhaben abbringen. Mehr denn je war er entschlossen, das Rätsel um Kaja und damit auch sein eigenes zu lösen.

Lili

Erik konnte sein Glück kaum fassen. Mit zitternden Knien stand er vor dem Schaukasten, in dem die obligatorischen Fotos des Kollegiums aushingen. Nicht, dass er diese Bestätigung noch benötigt hätte, aber es brachte zumindest die endgültige Gewissheit, dass sie tatsächlich existierte, sie nicht nur einem Hirngespinst seiner Träume entsprungen war. Nein, es gab nicht den geringsten Zweifel, dass es sich bei der Frau auf dem Foto um Kaja handelte, auch wenn unter ihrem Konterfei lediglich ihr Nachname stand.

»Frau Winkler also«, sinnierte er laut vor sich hin. So richtig anfreunden konnte er sich jedoch nicht damit, was vermutlich daran lag, dass sie für ihn bislang einfach keinen Nachnamen hatte. Auch klang Kaja Winkler nach seinem Geschmack eine Spur zu hart für eine Frau mit derart zarten Gesichtszügen. Aber vermutlich würde er sich einfach nur daran gewöhnen müssen.

Wie hübsch sie aussah. Genauso wie Erik sie aus seinem Traum in Erinnerung hatte. Nur ihr streng zurückgekämmtes Haar irritierte ein wenig, zumal sie es in jener

Nacht in Uhlenhorst noch offen trug. Aber das hier war schließlich ein professionelles Mitarbeiterportrait und kein Aufstellfoto für den Nachttisch. Ihrer Schönheit konnte ohnehin nichts anhaben. Eine absolute Augenweide – ihr Lächeln weich und voller Herzlichkeit. Dagegen wirkten ihre Kolleginnen im Schaukasten wie sprödes Beiwerk. Die typischen Lehrergesichter: spaßbefreit, gelangweilt und verhuscht.

Auch Schulleiterin Mannsfeld, die ganz oben im Schaukasten prangte, machte da keine Ausnahme. Ihr zerknautschtes, überaus griesgrämiges und von einer braunen Hornbrille dominiertes Gesicht bemühte sich redlich wie eine Karikaturpuppe von Spitting Image auszusehen. Dazu passend auch ihr Mehrfachkinn, das kaskadenartig abwärts stürzte und vermutlich eine Festigkeit aufwies wie der Busen einer Neunzigjährigen. Einfach nur gruselig! Schnell lenkte er daher seinen Blick zurück zu Kaja, was ihm sofort Erleichterung verschaffte.

Er konnte sich an ihrem Gesicht einfach nicht sattsehen. Wie würde es erst werden, wenn er ihr tatsächlich gegenüberstand? Um das herauszufinden, musste er jedoch zunächst wissen, wo sie sich aufhielt. In der Schule schien sie jedenfalls nicht zu sein. Auch Menschen, die ihm Auskunft über ihren Aufenthaltsort hätten geben können, gab es nicht. Mit Ausnahme einer sich stoisch durch die Eingangshalle feudelnden Reinigungskraft hatte Erik die Schule völlig verwaist vorgefunden, was seine Hoffnung auf ein schnelles Wiedersehen erst einmal zerschlug.

Eigentlich hätte ihm schon vorher klar sein müssen, dass die Wahrscheinlichkeit nicht besonders hoch sein würde, hier noch jemanden anzutreffen. Es war schließlich schon nach vier, noch dazu an einem Freitag. Insofern konnte er sich glücklich schätzen, es überhaupt ins Gebäude geschafft zu haben. Dennoch hatte er sich von seinem Schulbesuch natürlich mehr versprochen, als sich lediglich an Kajas einvitrinierter Schönheit zu ergötzen. Ein wohltuender Moment, zweifellos. Ihre Adresse erfuhr er dadurch trotzdem nicht.

Auch der Reinigungskraft ließ sich nichts entlocken. Mehrfach hatte Erik versucht, mit ihr ins Gespräch zu kommen. Aber statt einer Antwort erhielt er lediglich ein freundliches, wenn auch nichtssagendes Lächeln. Entweder sie beherrschte die deutsche Sprache nicht oder war komplett taubstumm. Irgendwann gab er auf und ließ sie weiterfeudeln.

Ernüchterung machte sich in ihm breit. Was sollte er jetzt tun? Hier würde er heute sicher nichts mehr erreichen können, das stand fest. Es blieb ihm wohl nichts anderes übrig, als sich bis Montag zu gedulden.

Natürlich hätte er sich auch ohne Adresse auf die Suche begeben können. Aber einfach so aufs Geratewohl und ohne Ortskenntnisse wäre es ein nahezu aussichtsloses Unterfangen gewesen – vor allem viel zu gefährlich. Sankt Peter-Ording war zwar nicht besonders groß und wirkte ähnlich ausgestorben wie Hamburg. Als Fremder würde er jedoch sofort auffallen, was zweifellos unangenehme Folgen für ihn haben konnte. Sich kurz vor dem Ziel einem derartigen Risiko auszusetzen, machte keinen Sinn.

Keine Frage, es würde eine harte Geduldsprobe für ihn werden. Eine, die vermutlich nicht nur alternativlos war, sondern für die er ganz allein die Verantwortung trug.

Wenn er sich zuvor beim Frühstück etwas mehr beeilt hätte, er wäre Kaja jetzt ein ganzes Stück näher. Aber es war nun mal anders gekommen, damit musste er sich abfinden.

Er beschloss daher, den Blick nach vorn zu richten und sich mit den Fragen seiner unmittelbaren Zukunft zu beschäftigen. Schließlich musste er sich dringend um ein Nachtquartier kümmern. Hier konnte er nicht bleiben. Zum einen, weil er Angst hatte, dass vielleicht doch noch ein blockwartiger Hausmeister aufkreuzte und zum anderen wegen des aggressiven Putzmittelgeruchs, der inzwischen über dem gesamten Flur hing. Von der Verursacherin fehlte dagegen jede Spur.

Lange konnte sie aber noch nicht weg gewesen sein. Darauf deuteten auch die vielen, mit Schlieren bedeckten Pfützen hin, inmitten derer er sich wiederfand und die für reichlich Aroma-Nachschub sorgten. Doch nicht nur olfaktorisch fühlte er sich in die Enge getrieben. Mittlerweile bereitete ihm die gesamte Atmosphäre hier Beklemmungen: das kalte Neonlicht, die erdrückend-klaustrophobische Leere des Korridors und diese unheimliche, aus allen Ritzen und Ecken auf ihn zukriechende Geräuschlosigkeit. Es war dieselbe Stimmung wie auf einer Koma-Station – unendlich verschlafen und doch höchst bedrohlich.

Umso mehr verwunderte es ihn, als sich plötzlich aus der zerfeudelten Stille ein leises, kaum wahrnehmbares Kinderlachen schälte. Zunächst glaubte er noch, sich verhört zu haben, dann aber wurde es lauter, multipler und von Fetzen kurzer Unterhaltungen begleitet. Kein Zweifel, es waren noch Kinder im Gebäude. Grundsätzlich nichts

Ungewöhnliches in einer Schule, wohl aber um diese Uhrzeit.

Erik versuchte die Stimmen zu orten, konnte aber niemanden entdecken. Offenbar hielten sich die Kinder in einem der oberen Stockwerke auf, was sich kurz darauf durch trippelnde Schritte im Treppenhaus bestätigen sollte. Es waren eilige, teils gesprungene Schritte, die rasch auf ihn zukamen. Erik überlegte noch, ober er sich vielleicht verstecken sollte. Doch im selben Moment tauchte am Fuße der Treppe ein dreiköpfiges Mädchengeschwader auf.

Sie waren vielleicht neun oder zehn Jahre alt und so ins Gespräch miteinander vertieft, dass sie zunächst keinerlei Notiz von ihm nahmen. Trotz der bleischweren Schulranzen, die auf ihren zierlichen Schultern lasteten, wirkten sie ungemein fröhlich – wie ganz normale Schulkinder, was Erik überraschte. Angesichts der finsteren Zeiten, die aktuell herrschten, hätte er angenommen, dass die Auswirkungen der weltlichen Schieflage bei Kindern am deutlichsten zu erkennen wären. Ein Irrtum, wie sich offenbar herausstellte. Im Gegensatz zur kleinen Elin, die er in Uhlenhorst kennengelernt hatte, schienen die Mädchen hier nichts von ihrer Lebensfreude eingebüßt zu haben, was mit Blick auf die Zukunft durchaus Hoffnung machte. Schließlich würden diese unschuldigen Geschöpfe der Welt irgendwann ihre entrissenen Farben zurückgeben müssen.

Als sie Erik kurz darauf vor der Bildvitrine entdeckten, sollten sie jedoch augenblicklich verstummen. Neugierig und musternd ließen sie ihre Blicke über ihn schweifen, während sie sich deutlich abgebremst Richtung Ausgang bewegten. Um ihr Misstrauen zu entkräften, versuchte sich Erik an einem freundlichen Lächeln, was jedoch misslang und zur Folge hatte, dass die jungen Damen wieder an Tempo zulegten. Man konnte es ihnen kaum verübeln. In seinem abgewetzten Guns N' Roses-Shirt und mit seinem inzwischen mächtig zugewachsenen Gesicht sah er alles andere als vertrauenswürdig aus. Vermutlich entsprach er optisch sogar genau der Kategorie von Männern, vor denen ihre Eltern einhellig warnten. Es war daher absolut verständlich, dass sie die Flucht ergriffen.

Und doch beschlich ihn plötzlich der Gedanke, dass er sie womöglich etwas vorschnell hatte vorbeiziehen lassen, er zumindest die Chance hätte ergreifen müssen, sie auf Kaja anzusprechen. Das Kollegium war schließlich nicht besonders groß und Frau Winkler für sie bestimmt keine Unbekannte. Schnell versuchte er daher seinen Fehler zu korrigieren und die Fliehenden zurückzurufen: »Entschuldigung, ich brauch mal eure Hilfe.«

Statt jedoch zu antworten, steuerten die Mädchen unbeirrt auf den Ausgang zu. Erst als sie diesen erreicht hatten, wandte sich eine von ihnen nochmal um.

»Wobei sollen wir dir denn helfen?«, wollte sie von Erik wissen.

»Ich habe eine Frage zu einer der Lehrerinnen hier an der Schule«, rief Erik ihr zu, während er auf die Bildertafel deutete.

»Welche denn?«

»Frau Winkler.«

Auf dem Gesicht des Mädchens zeichnete sich eine gewisse Neugier ab. Ein hübsches, blasses Gesicht, das von

zwei hin und her pendelnden hellblonden Zöpfen einge-
rahmt war. »Woher kennst du Frau Winkler denn? Du bist
doch kein Papa von unserer Schule, oder?«

»Nein, das bin ich nicht«, bestätigte Erik. »Frau Winkler
ist eine alte Freundin von mir.« Dann machte er ein paar
Schritte nach vorn, um sich seiner Gesprächspartnerin zu
nähern, was an der Ausgangstür sofort für Nervosität
sorgte.

»Lili, wir müssen jetzt los«, versuchte eines der anderen
Mädchen die Unterhaltung zu unterbinden, offenbar zu-
tiefst beunruhigt über die Vertrauensseligkeit, mit der ihre
Klassenkameradin dem Fremden gegenübertrat.

»Ja, ja, gleich«, erwiderte die Angesprochene abwie-
gelnd, während sie auf Erik zusteuerte.

»Lili heißt du also«, lächelte dieser freundlich, als sie
sich schließlich gegenüberstanden. »Und ich bin Erik.«
Dann wandte er sich ihren Freundinnen zu: »Ihr braucht
keine Angst vor mir zu haben. Ich beiße nicht.«

Die beiden Mädchen rangen sich zwar ein tolerierendes
Nicken ab, zogen es aber dennoch vor, an der Tür zu ver-
harren.

»Was macht ihr eigentlich so spät noch hier?«, nahm
Erik das Gespräch mit Lili wieder auf.

»Matheförderkurs«, antwortete sie und rollte genervt
mit den Augen. »Du bist aber auch ein bisschen spät dran,
wenn du Frau Winkler suchst.«

»Stimmt, deshalb brauche ich ja auch deine Hilfe. Vielleicht kannst du mir sagen, wo ich sie jetzt finde. Ich habe
nämlich vor, sie zu besuchen.«

»Aber du hast doch gesagt, dass sie eine Freundin von
dir ist. Dann musst doch wissen, wo sie wohnt.«

»Du hast recht, das sollte ich eigentlich. Aber in meinem Fall ist es schwierig. Wir haben uns nämlich kennengelernt, als sie noch woanders lebte. Dann kam das Virus und wir haben uns aus den Augen verloren ...«

»Aber immerhin weißt du, dass sie jetzt in Sankt Peter-Ording wohnt.«

»Ja, das habe ich herausgefunden. Und nun würde ich sie gerne überraschen.«

»Da freut sie sich bestimmt.«

»Das hoffe ich zumindest.«

Lili dachte einen Moment nach. Dann legte sich ein breites Grinsen über ihr Gesicht. »Bist du ein Verliebter?«

Erik lachte verlegen. Für einen Moment fehlten ihm die Worte, was Lili keineswegs zu entgehen schien.

»Musst du nicht sagen.«

»Das ist nett von dir«, zwinkerte ihr Erik zu, um dann noch einmal nachzuhaken. »Und, schlaue Lili, kannst du mir weiterhelfen?«

»Du hast Glück. Ich weiß, wo sie wohnt. Sophia ist nämlich meine beste Freundin.«

»Sophia?«

»Ihre Tochter. Wir reiten zusammen. Sie wohnen übrigens ganz in der Nähe.« Gestenreich und äußerst detailversessen begann sie den Weg zu Kajas Haus zu beschreiben. Eine äußerst fragwürdige Angelegenheit, die zudem eine bemerkenswerte Links-Rechts-Schwäche offenbarte. Auch konnte sie weder einen Straßennamen noch eine Hausnummer nennen, sodass Erik am Ende genauso schlau wie vorher war. Seinen verwirrten Blick zur Kenntnis nehmend, raufte sie sich leicht verzweifelt durch die

Haare. Dann aber, offenbar einem spontanen Einfall folgend, schnallte sie sich ihren rosa-blauen Schulranzen ab, kramte einen Schreibblock und eine Federmappe hervor und begann auf den Knien hockend eine Wegskizze anzufertigen.

Schlaues Mädchen, dachte Erik anerkennend, während er gespannt auf das Ergebnis wartete. Unterdessen zogen noch weitere Kinder aus dem Matheförderkurs vorbei, was für gewisse Unruhe sorgte. Um zu verhindern, dass ihre neugierigen Blicke Lilis Konzentration störten, stellte er sich abschirmend vor sie. Zudem setzte er ein besonders grimmiges Gesicht auf, was tatsächlich Wirkung zeigte und den Abzug der Zahlen-Legastheniker deutlich beschleunigte.

»Hier, ich hoffe du kannst alles erkennen«, sagte Lili nach einer Weile und überreichte ihm den Zettel wie ein Weihnachtsgeschenk. »Ich hätte dich auch hingebracht, aber das erlauben meine Eltern nicht.« Dann deutete sie mit ausholender Geste auf die Ausgangstür. »Außerdem wartet Johannas Mutter draußen auf uns.«

»Kein Problem, du hast mir auch so sehr geholfen«, antwortete Erik, während er einen Blick auf die Skizze warf. Tatsächlich hatte sie sich große Mühe gegeben, auch wenn es ihm zunächst schwerfiel, dem mit unzähligen Pfeilen und Hinweisen gespickten Gebilde eine Struktur abzugewinnen. Aber je länger er draufschaute, desto schlüssiger erschien ihm das Ganze. Darüber hinaus waren die aufgemalten Orientierungshilfen nicht nur informativ, sondern auch höchst charmant. So markierten beispielsweise das »kaputte Windrad im Graben«, die »Knutschbank für Jugendliche« oder auch der »umgefahrene Poller« wichtige

Abzweigungen, was Erik ein amüsiertes Schmunzeln entlockte. Wer brauchte bei solch präzisen Angaben noch Straßennamen? Ebenso süß, dass sie anstelle von i-Tüpfelchen konsequent kleine Herzen verwendete, wobei ein ganz besonders dickes als Platzhalter für das Ziel stand.

»Das Haus ist ein bisschen außerhalb von Sankt Peter, direkt am Deich«, fügte sie erklärend hinzu. »Es hat ein Reetdach.«

»Alles klar, mit deiner Wegbeschreibung kann sicher nichts schiefgehen.«

Lili grinste geschmeichelt. Dann streckte sie Erik ihren Ellenbogen entgegen, um sich pandemie-konform zu verabschieden. »Ich muss jetzt los.«

Gemeinsam begaben sie sich Richtung Ausgang, wobei Lili diesen deutlich schneller erreichte. Dort drehte sie sich nochmal um, winkte ihm kurz zu, ehe sie mit ihren Freundinnen durch die Tür verschwand.

Als er kurz darauf ebenfalls ins Freie trat, schienen die Mädchen wie vom Erdboden verschluckt. Vermutlich saßen sie in dem davonbrausenden Auto, das in einiger Entfernung ertönte. Viel erkennen konnte er ohnehin nicht, da er vom gleißenden Sonnenlicht geblendet wurde. Offenbar reagierten seine Augen durch die lange Zeit im dunklen Schulgebäude noch recht empfindlich. Doch nicht nur seine Augen schienen überfordert. Jetzt, wo er plötzlich wieder sich selbst überlassen war, spürte er, wie auch die Aufregung zurück in seinen Körper kroch und sich sein Herzschlag beschleunigte.

Die Dunkelheit hat nicht das letzte Wort

Nur knapp zwanzig Minuten hatte er für die Strecke bis zu Kajas Haus benötigt, wobei sich Lilis Wegbeschreibung als äußerst hilfreich erwies. Ohne sie wäre Erik komplett aufgeschmissen gewesen. Auch hatte sie ihn fast ausschließlich durch abgelegene Wege und Straßen geführt, sodass die Gefahr einer möglichen Entdeckung nahezu ausgeschlossen war. Offenbar schien sie diese Route sehr bewusst für ihn ausgewählt zu haben, wofür er ihr im Nachhinein dankbar war.

Dennoch ging es ihm fast ein wenig zu schnell. Lieber wäre er noch etwas länger unterwegs gewesen, um seine Nerven zu beruhigen. Jetzt aber gab es kein Zurück mehr. Er musste da durch, auch wenn sein Herz inzwischen so schnell pochte, dass er Angst hatte, es würde jeden Augenblick aus seiner Brust springen. Und so fasste er seinen ganzen Mut zusammen, schlüpfte durch die offenstehende Vorgartenpforte und ging auf das Haus zu.

Der alte, reetgedeckte Klinkerbau mit den grün gestrichenen Sprossenfenstern stand etwas zurückgesetzt von der Straße inmitten eines blühenden Gartens, welcher von einem mit Heckenrosen verzierten Steinwall umgeben war. Direkt dahinter erhob sich steil der grasbewachsene Deich, welcher das Haus von Strand und Meer trennte. Zwar konnte man es von hier nicht sehen, gleichwohl wehte einem der salzige Küstenwind förmlich um die Nase. Dieser unnachahmliche Duft aus frischem Tang, Schlick und Fisch. Hier allerdings vermischte er sich zusätzlich mit Lavendel, welcher in üppigen Büschen den kleinen gepflasterten Pfad zur Eingangstür säumte.

Dort eingetroffen, sprang ihm sofort das ovale Klingelschild entgegen. Auf weißem Grund verkündete es mit geschwungenen roten Buchstaben, dass hier Kaja, Sophia und Teresa Winkler wohnten. Daneben eine aufgemalte Sonnenblume mit lächelndem Gesicht. Erik war erleichtert, dass auf dem Schild kein weiterer, vor allem männlicher Name stand. Beste Ausgangsvoraussetzungen also, dennoch traute er sich nicht zu klingeln.

Dreimal schon hatte Erik seinen zitternden Zeigefinger Richtung Klingelknopf geführt, ihn allerdings jedes Mal zurückgezogen. »Stell dich nicht so an, du verdammter Feigling«, maßregelte er sich selbst, während er innerlich von zehn auf null runterzählte. Das folgende Ding-Dong drang wie ein Beilhieb in sein Bewusstsein. Doch im Haus rührte sich nichts. Zwei weitere Male versuchte er es – ohne Erfolg. Offenbar waren sie tatsächlich ausgeflogen, was verwunderte, da im angrenzenden Carport ein knallroter Mini-Cooper stand.

Zögerlich ging er um das Haus herum und spähte in den Garten. Auch hier war weit und breit keine Menschenseele zu sehen, geschweige denn zu hören. »Jemand zuhause?«, rief er vorsichtshalber, ohne jedoch eine Antwort zu erhalten. Insofern wagte er sich noch ein paar Schritte weiter.

Der Garten war vor allem praktisch angelegt und entpuppte sich als wahres Kinderparadies: Sandkiste, Trampolin, Schaukel – alles da. Ansonsten gab es, wie schon vorne, viel Grün zu bestaunen. So verteilten sich um die recht kurzgeschnittene Rasenfläche diverse Blumenbeete, Büsche und Sträucher. Sogar ein kleiner Nutzgarten mit Kräutertöpfen und Tomatenstauden war vorhanden. Kurzum, ein Ort zum Wohlfühlen.

Eine großzügige, graugekachelte Terrasse trennte den Garten vom Haus. Darauf ein großer Tisch mit vier Stühlen sowie der fast schon obligatorische Rollgrill, der vom Wetter geschützt nahe der Fassade stand.

Erik ging zur Terrassentür, die von zwei Blumentöpfen flankiert war. Da es keine Vorhänge gab, hatte man einen guten Einblick ins Innere, auch wenn er seine Hände an die Scheibe halten musste, um das Licht abzuwehren. Vor ihm erstreckte sich ein geräumiges Wohnzimmer, das in eine offene Küche überging. Es sah gemütlich aus, ganz ohne den überladenen Schnickschnack, den Frauen bei ihren Einrichtungen häufig verwendeten und mit denen Männer für gewöhnlich nichts anfangen konnten. Neben einer schlichten Couch, antiken Möbeln sowie mehreren Bücherregalen, prägte vor allem ein altes schwarzes Klavier mit schwenkbaren Kerzenhaltern das Wohnambiente. Darauf eine beträchtliche Notensammlung, die sich ungeordnet aufeinanderstapelte.

Anzeichen von Leben auch auf dem Holzdielenboden: Inline-Skates, Hula-Hoop-Reifen, Plüschtiere und verkrümelte Keksteller zeugten von einer toleranten und integrativen Familienkultur. Eine gewisse Überforderung war dennoch nicht zu übersehen. So stapelte sich im Küchenspülbecken das Geschirr von mindestens zwei Tagen, und auch die Reste des vermeintlichen Mittagessens – Nudeln mit Tomatensauce – standen noch auf dem Esstisch.

Erik war so sehr in Gedanken versunken, dass er erschrocken zusammenzuckte, als er plötzlich ein lautes Kreischen über ihm vernahm. In der Terrassentür spiegelte sich ein Möwenschwarm, der Richtung Meer segelte. Schneeweiße Flecke auf tiefdunklem Blau. Er wandte sich um und sah wie die letzten Küstenvögel hinter dem Deich verschwanden. Gleich würden sie lärmend aufs Wasser herabstoßen, in der Hoffnung, etwas Essbares aufzutreiben.

Erik versuchte sich zu erinnern, wann er das letzte Mal am Meer gewesen war. Es musste eine gefühlte Ewigkeit her sein. Dabei war Hamburg nur eine gute Autostunde entfernt. Ein konkretes Erlebnis ließ sich seinem löchrigen Gedächtnis jedoch auch diesmal nicht entlocken. Dennoch verspürte er plötzlich eine unbändige Sehnsucht nach Meeresrauschen, stürmischen Wind und knirschenden Strandsand unter seinen Füßen. Da er ohnehin zum Warten verdammt war, folgte er seinem inneren Ruf und steuerte die kleine Pforte am Ende des Gartens an, hinter der sich der Deich erhob.

Wenigstens einen kurzen Blick wollte er aufs Meer werfen. Diesen würde er von dort oben unweigerlich haben.

Er brauchte ja nicht bis an den Strand gehen. Einfach nur für einen Moment seinen Blick über die sich kräuselnden Wellen in die Ferne schweifen – das genügte schon. Auch würde er so mitbekommen, wenn sich hier unten am Haus etwas tat und Kaja zurückkehren sollte.

Schnaubend schleppte er sich den vermutlich von Kajas Kindern ausgetretenen Pfad zur Deichkrone hoch. Erst jetzt merkte er, wie erschöpft er war. Unmengen an Kilometern hatte er heute zurückgelegt, sodass ihm der steile, wenn auch kurze Fußweg vorkam, als würde er einen Berggipfel besteigen. Dennoch schaffte er es ohne Pause nach oben und wurde dafür mit einer fantastischen Aussicht über die sturmzerwühlte, bleigraue Nordsee belohnt. Darüber die tiefstrahlende Abendsonne, die bereits leicht am Horizont kratzte und ihre letzte Wärme sendete.

Wunderbar! Genauso hatte er sich das vorgestellt, auch wenn ihn eine heftige Windböe fast wieder vom Deich gefegt hätte. Nur mit Mühe konnte er sich auf den Beinen halten. Er zog es deshalb vor, sich zu setzen.

Natürlich hätte es ihn gereizt, seine Füße kurz ins Meer zu tauchen. Aber zum einen musste er das Haus im Blick behalten und zum anderen erschien ihm der Weg zum Wasser dann doch zu weit. Die Flut war zwar schon recht fortgeschritten, das trockenfallende Watt hielt jedoch noch immer große Teile des Meeres zurück, sodass der endlose, verlassene Strand noch breiter wirkte als ohnehin schon. Insofern blieb er sitzen. Es war auch so ein imposanter Anblick.

Zu früheren Zeiten hätten sich hier zu dieser Uhrzeit bestimmt viele Menschen getummelt: flanierend, badend, in der Sonne liegend. Vielleicht würden sie auch mit einem leckeren Getränk chillig in den blauweiß-gestreiften Strandkörben rumhängen, von denen ein paar wenige tatsächlich noch existierten.

Allerdings konnte man sogar aus der Ferne erkennen, dass sie sich inzwischen in einem äußerst desolaten Zustand befanden. Sie wirkten wie vergessene Relikte längst vergangener Tage. Kaum zu glauben, dass darin einmal Menschen gesessen hatten.

Umso verblüffter war er, als sich hinter einem der Strandkörbe plötzlich etwas Buntes in die Lüfte erhob. Zunächst dachte er, es würde sich um eine vom Wind aufgescheuchte Plastiktüte handeln. Doch bei genauerem Hinsehen entpuppte sich das flatternde Gebilde eindeutig als Papierdrachen – noch dazu ein besonders schöner, mit lachendem Gesicht und Girlande als Schweif.

Instinktiv ging Erik in Deckung. So flach wie möglich legte er sich im Schutz des hochgewachsenen Grases auf den Boden, robbte etwas vor und spähte über den Deichrand. Eine gute Entscheidung, wie sich im nächsten Moment herausstellen sollte, da sich zu seiner erneuten Verwunderung nun auch noch zwei Kinder aus dem Schatten des Strandkorbes schälten. Ungezügelt rannten sie über den menschenleeren Strand und zogen den Drachen hinter sich her, der inzwischen hoch am Himmel in den Böen tanzte.

Eriks Interesse verlagerte sich nun schlagartig auf die Kinder. Schätzungsweise zweihundert Meter waren sie von ihm entfernt. Zu weit, um ihre Gesichter zu erkennen oder ihre Stimmen zu verstehen. Nur hin und wieder drangen ein paar Lachfetzen an sein Ohr, die jedoch umgehend vom Meeresrauschen geschluckt wurden. Ihren

Klamotten und langen blonden Haaren nach zu urteilen, handelte es sich um zwei Mädchen, ungefähr acht oder zehn Jahre alt. Es könnte also durchaus passen, resümierte er aufgeregt. Nicht auszudenken, wenn es tatsächlich ihre Kinder waren.

Erik spürte, wie bei diesem Gedanken das Blut in seinen Schläfen pulsierte. Denn eines war völlig klar: Wenn es sich wirklich um Kajas Kinder handelte, dann würde auch sie nicht weit entfernt sein.

Und als hätte er es heraufbeschworen, tauchte hinter dem Strandkorb plötzlich die Silhouette einer Frau auf, die ihren Kopf unter einem Kapuzen-Sweatshirt verborgen hielt. Ihm stockte der Atem. Kaja! Es bestand kein Zweifel, dass sie es war. Dennoch kniff er mehrmals die Augen zusammen, als wollte er sich vergewissern, ob das, was er jetzt sah, auch wirklich existierte und er nicht wieder träumte. Aber er tat es nicht, war hellwach und hatte auch keine Halluzinationen.

Gewiss, theoretisch hätte es auch jemand anderes sein können. Eine Doppelgängerin, die rein zufällig ebenfalls zwei Kinder im selben Alter hatte. Aber selbst er als Dauerpessimist musste sich eingestehen, dass die Wahrscheinlichkeit dafür gen Null tendierte. So nah an ihrem Haus auf exakt dieselbe Familienkonstellation zu treffen, wäre schon recht ungewöhnlich. Außerdem war da ja auch noch sein Traum, in welchem er all das vorausgesehen hatte: das Meer, den Strandkorb, das kapuzenverhüllte Gesicht. Fast schon unheimliche Parallelen zur Realität, die jede weitere Bestätigung überflüssig machten.

Er hatte sie tatsächlich gefunden. Nach all den Strapazen, die er in den letzten Wochen auf sich genommen hatte, stand sie leibhaftig vor ihm – atmend, lebendig und so nah, dass er sich nur noch erheben und ein paar Schritte gehen musste, um sie zu berühren. Dennoch ließ er sich damit noch Zeit, verharrte zunächst weiter auf seinem Beobachtungsposten. Zu kostbar, zu einzigartig erschien ihm dieser Moment, als dass er ihn einfach hätte wegschenken wollen. Ein Moment, in dem es weder Vergangenheit noch Zukunft gab, nur sie und ihn in einer unvergänglichen Gegenwart.

Andächtig ließ er Kajas Anblick auf sich wirken. Die Art, wie sie ihren Kopf schräg legte, ihren Rücken durchstreckte, ihre nackten Füße in den Sand grub, ihre Hände führte, wie sie ihren gesamten Körper bewegte, strahlte eine fast schon überweltliche Anmut aus. Ihre Aura glühte förmlich vor vibrierender Energie, so hell und farbenträchtig wie die Abendsonne, die direkt hinter ihr ins Meer fiel und mit ihren Konturen verschmolz. Dabei waren ihre Gesten eher dezent und abgewogen, fast schon subtil. Dennoch entfachten sie eine ungeheure Wucht.

Mit Daumen und Zeigefingern formte Erik ein Quadrat und blickte hindurch, als wäre es der Sucher einer Kamera. Mehrmals hintereinander drückte er den imaginären Auslöser, wollte diesen magischen Augenblick festhalten. Dabei wusste er genau, dass sich dieses Bild ohnehin nicht mehr aus seinem Kopf vertreiben ließ, er es für den Rest seines Lebens in sich tragen würde.

Nur ihr Mienenspiel konnte er aus der Entfernung nicht enträtseln. Aber er nahm an, nein, er war sich absolut sicher, dass sie lächelte. Dieses typisch einnehmende Engelslächeln, so warm und erfrischend wie ein sanfter Sommerregen. Er sah es förmlich vor sich, obwohl er keine feste Erinnerung, kein greifbares Bild aus der Vergangenheit damit verknüpfte. Es war das Lächeln aus seinem Traum.

Er spürte, wie die angestaute Nervosität der letzten Wochen aus seinem Körper wich. Jene sehnsuchtsvolle Unruhe, die ihn seit dem Erwachen nahezu in jedem Augenblick begleitet hatte – sie war wie weggeblasen. Stattdessen fühlte er sich seit Ewigkeiten wieder mit seinem Inneren verbunden, auch ohne chronologisch bebilderter Vergangenheit.

Und noch etwas spürte Erik in diesem erhabenen Moment: Dankbarkeit. Es war keine ausufernde, exzessive Dankbarkeit, die genauso schnell verflog, wie sie gekommen war, sondern eine tief empfundene Dankbarkeit, wie sie nur im Innersten entstehen konnte. Er war dankbar für das Leben, das ihn nach dem Koma empfangen hatte. Ein Leben, das er immer mehr zu schätzen gelernt hatte – in all seinen Facetten, seiner Leichtigkeit, seiner Tiefsinnigkeit, seiner Kostbarkeit. Er war dankbar für die Erfahrungen, die er in den vergangenen Wochen hatte machen dürfen, auch wenn er sie zunächst als Schicksalsschläge wahrgenommen hatte. Er war dankbar für die wundervollen Begegnungen und Gespräche unterwegs, dankbar für die wertvollen Erkenntnisse, dankbar für die gemeinsame Zeit mit Ben, und dass sie wieder zueinander gefunden hatten. Sogar seiner Amnesie war er dankbar, die ihn überhaupt erst auf die Reise geschickt hatte. Eine Reise, von der er sich ursprünglich erhofft hatte, sie würde seinem Gedächtnis auf die Sprünge helfen.

Zumindest in dieser Hinsicht wurde er enttäuscht. Ein paar Erinnerungslücken hatte er dennoch schließen können. Abgesehen von den toskanischen Sonnenblumenfeldern oder seiner Uhlenhorster Villa handelte es sich dabei jedoch überwiegend um Informationen aus zweiter Hand. Noch dazu waren sie wenig schmeichelhaft und hätten somit gern verschollen bleiben können. Ob skrupelloser Banker, vernachlässigender Vater oder wenig empathischer Liebhaber – die Rollen seines früheren Lebens waren nicht nur reichhaltig, sondern auch zutiefst unsympathisch. Dabei hatte er sich nichts sehnlicher gewünscht als die Rückkehr seines Ichs von damals – jenes Ich, das angeblich so vollkommen gewesen zu sein schien. Inzwischen aber wusste er, dass er einem Trugschluss aufgesessen, sein früheres Leben offenbar ein Sammelsurium an Oberflächlichkeiten gewesen war. Ein Leben, das er auf keinen Fall zurückhaben wollte.

Ein guter Zeitpunkt also, um die Vergangenheit ruhen zu lassen und einen Neuanfang zu wagen. Sollte es doch lückenhaft bleiben, sein Gedächtnis. Er brauchte sein früheres Leben nicht, um glücklich zu werden. Es würde auch ohne Vergangenheit funktionieren, vermutlich sogar noch besser. Insofern hatte er durch die Amnesie tatsächlich mehr gewonnen als verloren.

Zufrieden schloss Erik seine Augen und nahm einen tiefen Atemzug. Er war angekommen, nach der langen Reise endlich am Ziel. Hier an diesem Strand, in diesem Augenblick begann seine Zukunft.

Dann erhob er sich, streifte das Gras von der Hose und setzte sich in Bewegung. Erst ganz langsam, dann immer schneller, bis es plötzlich hell vor ihm wurde …

348

»DER TOD, ER TRENNT NICHT NUR. MANCHMAL ENTSTEHT AUS EINER VERBINDUNG, DIE ER ZU VERNICHTEN DROHT, EIN BÜNDNIS FÜR DIE EWIGKEIT.«

Jan und Carmela führen eine deutsch-italienische Bilderbuchehe. Ihr größtes Glück ist ihre zehnjährige Tochter Matilda. Alles scheint perfekt, bis Carmela unheilbar an Krebs erkrankt und stirbt. Für Vater und Tochter bricht eine Welt zusammen. Die Trauer um die geliebte Ehefrau und Mutter ist grenzenlos. So sehr sie sich auch bemühen, sie finden nicht in ihr normales Leben zurück. Monate vergehen. Dann bekommen sie Post aus der Toskana. Von Carmela! Der Beginn einer alles verändernden Abenteuerreise ...

Felix Söring
**Auf deinem Mond
ein Feigenbau**
320 Seiten
ISBN: 978-3-748-15968-1
Auch gebunden und als E-Book erhältlich.

Mehr zu Felix Söring:
www.felixsoering.de